Eraldo Affinati

# Tutti i nomi del mondo

ROMANZO



MONDADORI

Dello stesso autore in edizione Mondadori

*Bandiera bianca*
*Campo del sangue*
*Uomini pericolosi*
*Un teologo contro Hitler. Sulle tracce di Dietrich Bonhoeffer*
*La città dei ragazzi*
*Peregrin d'amore. Sotto il cielo degli scrittori d'Italia*
*Elogio del ripetente*
*Vita di vita*
*L'uomo del futuro. Sulle strade di don Lorenzo Milani*

www.eraldoaffinati.it

librimondadori.it
anobii.com

*Tutti i nomi del mondo*
di Eraldo Affinati
Collezione Scrittori italiani e stranieri

ISBN 978-88-04-68565-4


Pubblicato in accordo con Grandi & Associati, Milano
I edizione gennaio 2018

Scrittori italiani e stranieri

Tutti i nomi del mondo

# Prologo al Colle Oppio

Abdelaziz! Presente.

Bakary! Vieni avanti.

Coulibaly! Dove sei?

Diarra! Mi ascolti? Eleonora! Rispondi!

Stiamo facendo l'appello.

(A pensacce me s'ariccia er pelo.)

Amici, parenti, antenati. Scolari. Una comitiva dispersa che, di colpo, senza preavviso, ricompare. Gente con cui, in un modo o nell'altro, ho avuto a che fare.

(Ma loro te vedeno, sì?)

Alzano le mani in segno di saluto, oltre i giardini di piazza Vittorio. A Roma. Dove tutto è cominciato. E, comunque vada, finirà.

(Ariècchice! Semo noi! Ce stai a vedé?)

Cerco di capire quello che dicono decifrando il labiale. Lalìn, e' me burdèl! Nonna, che bello rivederti in via Filippo Turati! Bamboccio, viè 'n po' qui, allora sii ttu mi' nipote? 'O figlio 'e Fortunato?

(A professo', t'aricordi puro de me? Sò Ottavietto, er ripetente!)

Presenze, visioni, deliri, sagome di teatro. Vogliono entrare nel registro. In realtà sono io a desiderare che ciò avvenga. Ma non è la stessa cosa?

(Dimme se ho 'nteso: se dovemo spartì er peso der passato?)

Te lo devi distribuire bene sul groppone, insieme a quelli che sono stati vicino a te, altrimenti da solo rischi di rimanerne schiacciato. Lo sai cosa ti aspetta, vero?

(Come no? Mo'o posso immaginà.)

Sarà tutto un gioco di frasi, virgole, punti, lacrime, sorrisi, pomeriggi trascorsi davanti all'immagine che ti sei costruito. Vertigini. Passioni. Amarezze. Disincanti.

(E che vor dì? Che nun te frega più gnente, ve'?)

Una lotta cruenta. Una catastrofe di buone intenzioni.

('Na monnezza.)

Cicatrici, rossori, ferite, compiti sbagliati, errori segnati con la matita rossa. Bisogna saltare sui carboni ardenti. Rovesciare il banco. Ci siamo mischiati talmente tanto che adesso non sappiamo più distinguere gli uni dagli altri.

(Se confonnemo.)

Queste persone sono fuori o dentro me stesso?

(Rispònnete da solo che si ce provo io me se brucia er cervello.)

Apri i cassetti, tira fuori le schede. Schiaccia il timbro sul foglio.

(Facce sentì chi sei!)

Abdel ha una banda bianca avvitata sui fianchi, come un torero. Sta consegnando le tazzine del caffè Illy ai tavolini del bar all'angolo, sotto il portico.

(Fatte dà 'e mance!)

Poco più in là, Bostan fuma una Marlboro appoggiato al cancello della Porta Magica. Ieratico, solenne, riflessivo. Sorride da una lontananza antica, quasi sapesse cose che io ignoro e lui non può rivelare.

(Sta' 'n campana!)

Costantin, seduto vicino al fioraio, gli occhiali da sole della Persol, sembra un modello: magro, alto, biondo, occhi azzurri. Nel pugno stringe un fascio di fili elettrici. È stato assunto come operaio all'Enel.

(Beato lui!)

Poi c'è Daba che ha in tasca il piccolo Corano. Recita le cinque preghiere quotidiane.

(Nun ce posso crede! Adesso sta a fà er diggèi a Torpignattara, giusto?)

Era', 'o vedi? Te stamo a festeggià, esclama Erminio, il compagno paralizzato sulla sedia a rotelle.

Àmo diviso er banco de scòla.

Abita al Tuscolano, come una specie di eremita.

Nun me batti er cinque? Avvicìnate, ch'io nun c'ariesco. Sò rimasto così, tipo 'n torsolo. Robba de quarantacinque anni fa. Una voragine.

Vicino a lui ammicca Felicity, con la bambina in braccio, attaccata al seno. Sono un corpo unico: la conchiglia della lumaca. La crosta sulla ferita.

(Madre e fija!)

La basilica di Santa Maria Maggiore sembra una sentinella in alta uniforme.

(A professo', pe' capitte dovemo annà a ripijà l'appunti.)

Fra la gente che vuole farsi vedere spunta Alfredo Cavina, partigiano della 36ª brigata Garibaldi: mio nonno. Ha la testa crepata col buco in fronte. Pronuncia una battuta, ma è come se avessero abbassato l'audio. Canta *Bella Ciao* o recita il *Salve Regina*?

(Stùrate 'e recchie!)

Trattengo a stento l'emozione nel vedere accanto a lui nonna Rosina, piccola e dolce. Col dito indice traccia il segno della croce sul mio ginocchio sbucciato.

(Mettece 'a pomata che te conviene!)

Ilario, militante di Casa Pound, esce sicuro e un po' sfrontato dalla stazione della metropolitana. Indossa anfibi e calzoni militari. Sullo zaino ha inciso la croce celtica.

(A pischelle', nun te dà troppe arie!)

Proseguo verso via Merulana, frastornato ma ancora abbastanza lucido per non farmi travolgere dalla moto che schizza dietro di me. Un cinquantino con la marmitta in titanio della Arrow a becco ricurvo.

('Na bomba.)

Il rumore assomiglia a una scarica di mitragliatrice. Giovanni! Lo chiamavamo tutti Jan. Scivolò sulla discesa di Palombara Sabina nelle stesse ore in cui noi eravamo riuniti nei consigli di classe. Lo avevamo promosso senza dargli neppure un debito.

(Nun era servito a gnente.)

Mi disseto alla fontanella di San Vito.

('No strapiombo.)

Quando alzo gli occhi, chi arriva? Kim, col sorriso indimenticabile del ragazzo destinato al massacro. Camicetta a fiori sotto il gilet di velluto e pantaloni di terital, come la sera del suo compleanno quando lo incontrai prima che andasse in discoteca. Mi vorrebbe consegnare qualcosa. È un foglio protocollo stropicciato: il tema che non riusciva mai a terminare in tempo utile.

(Me viè da piagne.)

Dove siete finiti tutti quanti?

(Famme capì: 'ndo se trovamo?)

Nella lunga spiaggia prima dell'alta marea dove un giorno, riconoscendoci, ci abbracceremo?

(Te sei visto troppi firme.)

Nel magazzino in cui gli scrivani registrano gli arrivi?

(Te sei letto troppi libbri.)

I teppistelli lasciali ancora un po' a cincischiare sul muretto.

(Viè qua che te famo 'a stira!)

Bambino che nasce. Vecchio che muore.

(Te batte forte er còre all'Esquilino.)

Mi dirigo verso San Martino ai Monti col respiro in gola. Cos'è? Tachicardia espressiva.

(Ccheee?)

Amore nei confronti degli esseri umani.

(Lassa perde.)

Fulmine a ciel sereno.

(Datte 'na carmata.)
Avrei bisogno di prendere fiato.
(Nun è aria.)
Recuperare energie.
(Te'e sei sciupate.)
Nel caso in cui avessi sbagliato, cosa mi accadrebbe?
(To'o dimo dopo.)
Se non ci foste stati voi, non sarei me stesso.
(T'àmo dato er massimo.)
Quante volte ormai lo proclamo? Dappertutto: a scuola, sui giornali, in pubblico, su YouTube.
(Te manca de scrivelo su li muri.)
Un individuo, da solo, non ha peso. Eppure non riesco ad accettare l'idea di avervi perso così. All'improvviso. In mancanza di qualsiasi contrattazione.
(Stai a ddì che nun t'avemo avvertito quanno se semo dati?)
In un gioco di polso. Senza che me ne accorgessi. In un battito di ciglia. Da un giorno all'altro. Adesso sono qui a fare i conti. Che non tornano mai.
(Vor dì che sò sballati!)
Chi non c'è più. Chi è vivo. Chi ha traslocato. Chi forse vedrò ancora. Chi non potrò nemmeno salutare.
(E bonanotte ar secchio.)
Dammi la forza, Ottavio! Almeno tu non lasciarmi a bocca asciutta. Inchiodato lì per sempre all'angolo di via dello Statuto.
(A zzi', ma cche te devo da dì? 'O sai ch'io nu' risponno mai a tono, no? A me mme devi da prenne de struscio, sinnò nun apro bocca.)
Ho bisogno di voi. Della vostra spavalderia. Del vostro entusiasmo. Del vostro coraggio. Della vostra tracotanza. Non mi lasciate da solo! Vi svelerò gli arcani.
(Sì, magara...)
Cominciamo subito col primo.
(E vvai!)

Sapete quando vi sentirete bene?
(No, diccelo te, che a noi ce viè da ride.)
Il giorno in cui vi accorgerete di non essere nessuno. Se non, appunto, la conseguenza incontrollabile delle relazioni umane che la vostra esistenza ha suscitato.
(Ripetecelo 'n'artra vorta perché nun ce stamo a capì gnente!)
Sarà, ve lo anticipo, un istante bellissimo: tutto da vivere. Quella specie di zavorra che, per timore, incoscienza, chissà cos'altro, ci eravamo posti sulle spalle. Quel carico di narcisismo, ambizioni, programmi, liste di obiettivi da realizzare...
(Che palle! Apri 'a finestra, Romole', che se dovemo rinfrescà!)
... d'improvviso tutto questo cadrà a terra. Ci sentiremo molto più leggeri.
(Daveero?)
Inattaccabili. Nella fragilità, al sicuro.
(Ma cche stai a ddì?)
Compagni della ventura. Fratelli della sorte. Io e voi cosa siamo?
(Annamo: spara. Dicce tutto. Facce capì er mistero.)
Pulviscolo luminoso. Stelle cadenti. Fuochi che si spengono. Sospiri spezzati.
(A professo', me pari rintronato, n'è che te sei scolato quarche cognacchino?)
Il ragazzo nigeriano ha parcheggiato sotto la Torre dei Capocci. Due donne fasciate dentro le calze a rete gli stanno accanto e ridono sguaiate. Pantere nere. Anche loro mi chiamano per nome.
(Come fanno a sapello?)
Soffiano dei baci sulla mano aperta. Indicano la cifra della prestazione. Da consumare, presumo, là dietro, nel fogliame del parcheggio abbandonato.
(E daje, su.)
E lui chi è? Nwaebe. Il loro protettore.

(Er magnaccia.)

Non si ricorda di quando gli correggevo i verbi sulle fotocopie? Venne a casa nostra a ritirare l'attestato di frequenza che gli sarebbe servito per chiedere il permesso di soggiorno.

(Ma che se credeva, ch'eri 'n questurino?)

Ecco, sono arrivato. A sinistra i magazzini della Mas. A destra gli ictus dei miei genitori.

(Ar papone je dicevi: arza er braccio. E quello je ricadeva. A tu' madre te bastava daje du' zuccherini pe' falla contenta.)

Attenzione: questo è il punto esatto.

('Ndo stava Di Veroli?)

Fidatevi: proprio qui. Dove morì il Comandante. E nacque il maestro. Mi lascio alle spalle i rottami del suo velivolo distrutto. Varco le soglie del banco di scuola.

(C'empari l'arte de la vita.)

Imbocco via Equizia. Dentro le orecchie sento un ronzio. Dimmi un numero. Otto?

A, b, c, d, e, f, g, h.

(Conta bene, su'e punte de'e dita.)

Hermal. Eccolo qua. Albanese di Valona. Il cinturone con le borchie, le sigarette nel taschino, i denti già rifatti.

(Aspetta, nun te ne annà!)

La direzione che avete preso, da chi è dipesa?

(E cche to'o dimo a ffà?)

Fino a che punto in voi ci sono dentro anch'io? In me di certo vivi te. Poi te. Poi ancora te!

(A sor mae', sicuro? Pur'io?)

Sono arrivato al Colle Oppio.

(To'o ricordi er fusajaro sfreggiato?)

Sotto gli archi macilenti spunta un uomo elegante, col farfallino e il cappello: strano in questo contesto. Appartiene a un'altra epoca.

(Sei o nun sei der cinquantasei?)

Mi sorride, come fosse un mago. Quando prende la parola, lo riconosco. È il padre di mio padre.

(Stai a ddì l'artro tu' nonno?)

Così come me lo sono immaginato, dal momento che non l'ho mai visto. Né dal vivo, né in fotografia. Rappresenta l'incognita.

(N'è che ha 'mboccato dar budello 'ndo stanno li fasci?)

Queste sono cose grosse.

(Te stai a caricà.)

Ci segniamo in fronte con il pennarello rosso.

(Sa'a famo sotto.)

La donna che lo accompagna dev'essere stata la sua amante. Si chiama Quirina, l'altra nonna, vestita come una regina. Sciantosa, col trucco, la cipria e il rossetto. Il drappo sulle spalle. Un bel portamento. Anche se, non si può negare, resta una contadina.

('Na burina.)

Vieni, Labib, ti mostro dove trascorrevo il pomeriggio da bambino. Lì ora bivaccano gli eritrei.

(E dilla tutta: ce magneno, ce cagheno, ce piscieno.)

Filiformi, il profilo che sembra inciso nelle medaglie insabbiate.

(Vabbè.)

Si preparano il caffè con la macchinetta usando la bombola del campeggio.

(E lasceno tutto zozzo.)

Ci venni la prima volta quando frequentavo le scuole elementari. Giocavamo per qualche ora all'aperto, dopo esserci slacciati il colletto bianco per respirare meglio.

(Da paura, eh?)

Restavamo coi tre bottoni del grembiule blu chiusi fino alla gola.

(A rischio de strozzavve.)

I laterizi delle vecchie pietre. Le erbette. I gatti. È tutto ancora fermo, quasi non si fosse spostato di un millimetro. Io ho consumato il tempo che avevo.

(Sei arivato a fonno corsa, ve'?)

La carta brucia. Fra poco i suoi pezzetti si dilegueranno nel vento fino alle Sette Sale. Da bambino non me ne rendevo conto. Puntavo a rete. Era come se volessi tirare forte col destro.

(De collo pieno.)

Vieni qui, Mustafa, a te invece vorrei mostrare un'altra cosa. Vedi quel mentecatto seduto sulla panchina laggiù, accanto al viale, col camicione bianco?

(Embè?)

Si chiama Sesto, ma potrebbe anche essere soltanto una parte di me stesso.

Tu dici vero?

(Te pòi fidà.)

Quello che sarei potuto diventare. L'ho scampata bella. Eppure persino lui si sta rifacendo vivo.

(Pe' modo de dì...)

Quanti saranno ancora?

(E che ne so?)

Dovrò radunarli tutti.

(Voi che te do 'na mano?)

Dalla A alla Z.

('Spetta che te vado a riprenne er giornale der professore: quello blu pe' tre classi e sei fascicoli perché c'avevi puro storia!)

Prima sarà necessario rimetterli in riga.

(Ho capito: se dovemo dà 'na regolata.)

Tareq, cosa ci fai vicino alle antiche terme? Mi avevano detto che eri andato in Australia, sulle tracce di una tua innamorata.

(Ma 'ndo vòi che va 'sto smandrappato?)

Ricordi quando parlammo alle studentesse umbre? Sembrava il concerto della paternità mancante. Il perno pedagogico.

Tu mi maiestro.

(Ahó, ancora nun te sei imparato a parlà bene?)

Attraverso la strada fino al campo di pallone dove un tempo si sfidavano i sudamericani. Accanto ai resti delle vecchie terme di Traiano. Ecuadoregni contro messicani.

(Peggio me ce sento.)

Ullah, ti hanno messo in porta? Non giocavi a centrocampo?

(Daje, facce 'na sforbiciata!)

Vittorio, il vecchio impagliatore di sedie, non può ammirare le tue prodezze perché è cieco.

(Poraccio.)

Il Colosseo davanti a noi, decrepito, ormai inutilizzabile, sembra il fucile dello zio Willi. Lui sparava in alto per non uccidere i repubblichini.

(C'aveva er còre bbono.)

Vieni, Pietro! Non bestemmiare.

(Te pare facile!)

Se fai il bravo ti porterò a vedere dove morivano i gladiatori. Promesso? Altro che wrestling!

(Ma che ne sanno quelli!)

Yasser, non ti sforzare, resta pure sdraiato a terra sui pratoni della Domus Aurea.

(Sinnò te pija 'n córpo.)

Zuri, diglielo tu, che ormai sei diventato un padre di famiglia.

(C'hai da penzà a'e bollette da pagà.)

Non potrò raccontarvi tutto. Se lo credessi, avrei perso in partenza. Dovrete essere voi ad assumervi questa responsabilità.

(Noooi?)

Sì, proprio voi. Preparatevi.

(E che dovemo da fà?)

Non siate disattenti. Questo non è più un gioco. Ne va della stessa vita.

(Ma che te sei bevuto?)

Vi assegno un compito primario. Ognuno dovrà provare a spiegarmi il senso che ha avuto il nostro incontro.

(Cioè? Famme capì mejo.)

È stato un caso, una fatalità, un destino? E soprattutto: a cosa è servito? Ci siamo scambiati il sangue per niente? Vi lascio campo libero.

(Potemo dì tutto?)

Ponete le domande. Organizzate il convegno. Scavate fino in fondo. Senza paura. Né infingimenti. Gettate via le maschere. Estraete le frecce. Colpite. Mettetemi al muro. È questo che voglio.

(Guarda che 'o famo pe' davero!)

Altrimenti perché uno dovrebbe scrivere? Se volevo diventare ricco, aprivo un negozio. Sulle tracce di mio padre.

(Che c'aveva 'na bottega su via Carlo Arberto. 'Ndo adesso ce stanno li cinesi.)

Avrei guadagnato un mucchio di soldi. A cosa mi sarebbero serviti?

(A pagà er commercialista.)

Fate i bravi. E cercate di non dimenticare niente.

(A professo', io da solo nun te ce lasso. Ottavietto tuo te resta appiccicato addosso. Te faccio da guardia der corpo. Me ne sto qua dentro a'a parentesi, nun te preoccupà. 'Nzieme a te attraversamo l'arfabbeto.)

ABDEL. *Sarà questo il Paradiso?*

*Abass Sawadogo*
*Abdalla Aymana*
*Abdalla Elkot*
*Abdan Keita*
*Abdel Aziz*
*Abdel Hamid*
*Abdel Razik*
*Abdel Tamer*
*Abdelaziz Ali*
*Abdelhamid Gamal*

Io no conosci beni taliano. Venuto trovari in nova scola.

(Chi è 'sto matto?)

Parli te con me posto mio. Io dico che penso io. Tu crivi con tue parole. Quanti genti! Tuti guali me, ani fa, tanti. Loro deve avere lingua bona.

(Namo, rega', datece sotto!)

Mettetevi in fila con il tesserino del centro di pronta accoglienza. Senza fare troppa confusione. Togli le mani dalla tasca! Spegni il cellulare! Porta rispetto. Chi sta copiando il vostro nome sulla scheda vi vuole bene. Se ve lo dico io, potete crederci.

(Ma che ne vòi sapé?)

Da piccolo frequentavo la madrassa. A sei anni l'imam mi faceva inginocchiare sul Corano. Mi metteva un sasso sulla nuca. Quando cadeva, erano botte. Forti, col righello.

(Er maestro je menava!)

Se adesso loro vengono qui da te a imparare l'italiano senza pagare niente, lo devono al sottoscritto.

(Ma va'?)

Tutto cominciò perché ero svogliato, eppure curioso. Molto è legato alla mia pelle butterata. Frùngoli in facia. Denti poco giali.

(Devi esse popio brutto!)

Se non ci fossi stato io o se fossi stato diverso da quello che ero, non avresti organizzato il rapporto "uno a uno". No clase. No voto. No proamma.

(Ahó, e mica pòi continuà così. Nun te capimo! Professo', daje 'na mano.)

Ora che ti sei costruito una scuola tutta per te, questo tuo universo stellato di esercizi da svolgere, atlanti, dizionari, giocattoli, disegni, alfabeti e caramelle, ragazzi che vanno accolti facendo festa, pacche sulle spalle, abbracci, noi tuti frateli, come pensi di procedere?

(Come te metti?)

Prima che tu abbia il tempo di rispondere, loro sono già sulla porta. Eccoli qui, schierati. Tu prendi nota. Giovani maghrebini. Guerrieri afghani. Eroi delle steppe slave. Fuochi appena accesi. Portano in viso il segno della saetta che, pur sfiorandoli, li ha risparmiati. Tempesti in ochi. Bufèri in guardo. Nivole in fronti.

(Ahó, si continui così, te bocciamo, eh!)

È il modo che hanno di stringerti la mano. Di far sì con la testa quando gli mostri l'indirizzo del posto dove impareranno a leggere, scrivere e diventare adulti. Siamo in corsa, sembra che dicano, il fiato corto, i jeans strappati. Lo smartphone stretto nel pugno come un trofeo. Senza documenti. Coi biglietti della metropolitana mischiati agli esercizi sugli articoli maschili e femminili. All'inizio eravate te, tua moglie e un paio di amiche.

(A regazzi', nun te montà 'a testa. Devi da sapé che c'ero pur'io; a me lui m'ha conosciuto moorto, ma moorto tempo prima de vedette a te.)

Gli allievi non riescono a stare fermi in fila per l'iscrizione. Como io in Tangeri dentro barca per Spagna. Soli cane.

(Vòi dì ch'eri solo come 'n cane?)

Odori pesci frito.

(L'acciughette su'a piastra cor peperoncino.)

Non sai quali sono stati i margini di libertà di cui hai potuto disporre. Non lo sa nessuno.

(Manco io.)

Non lo sanno Ashraf, Tembraz, Elazam, Farouk, che se ne vanno in giro per i corridoi dell'edificio scolastico, dove non dovrebbero. Non lo sa la principessina timida e altera, appena arrivata. Lei bela.

(Te piacerebbe, eh? Ma 'ndo vòi annà?)

Vorresti saperlo tu? Corri a richiamare i più carichi. Ricordo quando facevi lo stesso con me. Il giorno in cui ci battemmo io e Amir. Taco lui con pugni. I volti deformati dallo sforzo per cercare di ferirci, farci male. Bote forti.

(Ve séte scannati.)

Così adesso è quasi un corpo a corpo per costringerli a rientrare. Scalcinati ragazzi ai quali è difficile spiegare il verbo essere perché nella loro lingua manca. Chi io? Chi tu? Il perno della civiltà.

(A perno, nun t'allargà, che me te magno.)

Avanzano in gruppo. Impossibile separarli. Come le antiche tribù. Quelle che, partendo dal deserto, conquistarono mezzo mondo. Sono stato io a portarteli, sai?

(Sì, vabbè, mo' hai fatto tutto te.)

Cominciai nel momento in cui ti incontrai nel refettorio della comunità. Eri spaesato. Appena arrivato. Volevi fare la rivoluzione. Interiore.

(Ma dde che?)

Qualcosa di profondo, dentro di te, ti spingeva verso i miei compagni. Una tensione che non riuscivi a sciogliere.

('Na specie de febbre ce l'hai sempre avuta.)

Ti era necessario uno come me. Sono stato il tuo grimaldello.

(Questo insiste.)

Tizzone d'umanità in fiamme.

(J'ha preso brutto, eh!)

Foco in peto.

(Dillo bene: petto, sinnò m'hanno detto che vor dì scureggia.)

Nel mio piccolo stavo creando a tuo uso e consumo un protocollo d'intesa affinché potessi avvicinarti ai nuovi studenti.

(Ma quale intesa?)

Poi sono cresciuto. Lavoro, come hai visto, ai tavoli di un bar.

(Fai er cameriere. Io me ce sò messo 'na vorta tanto pe' provà ar Fontanile Arenato, quanno m'ero ritirato da scòla. M'è bastata 'na serata. C'è mancato poco che je rompevo li piatti, li bicchieri, er vassoio: tutto. E poi co' certi clienti me ce stavo puro a prenne. Er principale m'ha fatto: a pische', attizza 'e recchie a quello che te sto a ddì: lassa perde, questo nun è er mestiere tuo.)

Oggi mi rivedo in loro. Non sanno ancora cosa significa studiare seduti dietro a un banco.

(Ma tu trovemene uno che je va. Uno solo. E poi te pago er conto.)

Scrivono e pensano da destra a sinistra.

(Davero? E pperché?)

Hanno respirato la polvere del Delta del Nilo, vicino a Gharbia. Vengono tutti da lì: il cuore del mondo.

(Aridàje, 'namo a vedé su'a carta.)

A testa bassa.

('Sti pidocchiosi.)

A testa alta.

(È regolare: quanno cori er pallone nu' 'o devi vedé.)

Che fine hanno fatto i loro genitori?

(Boh.)

È tutto qui il senso del tuo investigare.

(Potevi diventà 'n polizziotto.)

Ancora oggi è così. Vuoi bagnarti le mani alla sorgente del fiume, sapendo che la sua acqua non è affatto pura. Sembra cristallina, ma in quella trasparenza crescono i vermi.

(Io ce sò nato, dentro 'a marana!)

Prosperano i parassiti. Si lavano i vigliacchi. Si nascondono i malfattori. Selim sembra dodicenne, anche se, quando gli hai chiesto l'età, ha aperto tre volte la mano per dire quindici.

(Hai capito, er pischelletto!)

Alzando gli occhi verso di te, ha messo due dita in croce in modo da poter aggiungere il mezzo. Non ci crede nessuno. Al telefono i parenti lo spingono a restare. Prima l'hanno mandato via. Ora vorrebbero i soldi che lui non è in grado di guadagnare.

('Sti zozzi.)

Lui no sa nente.

(Ma quale nente. Se dice gnente, 'gnorante!)

Alba dell'umanità. Il piccolo egiziano non ha difese. È privo di qualsiasi supporto.

(J'hanno levato 'a sedia da sotto 'r culo.)

Nel pomeriggio, quando viene da voi, si nasconde in bagno dove la mattina sono passati i liceali. Selim si trattiene a lungo nella solitudine del gabinetto. Capo chino in mezzo alle ginocchia.

(Ce se concentra.)

Braccia sul collo. Visto dall'alto sembra un bruco accanto alla tazza.

(Se fa 'na pera.)

No facile omini capire.

(Scialla, che manco io ce capisco 'na mazza.)

Grazie a loro, trasformi il sangue in inchiostro. La storia in favola. Il dolore in racconto. Tua vita in nostra.

(Quanto séte bravi!)

Come se lo scadimento cellulare che il tempo determina fosse una semplice questione verbale.

(Qui ce vorrebbe 'na nota.)

Ti chiamano da molte parti d'Italia e anche dall'estero.

(A professo', ma te fai pagà, armeno?)

Associazioni, case famiglia, singole persone. Uomini, donne, giovani e vecchi.

(C'hai l'aggenda piena. 'Na vorta me c'hai fatto buttà 'n occhio: parevano 'e parole 'ncrociate da'a settimana 'nigmistica.)

Chi chiede il manuale per insegnare l'italiano. Chi vorrebbe partecipare lui stesso. Chi avrebbe necessità di una motivazione speciale.

(Chi se fa li cazzi sua.)

Chi è soltanto curioso.

(Chi te pija pe'r culo.)

Molti con la voglia di spaccare tutto. E chi, prima di chiudere bottega, vuole lasciare un piccolo segno.

('Na tacca.)

I quaderni glieli regalate voi, vero?

(Puro a mme me li sganciava, che tte credi?)

Sì, anche le penne e la cartellina blu. A te piacerebbe sgomberare i magazzini.

(Chiama li facchini.)

Dare via tutto. In primo luogo il mito di te stesso.

(Guarda che si continui così, te meno.)

Quella specie di intruglio da sorseggiare ogni tanto, fatto di sogni spezzati, secrezioni dell'esperienza, fantasie, monete e medagliette.

(Io c'ho solo er trofeo da'a Vìrtuse.)

L'ideale sarebbe restare con le tasche vuote.

(E dimme 'n po': dopo che te magni?)

No tieni nente. Dai via tutto.

(Lassa stà che quarche monetina te serve sempre.)

Potrebbe essere una trappola emotiva?

(Tu pensa a li sorcetti tua.)

Non vuoi più ubriacarti con le parole dei filosofi.

(Te c'abbasta 'na bira!)

Una volta uno di loro ti chiese: se invece che Mohamed davanti a voi si presentasse Dracula, lo aiutereste lo stesso? Avresti voluto alzarti in piedi per esprimergli il sentimento di commiserazione nei suoi confronti, ma stavate in uno studio televisivo, quindi sei rimasto seduto al tuo posto.

(Je potevi sgancià 'na pigna sur grugno.)

Cosa desiderano Abass e Abdalla? Le coniugazioni dei

verbi irregolari? Gli aggettivi possessivi? I pronomi? Se fosse solo questo, sarebbe un risibile saldo.

(Magara li saprebbi bene io!)

Tu diventa grande. Comi poso?

(Sta' bbono, nun me fà perde 'a pazzienza.)

Lo chiedono proprio a te che, nel fondo oscuro della tua anima, porti ancora inciso lo statuto del quindicenne. I nuclei armati della timidezza ancestrale. Le rose spinose di una concentrazione priva di sbocchi.

(Quanno stavi tutto er giorno a casa a fatte 'e seghe mentali.)

Dagli una mano, Abdelaziz, aiutalo a credere ancora nel ginocchio ferito!

Ivan, moldavo filorusso, spiegagli come si fa a bloccare un avversario a terra, tu che, così hai detto, sei campione di lotta greco-romana.

Diego, brasiliano di San Paolo, fagli capire cosa significa non soffrire di saudade.

Tao, timido ragazzo delle vecchie risaie, dimostra al tuo professore come si può diventare uomo.

(Sai che bella squadra ce famo co' questi?)

Lo vedi? Tu semper steso.

(Nun cambi mai.)

Quattrocentista al fotofinish. Mediomassimo naturale. Motociclista metafisico.

(C'annavi in fissa cor Biemmevvu, anche si poi c'hai avuto sempre er Transarpe.)

Stategli vicino, voi scolari.

(Nu te preocupe, ce penzo io.)

Come bisogna vivere?

(Chiedilo ar Padreterno, no a lui.)

Dategli la benedizione che ce lo spiega. Ai suoi occhi, prima o poi ve ne renderete conto, siete i messaggeri dell'infinito, gli araldi dell'eternità, gli angeli degli scantinati.

(Me' cojoni!)

O volete credere che il sentimento di amicizia fra gli esseri umani produca un calore simile a quello che potrebbe nascere sfregando due sassi?

(A professo', damme retta, mannalo a quer paese.)

Non hai visto l'immagine della Madonna scavata nella roccia o accesa in cielo.

(Dovrebbi annà a'e Tre Fontane, come me c'hanno portato a me da regazzino.)

Io fatto conoscere te mio padri, mio madri, mio nona, mio amici. Stato da noi due stemani.

(Ahó, metti apposto 'ste frasi sinnò 'n te capisce nisuno.)

Nelle sabbie arabe. Hai mangiato con le mani. Dormito per terra. Pregato insieme a me.

(Quanno sei annato a trovallo a casa sua, ve'?)

Ora mi chiedi notizie. Hai bisogno di conoscere la mia opinione. Questo mi commuove.

(Te se strigne er còre.)

Cosa io poso dire? Tutti vorrebbero sapere cosa ci sarà dopo: la piena oscurità, il vuoto o chissà quali luminose stelle dell'Orsa Maggiore.

(Chissà chi lo sa.)

Avremo di fronte un vicolo cieco, una parete insuperabile, una sabbia mobile, un groviglio, un deserto, una palude; oppure troveremo il passaggio estremo, tanto sperato, il minuscolo sentiero che ci condurrà verso l'altra vita?

(Invece de rispónnete, to'o sta a richiede a tte!)

Saremo da soli, perduti per sempre nell'oblio, come se non fossimo mai esistiti, o ci verranno incontro miliardi di volti noti e sconosciuti?

(Ahó! Ma che stamo a fa 'e prove Invarzi?)

Eserciti di individui della nostra specie impossibili da pensare e da descrivere. Corpuscoli, lemuri, dimmi cosa.

(Guarda che te l'àmo chiesto noi a tte! Nun fà er finto tonto!)

Abu, ci sarai anche tu, coi jeans strappati, la maglia giallorossa dell'A.S. Roma?

(Sciàcquete 'a bocca prima de nominà 'a Maggica!)

Jamal, non lasciarlo solo, perché quello vuole portarsi il coltello anche laggiù.

(Ce voi squartà li cherubini?)

Shalabi, parliamo con franchezza: riuscirai ad andare incontro a tua madre che ti abbandonò da piccolo nel mercato dei fazzoletti di cotone? Ti posò dentro la cesta e scomparve veloce in mezzo alla calca, con passetti rapidi e furtivi che non si possono dimenticare. L'avrai perdonata?

(Còre de mamma tua...)

Il sasso sprofonda nel lago. Un uccello si perde fra le montagne. Avrai avuto la forza per farlo?

(Nun se pò mai dì.)

Sarete lì, sul bagnasciuga, insieme a tutti noi, anche se ci vedemmo soltanto una volta? Adulti pronti a stringerci la mano, compagni smarriti, folli che ci vogliono abbracciare, anziani commossi, bambini festanti, le ragazze di cui siamo stati innamorati senza esserci mai dichiarati.

(Ve sta a girà 'a capoccia, eh?)

E se invece ci aspettassero all'angolo i nostri creditori per riscuotere il saldo, farci pagare i sospesi e ritirare il dovuto, in una sorta di inaudito rendiconto?

(Mi' nonno mo'o diceva sempre quanno me portava a allenamme: Otta', nun fà mai li debbiti, sinnò poi te ce penti.)

Se davanti a noi, seduti a cavalcioni sul parapetto celeste o riemersi come decrepite sagome dai polverosi bassifondi, spuntassero i nemici che abbiamo inutilmente sperato di schivare per tutta la vita, pronti a vendicarsi dei torti subiti?

(Penza si a me me se presenta Osvardino, che quanno 'o vedo... arèggime...)

Predoni col turbante. Teppisti dai denti d'oro. Campioni di arti marziali miste.

(A professo', te stai a vedé 'a serie su Sky?)

Il bullo che ti schiaffeggiò da piccolo all'uscita di scuola inseguendoti attraverso i portici fin sotto casa.

(Io pe' 'ste storie ce vado 'n fissa!)

Il ladro che rubò la crosta di pane a Zuri mentre dormiva alla stazione di Napoli.

(A 'nfamone!)

Se, invece degli angeli, che un tempo tu definisti "serafini da vettovagliamento", comparissero proprio loro?

(Li nemichi?)

Pensa che scena: t'illudi di essere arrivato in capo al mondo, finalmente libero dalle passioni, dai vizi, dai sogni, dai desideri che ti hanno stregato, e quei tristi figuri, masnadieri o mercenari, finti amici, si preparano a darti la mazzata.

(A cornuti!)

Ti piombano addosso in quattro o cinque.

(Fermi, ahó!)

Armature nere, bastoni, catene.

('O vedi, professo'? To'o dicevo io: pòrtate er fero. E tu me ce pijavi pe'r culo.)

Ti colpiscono forte in faccia, dove fa più male. Col pugno chiuso, inclinato al millesimo, gli anelli cromati sulle nocche spigolose, l'avambraccio teso.

('Ste cose nun te'e scordi più.)

Il peso della spalla si scarica sul punto giusto. Senti lo schiocco? Un po' gommoso.

(Dimme 'a verità: sei stato a l'Indomita. Sotto 'a scalinata, eh?)

Nei primi momenti resti frastornato. Poi viene fuori il sangue: apri le mani, te le guardi incredulo, sgomento.

('Na vorta m'è successo pur'ammé, ar baretto sotto casa. Uno m'ha puntato solo perché 'o guardavo fisso. M'è venuto sotto a damme 'no sganassone. M'hanno portato ar Pertini, è arivata mi' madre, pareva uscita dar manicomio...)

Secondi sgranati al rallentatore. La giacca macchiata. La camicia sporca. Lo sguardo smarrito.

(Ce s'attizzamo.)

Sarà questo il Paradiso?

## BOSTAN. *I tabelloni truccati*

*Baban Toure*
*Babu Munir*
*Badr Rada Mousa*
*Bah Ahmed*
*Bah Tijan*
*Bajaha Ousman*
*Bakary Jaiteh*
*Bostan Bhuyan*
*Boye Tom*
*Bubacar Alì*

Chi fato boti piccolo no corda più.

('O so. Si ammolli 'n cazzotto a uno, dopo je ne vorresti dà 'n antro subbito.)

Resta tuo nodo gola. L'amarezza della sconfitta, anche se hai vinto. Il vestito stracciato. La camicia sporca. Il ginocchio insanguinato. Negli anni la ferita non guarisce. Anzi, peggiora. Si alimenta delle tue incertezze. Sparge veleno sui tessuti circostanti. Diventa una lesione purulenta. È come se nutrissi uno scorpione dentro il frutto.

(A questo j'è partita 'a brocca.)

Io lo so perché hai capito sino in fondo l'occhio pesto di Bashir. Insieme ai suoi amici afghani aveva combattuto in piena notte contro gli albanesi. Basta poco per far scattare la scintilla.

('Sti cucciolotti fanno presto a diventà leoni!)

Un afghano non sopporta le parolacce. Una di troppo fece scoppiare la bagarre.

(T'aveva 'mbruttito.)

Le reti del letto vennero usate come armature difensive. I cocci del lampadario si sparsero a terra. Il manifesto di Higuain finì sotto i piedi dei ragazzi.

(Mejo così.)

Se l'avversario cade, non puoi permetterti di risparmiarlo.

(Je devi dà 'a mazzata.)
Osman indossava la cintura col teschio.
(Come 'a mia.)
Alì impugnava il collo della bottiglia di birra.
(A ripijate!)
Tu non avresti capito niente se non avessi conservato quel ricordo.
(Allora sentimo. Dicce tutto.)
Un bar degli anni Settanta, al Tiburtino Terzo.
(Questa è popio robba tua.)
Scansi le strisce multicolori poste all'ingresso che ti ricadono sulle spalle mentre entri, come una pioggia di coriandoli, producendo un suono di plastica sgranata. Il biliardino, il chinotto, la gazzosa. Eppur mi son scordato di te. Come ho fatto non so.
(Co' Lucio Battisti te ce sei drogato.)
Ore sprecate. Avvilite. Mortificate. Un tuffo dove l'acqua è più blu. Niente di più.
(Questa ma'a sò 'mparata pur'io su iutubbe!)
Basta uno sguardo di troppo, voglio dire insistito, per venire attaccati.
(Si mme ce punti, vor dì che se dovemo scannà.)
Non è come nei film western.
(Lì er sangue 'o fanno co' li pelati Grazziella!)
Le dita negli occhi, sputi, calci. Se ricevi un colpo, ci resti secco. Cadi a terra senza che nessuno ti aiuti. Scappano tutti.
(C'hanno strizza.)
Queste cose sono uguali a Santa Maria del Soccorso, a Durazzo, a Kabul.
(Ce pòi giurà.)
La testa ronza per due settimane. Vai dal medico. Ti ordinano le lastre. Salti la scuola.
(Fai sega.)
Ti resta dentro il fil di ferro. Altri lo chiamano "il male umano".

(Quanno te rode er culo.)
Ripensi a chi avrebbe voluto ammazzarti lì, per terra, col vetro della bottiglia di birra.
('St'infamone.)
Anche lui è stato un bambino.
(Dde che?)
Di notte non riesci a toglierteli dalla mente.
('O voresti ammazzà.)
Lo rivedi per caso dopo tanti anni.
(Davero?)
Gestisce una tabaccheria, in centro. Sta dietro alla cassa. Dà i resti. È calvo, basso, brutto. Invecchiato.
(Ingrugnito.)
Quella accanto potrebbe essere sua moglie.
('Na cozza.)
Non ti riconosce nemmeno. Tu sì. Gli chiedi dieci francobolli.
(Puro 'sta soddisfazzione j'hai dato!)
Lì per lì non ti è venuto in mente altro. Apre il cassetto, stacca il foglio e imbusta. Non alza lo sguardo.
(A Giuda!)
Anche se lo facesse, non gli diresti niente. Non sa chi sei. Lo sai soltanto tu, chi è lui.
(Nun to'o sei mai levato da'a capoccia, ve'?)
La gente non è attenta. Solo chi scrive lo diventa. Siete vicinissimi. Potresti partirgli con la testa, dall'alto verso il basso, per fracassargli il volto. Il muscolo del collo sarebbe come un serpente boa. Non avrebbe il tempo di reagire. È piccolo. Tu sei grosso.
(Ma je sei partito, poi?)
Subito gli saresti sopra. Ci sarebbe da schiacciargli le ossa. Distruggergli le cartilagini.
(E ch'aspetti? 'Namo?)
Esci con le gambe che tremano. Respiri forte lo smog di via Nazionale.

(A professo', si vòi 'na mano, abbasta che mo'o dichi.)

A me accadde più o meno la stessa cosa alla periferia di Ghazni.

(Sì, vabbè.)

Volevano venirmi a prendere per portarmi via insieme a loro, come avevano già fatto con mio padre. Che si era rifiutato. Pagando con la vita. Non avevano calcolato la reazione. Appena li vidi, mi rifugiai dietro al bancone. Mi circondarono. Scattai sul retro. Il coltello restò sotto il tavolo della locanda, fra le bucce di mango.

(A Bostà, tòjeme 'na curiosità: che titolo era?)

Nel cortile sbattei contro la sentinella. Aveva la barba lunga, gli occhi maledetti. Ci rovesciammo a terra avvinghiati come serpi. Ho ancora la sensazione del suo corpo contro il mio.

(Ma 'nvèntatene 'n'artra!)

Era scosso da una specie di energia elettrica. Pochi secondi di furia prima che riuscissi a scavalcare il recinto.

(Stai a zagajà pe' fatte bello!)

Mi trovai da solo nel buio. Cominciai a correre sotto il cielo illuminato. La campagna desolata pareva indifferente. Rupi e vallate erano ombre gigantesche.

(Me' cojoni!)

Raggiunsi in pochi minuti la fattoria che sapevo. Bussai alla finestrella di Karima.

(E mmo' chi sarebbi questa?)

Non sono capace di descriverti il suo viso. Prova a ricostruirtelo da solo. Non è la tua specialità?

('O senti 'sto vorpone?)

Fu l'ultima volta che la vidi. Di lei mi è rimasto solo questo anello.

(Pijate 'sta dritta: vattelo a venne ar compro oro de via Napoleone terzo.)

Fuggii la sera stessa senza tornare a casa. Presi la via dei pascoli. Le stelle parevano monetine cadute dalla tasca di qualche viandante.

(E tu raccojile e mettetele 'n saccoccia!)
Ora ti siedi accanto a Babu, quasi fossi un altro uomo. Sei sempre lo stesso.
(Er mejo!)
Il tempo ha lavorato cocciuto, sordo, imperioso, dentro e fuori di te. Con una differenza cruciale: all'esterno il seme ricresce, all'interno muore.
(E che vor dì?)
Il sangue scorre insieme al fiume. E allora dimmi tu: chi vince e chi perde a questo gioco?
(Rispónnete da solo che a noi nun ce piaceno l'indovinelli.)
Hanno truccato i tabelloni. Prima ci fanno vedere i balocchi. Poi li buttano giù.
(Che, nu' 'o sapevi?)
Io e Karima ci amavamo di nascosto, fra le rovine del santuario.
(Hai capito 'sti fringuelletti!)
Le vecchie torri ci proteggevano dal vento e dalle bufere. Gli unici che avrebbero potuto raccontare i nostri baci sarebbero stati i cani randagi. Ma non parlavano.
(Je facevate pena.)
Nei villaggi sugli altipiani due ragazzi come noi, da soli contro tutti, possono sentirsi invincibili. Fidanzati sotto un cielo di perle. Dove arrivano soltanto gli asini e le aquile.
(Boccaccia mia statte zitta.)
Ricordo le nostre gambe sui sassi. Le mani sporche di sabbia. I cardi spinosi. Le cupole di pietra. È tutto ancora qui, nei miei sogni italiani.
(Buttali ner cestino.)
Quando sono triste vado in un campo alla Muratella, nei terreni ancora non edificati vicino al centro commerciale e, seduto su un muretto, aspetto che il cielo diventi scuro.
(A 'ndo sta mi' zio... Si jo'o dico, magara t'envita a casa sua a fatte magnà li bucatini.)
Allora mi volto indietro all'improvviso e vedo i palazzi

illuminati. Decine di famiglie a cena. Mi tocco l'anello. Ripenso a Karima.

(Aridàje!)

Non sono riuscito a vivere insieme a lei come avrei voluto.

(Nun ce riesce nisuno.)

Anche nel momento in cui l'amore poteva essere vero, sentivo che non sarebbe mai stato interamente nostro. Lo stavamo rubando. Quasi intuissi cosa sarebbe accaduto. Mia madre lontana, con le mani sul viso. La sorellina impaurita dietro il tavolo.

(Ta'a sentivi.)

Come abbiamo fatto a incontrarci?

(Noi solo questo volemo sapé, no tutte l'artre frescacce che ce sta a ddì.)

Per quale misteriosa avventura le nostre vite si sono toccate?

(Diccelo tu che sei tanto bravo!)

Avevamo in noi questa possibilità sin dal momento in cui siamo nati?

(A sor mae', io te vojo bene, ma tu nun te n'approfittà!)

Oppure si è trattato di un disguido del quale ci siamo nutriti?

(Nun te seguo.)

Nel primo caso avremmo svolto il compito che ci era stato assegnato. Nel secondo ci saremmo comportati da approfittatori.

(Me sta a venì l'emicragna.)

Tu che sfogli l'atlante nel tentativo di capire da dove vengo. Io che devo prendere le coordinate geografiche, storiche.

(E chi se ne frega, nun ce 'o metti?)

Badr, lo scolaro al quale ti stai rivolgendo adesso, sembra stravolgere le statistiche dell'immigrazione. Non è più un ragazzo. Viene dalla Guinea. Avrà quarant'anni.

(Ammazza quant'è vecchio!)

Ha una moglie e quattro figli. Non ci sente da un orecchio.

(Seconno me, manco dall'artro.)

Chissà se quella specie di auricolare che tiene dentro una piccola custodia bianca gliel'hanno dato in Europa, oppure lo aveva già in Africa. Soffre d'asma.

(E tu dije d'accende 'n cero a sant'Antonio.)

Per mostrarti lo spray deve estrarlo dalla tasca dei pantaloni. Nel farlo s'incurva sulla sedia e questo ti fa venire il nodo in gola.

(Te sta a ddì che c'hai 'a lacrimuccia facile.)

Se fossimo esperti, dovremmo analizzare la tua emozione. Scoprire la sua origine.

(Ma che voto je daresti a questo? Io manco 'a sufficenza.)

Grazie a Badr giungi alla massima distanza dal bar del Tiburtino III. Come accade a me quando inforno il pane.

(Voja de lavorà, sàrtame addosso.)

C'è chi potrebbe affermare il contrario. Gli basterebbe un giro sintattico giusto dentro il labirinto del pensiero. Dico una cosa e poi dimostro il contrario. Si chiama sofisma.

(Sofi che?)

Dal punto di vista didattico Badr parte da sotto zero. Non ha mai frequentato una scuola. Potrebbe avere un problema cognitivo.

(Si penza troppo je se rompe 'a zucchetta, come a te. A professo', 'o sai quante vorte me c'hanno portato puro a mme davanti a'o psichicologo? Je n'ho fatti de schizzetti sur fojo!)

Te ne rendi conto nel momento in cui passi da un contesto all'altro e lui resta al palo.

(Ar palo te ce metterebbe io, si annamo a rubbà ar supermercato, perché solo quello pòi fà.)

Titubante come un felino che deve attraversare un corso d'acqua.

(Nu' 'o sa manco lui 'ndo deve annà.)

Per quale ragione abbia deciso di emigrare resta un mistero. L'avranno gettato sul camion insieme agli altri mentre chiedeva l'elemosina.

(Ma te che ne sai?)

Studia la lingua italiana come me quando ti conobbi nel marasma della classe in subbuglio.

(Ero io er namber uanne!)

Mi davi certe fotocopie che avevi scelto da un libro di esercizi.

(A professo', nun te ce sprecavi, eh?)

Verbi da imparare a memoria. Parole da copiare. Entravo sempre in ritardo.

(Come chi?)

Schemi da riempire. Ascolta e guarda le combinazioni con A, E, I, O, U. Non mi ci raccapezzavo. Inserisci la vocale che manca dove c'è l'asterisco. Ricordo soltanto le macchie d'inchiostro. Collega le parole uguali. Il quaderno sembrava passato sotto le ruote del motorino.

(Io manco mo'o portavo a casa. 'O lassavo a scòla dentro ar cassetto da'a cattedra, sinnò 'a bidella mo'o buttava.)

Scrivi accanto alle figure il numero delle indicazioni presenti in fondo alla pagina. Le sigle non corrispondevano. Osserva e impara: faccia, la faccia, occhio, l'occhio. Gli articoli non mi entravano in testa. Malgrado le mie inadempienze, pian piano ho imparato l'italiano.

(Te credi d'avello 'mparato!)

Me l'hai insegnato a pezzi e bocconi. Si dice così, vero? Ora stai facendo lo stesso con Badr. Che, rispetto a me, analfabeta com'è, trova molta più difficoltà. Ha iniziato troppo tardi. Alla sua età certi meccanismi logici sono già logori.

(J'hanno smorzato i terminali.)

Solo per scrivere una lettera ci impiega diversi secondi.

(Deve pijà 'a rincorsa.)

In compenso dispone di una bella calligrafia. Per lui la scrittura è un lavoro manuale. Costruisce le parole con grande attenzione, come se dovesse disegnarle.

(Ce mette er còre.)

Se, per esempio, dimentica i trattini superiori della effe, nella correzione interviene come se avesse in mano il pennello.

(Tu faje fà l'imbianchino.)

Per distinguere la emme dalla enne arriva a contare: qui tre, là due.

(Certo questo sta messo popio male.)

Alla fine le frasi vengono bene. Sembrano soldatini schierati. Con lui ricominci da capo. Ci vuole tanta pazienza.

(E ssò probblemi!)

Dopo circa trent'anni di scuola, stare accanto a Badr per te equivale a scoprire una fonte preziosa.

(Annamo a pijà l'acqua dar nasone!)

L'esercizio da svolgere è il terreno in cui vi incontrate. Vorresti che questo luogo non appartenesse soltanto a voi. Dovrebbe diventare una cassa di risonanza del nuovo mondo.

(Nun ce sperà.)

Magari io e Karima saremmo ancora insieme. Avrei il coraggio di indossare il suo anello, a migliaia di chilometri di distanza. Per la precisione: 6.691,2, passando per la Strada 44.

(Questa ta'a sei copiata su Guggle, ve'?)

Non mi limiterei a tenermelo in tasca alla maniera di un talismano.

(Pe' capitte me ce vole er traduttore automatico.)

Che cosa deve stare in bagno?

(Er sapone.)

Che cosa in cucina?

(Er pane. 'O vedi come sò bbravo?)

Scrivi i nomi dei singoli oggetti all'interno dei due diversi riquadri. Ecco le istruzioni. Gli metti la mano sul disegno: cucchiaio. Esclama: cuchara.

(Ta'a darebbi io 'a cuccagna.)

In ambasciata trovò un dizionario mandingo-spagnolo. Se lo studiò da solo. Forse credeva che Italia e Spagna fossero la stessa cosa.

(Pensa te come stava messo!)

Cerchi di capire quale lavoro facesse a Dakar. Lo immagini al largo della Costa degli Schiavi a pencolare sulla scialuppa. Guardi le sue mani e non ti sembra vero che abbiano toccato il legno screpolato di quelle imbarcazioni. Per scrivere "pettine" adesso deve mettere in conto una fatica incredibile.

(Ce se sforza popio.)

Le dita lunghe e affusolate forse avrebbero ancora voglia di dipanare le reti.

(A compa', te ce devi d'applicà. Penza io quanno er professore me faceva ripete 'e date da'a granne guera! E come corevo! Chi ereno li pacifisti? Chi ereno l'arditi? Ch'è successo a Caponetto? Perché sò arivati l'americani? E si nun je risponnevo me dava er quattro! Che pe' lui era come zero.)

Comporre la doppia T significa scalare una vetta.

(Come pe' me fà er dettato. Nun potevi superà li tre erori. Io me ne pijavo 'na ventina a paggina! E Osvardino, quer cojone, me c'attaccava cor gusto der cagnaccio. A professo', 'na vorta me sei entrato dentro ar còre popio tu perché senza fatte vedé da nisuno me n'hai sistemato 'n paro de quelli da vergognasse de brutto. Tipo l'acca davanti abbiamo! D'annasse a nisconne sotto ar tavolino!)

Due ore trascorse a copiare le parole su quei fogli pieni di scarabocchi che non sai dove fargli sistemare. A cercare di comprendere il significato. Calzini. Canottiera. Macchinetta del caffè. Macinino del pepe. Ti sbracci. Fai il mimo. Giochi. Sul momento lui ripete ciò che tu gli dici. Avanti Badr, non disperare.

(Faje vedé chi sei.)

Ti piazzi proprio di fianco, vicino al padiglione auricolare. Quasi sempre non è sufficiente.

(Nun t'abbasta.)

Si sporge verso di te nel tentativo di ascoltare meglio. Il sensore è troppo grosso.

(J'esce fòri da'a recchia.)

In Italia nessuno lo userebbe. Il vecchio scolaro, nel sillabare secondo la tua indicazione, sembra impegnato a registrare una formula magica. Dopo pochi minuti la dimentica. Allora devi ricominciare da capo.

(Ce n'hai de pazzienza, eh?)

## COSTANTIN. *Il rimbombo atavico*

*Catalin Caranda*
*Cecilia Ruiz*
*Ceesay Abubacar*
*Ceesay Kemo*
*Charity Aibangbee*
*Chovadhi Haitem*
*Christian Zatic*
*Chwdhury Sakko*
*Cihan Abir*
*Coulibaly Mamadou*

Io scrivo in italiano.

(Che famo? Je damo retta?)

Anche bene, al punto da aver vinto una borsa di studio con il miglior elaborato.

(Nun t'allargà.)

Unico rumeno. Con me vai sicuro.

(Speramo.)

Dove comincia un essere umano? Dalla sua nascita o da molto tempo prima?

(È nato prima l'ovo o la gallina?)

Queste sono le domande che vorrei farti.

(Me sa che nun se semo capiti. Tu ce devi dà 'e risposte, no 'e domanne. Sempre si ce l'hai!)

Ci ragionammo insieme tante volte, quasi specchiandoci nella medesima storia. Che torna in forma nuova. Dove finisce una, comincia l'altra.

(Si nun è zuppa è pane bagnato.)

Tuo padre non ebbe una vera infanzia, o forse sì, ma fu brevissima. Pomeriggi vuoti. Scarpe slacciate. Donne impegnate a cucire. Stanze disordinate. Gabinetto sul pianerottolo. Erano giorni di guerra, eppure non se li ricordava.

(Nun sapeva gnente.)

Tua madre andava a servizio a undici anni, nelle campagne romagnole, durante il fascismo. Era la bambina più bella della quinta elementare. Te lo hanno ripetuto alcuni suoi compagni di classe, poco tempo fa.

(E allora?)

Perché credi che noi, tanti anni dopo, avremmo richiamato la tua attenzione?

(Te piace fà li collegamenti, ve'? Sei popio 'n alunno suo!)

Abbiamo rimesso in gioco quello che tu avevi accantonato.

(Tutti in panchina ti'i tenevi, eh?)

Sono venuto a trovarti nella tua scuola di oggi. Così facendo, ho acceso una luce nello scantinato.

(E che c'hai visto? Li bacarozzi?)

Mio padre ubriaco nella terrazza di un condominio alla periferia di Bucarest. Fra i panni stesi ad asciugare. I bidoni dell'immondizia. I gatti selvatici. Gli stucchi screpolati dell'edilizia sovietica. Mia madre con gli occhi stravolti che cerca di portarmi via mentre lui mi guarda come dall'orlo di un fosso. Comincia tutto da lì, in una putredine del sentimento tumefatto.

(Parla come magni!)

Cosa ti ha raccontato ieri Ceesay? Palestinese, forse andrà in Inghilterra. Allora perché studia l'italiano?

(Nu' 'o sa manco lui.)

E Charity? Dice di essere birmano. Avrà diciannove anni, più o meno. Tracagnotto col viso butterato. È stato in Olanda. Forse ripartirà.

(Ahó! E datte 'na mossa.)

Si esprime in diverse lingue. Idiomi simili a schegge. Come farà a illustrare a se stesso ciò che vuole?

(To'o dico io: ce rinuncia.)

Stavi nel deserto marocchino, insieme ad alcuni uomini, fra i quali Moustafà, padre di Medhi, a cui avevi insegnato a scrivere.

(Te ne fai de viaggi, eh, professo'?)

Gli chiedesti come considerasse i terroristi capaci di farsi uccidere insieme alle loro vittime.

(Ma che tte poteva risponne? L'avevi messo ar muro.)

Le sue parole scesero su di te come una manna: «Quelli non sono uomini religiosi».

(Se l'era preparata, ve'?)

Da allora hai imparato a diffidare delle aride cifre e delle astratte definizioni che ogni giorno ci vengono propinate.

(Propi che?)

Trecento profughi sbarcati qui. Cinquanta trasferiti là. Richiedenti asilo politico.

('Ste cose a te nun t'abbasteno!)

Dentro queste sigle generiche, titoli di giornali, adesivi linguistici che si staccano subito dalle vite che dovrebbero indicare, non c'è la faccia impaurita di Cihan chinato sotto le transenne del Centro di pronto intervento della periferia metropolitana quando vede una schiera di facinorosi inveirgli contro.

(Mo'o ricordo, ar Collatino!)

L'espressione "quote da distribuire" non ci mostra l'ustione sul braccio di Coulibaly, costretto a stendersi in fondo alla barca, vicino al motore, senza potersi proteggere dalla fuoriuscita della nafta, e nemmeno il modo frettoloso con cui viene curato all'ospedale: gli infermieri si limitano a spargergli una pomata prima di dimetterlo.

(È perché nun vonno spenne tutti li sordi che je danno.)

La dicitura "protocolli da eseguire" non ci fa capire la gerarchia presente all'interno dell'imbarcazione, dove quelli che hanno pagato di più possono respirare meglio degli altri, destinati a soffocare all'interno dello scafo; tutti devono comunque stare immobili durante l'intera traversata, se vogliono evitare il rischio di finire in pasto ai pesci.

(Che poi ti'i magni co' li scampi ar ristorante de Fiumicino. Mejo si nun ce penzi.)

Dammi retta: rovescia il tavolo, rompi i bicchieri, manda a monte la partita.

(Sfónnali!)

Avevo imparato l'italiano in circa due mesi. Lo scrivevo meglio di molti tuoi scolari italofoni.

(Ce vole poco.)

Non avevi mai trovato un giovane con il talento della scrittura. Ero il primo che ti capitava. È la ragione per cui ti confidasti. Certe cose non le dicevi a nessuno.

(Te tenevi tutto dentro.)

Adolescenza remota. Te ne andavi in giro da solo a cercare i libri da leggere. Rubasti l'edizione economica dell'*Ulisse* di Joyce, nella versione di Giulio de Angelis (unica traduzione autorizzata, c'era scritto sul frontespizio), sotto gli occhi dell'edicolante, vicino alla basilica di Santa Maria Maggiore.

(Davero, professo'?)

Nascondesti la copia del vecchio Oscar Mondadori fra le pagine del "Corriere dello Sport".

(Nun me dì.)

Costava 1500 lire. Un prezzo troppo alto per te a quei tempi.

(Certo, stavi messo male...)

In copertina c'era un disegno di Paul Klee.

(Mo' vòi seguì puro 'a Bundesliga?)

A distanza di quarantacinque anni sei andato in rue Cardinal Lemoine, a Parigi, salendo a piedi dalla stazione della metropolitana, per vedere la stanza dove venne composto il monologo di Molly.

(A professo', guarda che si continui così te portamo ar manicomio.)

Il tempo è una vegetazione che brucia.

(Nun c'avemo speranza.)

Pulsa come una vena sotto sforzo nell'attenzione spasmodica che Chovadhi impiega per collegare con la matita i disegni alle parole. Bicchiere. Bicicletta. Bocca. Bottiglia.

(Ma nun fai prima a cliccalli, 'sti nomi?)

Ristagna nella difficoltà che Catalin scopre quando deve

collocare gli oggetti del lessico figurato nella sezione appropriata.

(Me paro io davanti ar titolo da svorge.)

Asciugapiatti. Cappellino. Cestino. Tazza. Libro. Ombrelliera. Lavastoviglie. Poltrona. Scaffale. Quadro. Barattolo. Forno. Frutta. Mestolo. Lampada.

(O voi sapé che è 'a scòla? 'N quizze senza er premio!)

Cosa va in soggiorno? Cosa va in cucina?

(Pe' risponne, pijate er tempo tuo. Nun fa come me che je consegnavo er fojo bianco. E pe' giustificamme dicevo: a professo', nun c'ho idee!)

Si stempera nella disinvoltura con cui Cecilia ha imparato a distinguere singolare e plurale. Il libro. I libri. Il cane. I cani. Lo stivale. Gli stivali. L'anello. Gli anelli.

(A mme già me sta a ffà male 'a capoccia.)

Da ragazzino attraversavi piazza Vittorio quasi fosse una boscaglia di zombi pronti ad azzannarti.

(T'aricordi er firme?)

A quel tempo non potevi saperlo, ma a spingerti era la mortificazione ricevuta per via indiretta. Te l'avevano introiettata con il concepimento. Per questo cercavi una famiglia estetica ideale.

(Vabbè, io me ne vado.)

Lacerato dalla timidezza. Incapace di parlare.

(Chi? Tu? Nun ce credo.)

Senza nessuno con cui confidarti. Proprio come i tuoi scolari preferiti, oggi.

(Arzo 'a mano, professo'?)

Se mio padre non si fosse suicidato, chissà se io sarei partito per l'Italia.

(E che te credi che Ottavietto tuo sta messo mejo? Er mio già da regazzino l'avevano buttato ar gabbio. Semo nati co' 'sto peso da portasse addosso.)

E se avessi assistito al suo gesto estremo, nel magazzino dismesso, così come me lo hanno raccontato, quale fine avrei fatto?

(Li parenti mia 'o sai 'ndo hanno studiato? Ar braccio de Reggina Celi.)

Forse io e te non ci saremmo neanche incontrati.

(Quanno mi' padre s'è messo co' mi' madre j'avevano dato er permesso! E lui nun ha perzo er tempo suo!)

Niente può vivere e crescere soltanto su se stesso.

(Hai capito, professo'? Stamme a sentì. Io sò venuto ar monno pe' 'na licenza premio! Sinnò mo' starei ancora a volà su'a nuvoletta. E magara quanno pioveva ve pisciavo 'n testa!)

Non ho più quel piglio che ti sorprese.

('O vedi perché c'ho avuto sempre da fà co' l'assistenti sociali?)

Afferri il gessetto e abbozzi alla lavagna la coniugazione di un verbo.

(Vòi rimette 'e cose apposto.)

In quel momento percepisci il rimbombo atavico.

(Ce stamo dentro tutti, ve'?)

Sei cresciuto nel sogno di una giovinezza amputata.

(Dimmi chi te l'ha tajata che je meno.)

Riflettevi sulla piattaforma posteriore dei tram nello sperpero del tempo.

(Sai quanti sonni me ce sò fatto sur quattroevventinove?)

A cosa pensavi?

(A che penzavi, professo'?)

A Nick di Hemingway. A Fabrizio del Dongo di Stendhal. A Raskolnikov di Dostoevskij.

('Ndo l'avevi conosciuti 'sti campioni? Ar bulinghe dell'Acquacetosa?)

Te li scrutinavi come se fossero i fondamentali: stop di palla, dribbling, colpo di testa, tiro in porta.

(Ma che ne sa questo de carcio? Viè co' mme ar campetto der Pupazzaro su 'a collinetta de Monte Spaccato e te faccio vedé li sorci verdi!)

Senza di loro non ti saresti sentito autorizzato nemmeno a scendere in campo.

(È regolare.)
Sei diventato professore per disperazione.
(Te serviveno li sordi, sinnò che te magnavi? 'E paggine di'i libbri?)
Ora hai inventato una scuola per dare senso al tempo.
('Sto circoletto de fregnoni?)
Raccogliere il testimone da terra.
(Come 'na gara a staffetta.)
Consegnarlo a chi ti sta di fronte.
(E se quello che sta davanti a te nu' 'o raccoje? Gara perza, ve'?)
Senza illudersi di poter controllare il passaggio.
(Ah!)
Credevi di essere Andrej, idealista kantiano.
(E tu a 'ndo giochi, professo'? Su 'a fascia?)
Eri Pierre, che si sporca le mani nella Mosca incendiata da Napoleone.
(Forza Dinamo!)
Levin che taglia il grano.
(E noi se famo 'a ciriola.)
Sono queste le ceneri da spargere al vento.
(Belle, sì, ma che nun te serveno a gnente, tipo er córpo de tacco sur sette a zzero.)
La prima volta che sei entrato in classe come docente hai sentito una scossa.
(Avevi messo er dito ner buco elettrico.)
Quasi avessi ritrovato altri te stessi, riuniti in un'assemblea plenaria sull'Adolescenza.
*A rega', ma questo che vole?*
*Mettete a sede. Te devo parlà.*
(Mo' è lui che me sta a cità, ve'?)
In una frazione di secondo, li conquistavi. Oppure li perdevi. Hai presente Mohamed? Il suo sguardo torbido quando gli spiegavi i Greci?
(S'era svejato mezz'ora prima. Je dovevi portà er cap-

puccio ner bicchierino de plastica da'a macchinetta pe' faje capì 'ndo stava.)

E Santino, nel momento in cui ti fissava incantato?

(Strigneva l'occhi pe' concentrasse, come si doveva da fà 'n bisogno!)

Sono ancora tutti lì, dentro di te: una vecchia masnada di panchinari in attesa di entrare in campo per fare gol e abbracciare i compagni festanti.

('Namo, rega'.)

Inchiodati nel futuro che li imprigionava. Immortalati nei loro desideri irrealizzati. Caduti a terra e poi capaci di ripartire.

(Alé, oh-oh!)

Gli scolari ai quali hai insegnato, ormai puoi dirlo, tutta la vita, altro non erano che... Coraggio!

(Questo te vo' tirà fòri 'e budella.)

Le parole non dette da chi ti ha messo al mondo.

(Mi' padre s'è fatto er tatuaggio cor nome mio.)

Le lacrime ricacciate in gola da chi ti ha consegnato la vita.

(OTTAVIO, scritto grosso, cor Colosseo sur petto, 'n mezzo a li peli.)

Dovessi farlo capire a uno scolaro, cosa gli diresti?

(E che je devi da dì?)

È come se ognuno di noi avesse un compito da eseguire. Un problema da risolvere.

(Stamo sempre a scòla, come te sbaji?)

Chi ce lo assegna? I nostri genitori.

(A mme mi' padre ar massimo me lassa li debbiti.)

I quali a loro volta lo hanno ricevuto. E se, come spesso succede, era troppo difficile e non sono riusciti a portarlo a termine, non possono far altro che consegnarlo ai figli. Che vengono dopo.

(E deveno da pagà doppio. Cor carico pesante.)

Per questo hanno sempre ragione. Perfino quando si trovano nel torto. Marcio.

(Sei troppo bbono, professo'. Io, si c'avrebbi 'n fijo, 'o farebbi filà diritto come 'n treno.)

La malinconia di Charles è una voce che ti chiama.

(A ripijamo l'elenco.)

La cicatrice sul collo di Cissé parla di asfalti screpolati alla periferia di un mondo che sembra inventato. Il sorriso consunto di Conthei fa pensare al frammento di un paraurti dopo l'incidente. L'anello di Coulibaly sa di promesse non mantenute, impegni disattesi, appuntamenti persi.

(Dimme 'na cosa, professo': ma chi sta a parlà: lui o te? Tutt'e due, ve'?)

Un esercito di bambini senza famiglia è in cammino verso di voi.

(Me sa ch'ho capito. È Costantin, ma è come si fossi te.)

Per sopravvivere hanno costruito delle tane nella foresta.

(Pori pupetti.)

Molti non ce la fanno. Altrettanti avanzano.

(Nun v'affollate, rega'.)

Mezzi nudi, sono feroci, con la potenza di chi non ha niente da perdere.

(Bbooni, state bbooni!)

Cercano l'acqua, la carne, le scarpe. Fanno chilometri sotto la pioggia.

(Metteteve er ke uei!)

Durante le soste si raccontano l'un l'altro vecchie favole di madri che avrebbero voluto trattenerli, di padri che non volevano farli partire.

('Nventàtevene 'n'artra!)

Imparano a crederci per salvarsi. A piccoli gruppi di notte escono dal bosco, si avvicinano alle città con l'intenzione di rubare il cibo.

(Peggio de li cani randaggi.)

Dormono dove capita.

(Penzà che noi 'sti pori Cristi ce l'avevamo in classe. E manco li vedevamo.)

All'alba, quando riaprono gli occhi e se li stropicciano come cuccioli nella cesta, riprendono la marcia. Spalla contro spalla. Cappuccio ben calato sulla testa. Cintura stretta intorno ai fianchi fino all'ultimo buco. A pugni chiusi.

(Pronti a fà a botte.)

Abbiate fiducia.

(Jo'o voresti dì, ma tanto nun te senteno.)

Questo è il bosco degli orfani. Il castello dei rifugiati. La casa illuminata di notte.

(Er centro de ponte Galeria!)

Quando ti sono venuto a trovare, quasi non mi riconoscevi.

(C'avevi pure 'a panza perché t'eri magnato troppi maccheroni.)

Mi hai messo subito all'opera.

(A cchi tocca 'n s'engrugna.)

Lo studente che fa il professore. Uno cade, l'altro prosegue.

(È 'o spirito de squadra, no?)

Quel giorno avevi pochi volontari.

(Apposta t'ha pijato puro a tte.)

Seduti al tavolo di legno grezzo nel centro sociale che vi ospitava, continuavi a darci dentro, come se fosse la prima volta, quando ti incontrai.

(Pe' dà l'esempio, ve'?)

Mi sono gettato nel mucchio.

(Che, nu' 'o sai? Cor professore nun c'hai scerta. M'aricordo quanno me chiamava a faje da rappresentante de classe. Me mettevo davanti a'a porta pe' nun fà scappà quelli che voleveno annà fòri. E nun poteva entrà nisuno, manco 'a bidella. Ahó, 'na vorta s'è 'mbruttita e m'ha detto: ma come te permetti? E io: pijetela co' llui che me c'ha incaricato. Posso manovrà come me pare. Quante risate se semo fatti, eh?)

Facevo ripetere la coniugazione del verbo essere al ragazzo africano che mi avevi assegnato. Gli puzzava il fiato ma non ci badavo.

(Che s'era magnato, li bambini morti?)

Insieme io e te eravamo una forza. Spostavamo gli equilibri del Vecchio Continente.

(Stai a sgravà!)

Candele che bruciano. Cera che sgocciola. Vita che si consuma.

(Attento a nu' scottàtte!)

## DABA. *Il cuore di Manolin*

*Daba Keita*
*Dalil Safi*
*Danso Yaya*
*Diana Garcia Lopez*
*Diarra Abdul Karim*
*Diarra Sounkalo*
*Diego De Jesus Barboz*
*Diop Balla Mois*
*Dipens Pal*
*Djegui Tandja*

Tuo padre non conobbe mai suo padre.

(Allora è 'na fissa.)

Magari lo vide qualche volta, fra il tavolino e la credenza, nel riflesso dei vetri sporchi del pensionato dove abitava sua madre. Poi cancellò quell'immagine. La polverizzò. Si trattò di un lavoro sordo, oscuro, incessante, che avvenne a poco a poco dentro la sua stessa persona. Mentre cresceva, gli operai interiori procedevano all'occultamento. Non erano abili. Mettevano stracci sulla brace.

(Ma dde che sta a parlà?)

Sputavano sulla ferita. Tagliavano l'arto senza anestesia. Il moncherino di quell'uomo misterioso restò per molto tempo visibile a occhio nudo nella timidezza di suo figlio.

(Te stai a capì da solo...)

Nella sua scontrosa diffidenza verso il mondo esterno. Nella sua fragilità mascherata da tracotanza. Nella sua ansia trasformata in spensieratezza. Con il trascorrere degli anni diventò una macchia d'unto nel tessuto appena stirato. I lineamenti scomparvero per primi. Del nome restò soltanto l'iniziale.

('Nzomma tu' nonno aveva messo incinta tu' nonna e poi nun aveva riconosciuto tu' padre e lui se l'era legata ar dito. È normale, professo'.)

Io so cosa ti interesserebbe davvero.

(E diccelo puro a nnoi.)

Più o meno la stessa cosa che interessa me: Daba, il ragazzo di Addis Abeba. Quello che oggi lavora in discoteca.

(Mo'o ricordo a scòla. Stava sempre vicino ar finestrone perché nun j'annava de fà 'n cazzo.)

Vorresti aver visto la faccia del bimbo impaurito che lui fu, nascosto sotto il tavolo insieme alla sorellina, mentre scrutava timoroso l'uomo alto, in giacca e cravatta, coi baffi a manubrio.

(Ma che ne sai tu de quello che vole er professore?)

Ogni individuo si trascina dietro i suoi antenati. Quando due uomini s'incontrano, sono loro che parlano al posto nostro.

(Ma che vòi dì? Che semo pupazzi?)

Chi poteva saperlo? Anche quando io e te discutevamo, nel parcheggio dietro la scuola, era come se mio padre parlasse col tuo.

(Sì, ma come facevano a capisse?)

In quei casi non ci sono problemi di comunicazione. Né linguistici, né geografici. Si passa senza soluzione di continuità dall'italiano all'amarico.

(Anvedi!)

Dagli altipiani desolati del centro Etiopia ai quartieri umbertini della capitale.

(Puro si ereno morti?)

Ci si intende subito, d'istinto. Basta uno sguardo. Ed ecco comparire le quinte scenografiche alle nostre spalle.

(Che figata!)

Taniche di benzina rovesciate dove giocano i bambini. Asini stracarichi passano sotto i palazzi in costruzione.

(Come ho visto 'na vorta a Maccarese!)

I volti di Hailé Selassié e Benito Mussolini sembrano spuntare nella nuvolaglia.

(Te vengheno a parlà dar passato.)

Tutto ritorna. Soprattutto ciò che non dovrebbe.

(Hai magnato pesante!)

Come potresti illuderti di non essere stato chiamato in causa dalla reazione di sopravvivenza del figlio non riconosciuto?

(Nun abboccà, professo'.)

Forse esisti, insegni e scrivi solo per rispondere a un'incredibile chiamata. Perfino la musica che io propongo in discoteca potrebbe venirmi dettata.

(E tu tiette er Pechegno!)

Chiunque, appena entra in azione, interpella chi lo precede. E loro rispondono.

(Cor cavolo!)

Era come se ti avessero buttato giù dalla scarpata, nell'immondizia, fra rottami d'automobili bruciate e vecchi ricambi di elettrodomestici.

(A Frattocchie! Ecco a 'ndo te manderebbi io!)

Credevi che la vita fosse quella. Non conoscevi nient'altro. È successo anche a me. Siamo risaliti raschiando sulle lamiere arrugginite.

(Ma che te vòi mette a paro cor professore?)

E adesso? Tu scrivi, ma io cosa dovrei fare?

(Vie' qua, to'o dico dentro a'a recchia, sinnò me quereleno.)

Tornare in Africa? Impossibile. Meglio restare in Italia.

(Ma 'ndo 'o trovi 'n artro posto così?)

Avresti voluto star dietro a tua madre, quando ancora bambina sparecchiava in cucina, lavava i piatti, si prendeva cura degli ultimi nati. Non aveva potuto frequentare la scuola.

(Manco lei.)

Proprio come Dada, che si vergogna di essere analfabeta. Una delle vostre allieve.

(Pora donna.)

Daniel e Damir ti chiedono quanto manca prima della fine.

(Se sò rotti.)

Sarà trascorsa soltanto mezz'ora di lezione, ma sono già stanchi.

(A noi ce bastaveno cinque minuti.)

Glielo leggi negli occhi che vorrebbero parlarti ma non saprebbero cosa dirti.

(Dateve 'na mossa!)

Facci capire come possiamo arrivare là dove stai tu, nel regno degli uomini. Con le scarpe da pallacanestro e i maglioni blu a collo alto.

(Tu er majone ce l'avevi sempre nero. Ma che ne sanno questi?)

Vogliono fumare.

('Na carta armeno.)

Sembrano piccoli criminali.

(Poi crescheno.)

La vecchia storia dei tuoi genitori si ripresenta sotto mentite spoglie. Vedi come ti squadra Danso Yaya?

(Ma chi è, 'na mezz'ala?)

Di sottecchi, alludendo a una vicenda che riguarda entrambi. Quasi avesse intuito chi veramente sei. Proprio lui, antico ragazzo degli altipiani, col viso scavato nel legno.

(J'hanno fatto 'n ber lavoro.)

Ancora una volta, non riesci a scrollarti di dosso il suo sguardo. Come se ti leggesse dentro.

(Ma si era anarfabbeta!)

Non hai dimenticato il mio, lo so. Ancora oggi ci pensi.

(Certo che nun c'avete artro da fà, na'a vita!)

Quando venivo a parlarti senza sapere cosa dirti.

(Je potevi racccontà 'na barzelletta!)

Stavi tornando a casa. Restavi soltanto pochi secondi vicino a me. La moto sul cavalletto. Il casco fra le mani. I guanti sulla sella. Momenti preziosi, irripetibili.

(Pe' te! Lui nun vedeva l'ora d'annassene.)

Dampha pretende qualcosa che sulle prime non comprendi.

(Ahó, ma ti'i sei popio capati tutti, eh?)

Mescola il suo idioma con una specie di inglese. Vuole un posto dove pregare.

(Ce sarebbe da ride, ma a mme me viè da piagne.)

Le aule sono tutte occupate. Andate nei bagni. Lui si guarda intorno. Per un istante pensi che starai lì a fare la sentinella.

(A professo', questi te fanno fà pure er bidello.)

Il ragazzo si sceglie un angolo sotto il finestrone, nascosto dietro la porta lasciata socchiusa. Estrae il tappetino dallo zaino e lo distende a terra. Dall'applicazione dello smartphone sceglie la direzione giusta per la Mecca.

(Si nun mo'o dicevi te, nun ce credevo.)

Vorresti unirti alle invocazioni che lui rivolge ad Allah. Cosa chiederesti?

(Io, se me fa vince a'e scommesse: centomila su'a Roma contro 'a Juve fuoricasa!)

Forse proprio quello che vorresti sapere da noi. Ci siamo conosciuti per una semplice coincidenza? Un errore nel meccanismo complessivo?

('No sbajo?)

Rotelle che non scorrono. Conti venuti male. Pensieri scorretti.

('N macello.)

Ieri, inseguendo i nostri fantasmi, sei ripassato accanto all'Arco di Gallieno.

(E 'ndo sta?)

Ci hai trascorso gli anni più intensi della tua gioventù. Seduto sui gradini della chiesa, parevi la scolta spirituale dell'Esquilino.

(Ce facevi 'a guardia.)

Tanto tempo dopo, là dietro, ci misero una moschea. Gli uomini assiepati chinavano la testa con potenza inaudita.

(C'era 'na puzza de piedi!)

Avresti voluto gettarti in mezzo ai fedeli.

(Così me piaci, professo'. A corpo morto.)

Pensa a tutte le persone che nella nostra vita incrociamo soltanto per un istante e poi non rivediamo mai più.

(E pensace, su.)

Ve ne andrete in giro l'uno nell'altro come portatori sani di promesse non mantenute, accordi che potevano essere stipulati, tradimenti non accaduti, amicizie smarrite per una tempistica sbagliata, incomprensioni, enigmi, imprese non realizzate.

(È tutto da scartà?)

Sarete protagonisti di altre combinazioni, abbracci sconclusionati, baci che non avevate messo in preventivo, amori scoperti per caso alle vostre spalle, lavori che non potevate rifiutare, parole soffocate poi venute alla luce, figli vostri oppure no, segreti rivelati.

('Na ciofeca?)

E le emozioni che hai provato guardando certi paesaggi dove finiranno?

(Dijelo te, professo'.)

La spaccatura del terreno a perdita d'occhio di Canyonlands, nello Utah.

('Spetta, n'annà troppo veloce.)

Restasti un'ora a fissare quella fenditura. Sembrava l'origine del pianeta. Centinaia di chilometri di pietra rotta da secoli di intemperie sotto il cielo colossale dell'America.

(A noi c'hai fatto vedé er video.)

Definisti religiosa la tensione di quel giorno in America. Se ti dicessi che la medesima sensazione provata negli States l'hai risentita osservando il volto di Darboe?

(Cioè, vòi dì sur fatto da'a religgione?)

Tu stavi dietro di lui, piazzato sullo sgabello, di tre quarti. Vedevi il suo naso, la bocca socchiusa, i capelli ricci, il collo quasi bloccato.

(To'o stavi a studià.)

Quel ragazzo incarnava, seppure per pochi secondi, la piena sostanza del canyon.

(Perché nu' rideva.)

Quante sono le cose che abbiamo notato una sola volta e non torneranno mai più?

(Avoja!)

Dammi l'elenco.

(A Dabba, sta' bbono!)

Voglio citare ogni singola voce.

(A professo', jo'o stai a ddì te, ve'? Nun te caricà, che te fa male.)

Il minuscolo nastro adesivo di un marciapiedi urbano intravisto per caso a vent'anni, qualche minuto dopo che, tu e la tua fidanzata di allora, vi eravate lasciati.

(Vabbè, ormai sei partito.)

Le sedie di plastica bianca del villaggio palestinese dove mangiasti riso e pollo.

(E cchi te ferma più?)

Le minutaglie sparse intorno ai binari di una qualsiasi ferrovia: te le immagini di notte, mentre dormi, loro stanno sempre lì.

(Vai, vai da solo, ch'io te riprenno dopo.)

Plastiche, bucce, cartacce, rifiuti. Un pezzo di legno che raccogliesti da terra al Colle Oppio alla fine degli anni Sessanta. I cieli blu di Livorno. L'erbetta fra le pietre del Foro Romano. Gli stucchi screpolati di Posillipo. I culturisti paralitici di Venice, abbronzati al sole dell'Oceano Pacifico. Le strade in pendenza verso il mare di Reggio Calabria. I parcheggi sulle terrazze dei palazzi a Genova. La sabbia nera di Ladispoli. Il bunker coi cuori trafitti a Omaha Beach. Le aule delle scuole in cui hai insegnato coi vetri rotti dalle sassate di qualche studente arrabbiato. Le stelle adriatiche della tua infanzia. Una canottiera sporca lasciata alla base della fontanella, a Monterotondo. Le rocce aride e spigolose della Cleveland National Forest.

(Dura ancora tanto?)

Il cippo in memoria dei dieci martiri, a Pievequinta, fra i quali c'era tuo nonno. Il partigiano. La minestra della colonia marina, ad Anzio. Il gatto che ti saltò in braccio sul muretto di Gerusalemme Est. I brufoli di Domenico rivisto all'officina meccanica dietro il Gasometro: perché la prof.

di matematica mi ha dato il debito? Perché avete promosso Giannotta?

(A cojonazzo, ma come te permetti?)

Il Cristo di Grünewald a Colmar: un crash occidentale di piaghe e spine, l'uomo che si dispera per non aver capito il proprio ruolo. Gli sguardi furtivi dei passanti di fronte alla casa natale di Adolf Hitler a Braunau sull'Inn.

(A professo', io t'ho avvertito: se insisti te chiamo er 118!)

I grandi cinematografi di New York, sulla 50ª strada, freschi e solitari, descritti da Francis Scott Fitzgerald. I padiglioni manicomiali Jugendstil dello Steinhof a Vienna. La farfalla malata del romanticismo tedesco, metà bruco, metà lepidottero.

(Ahó, 'sto Dabba mo' te spezza. Te vado a pijà n'aspirina?)

Sotoportego de la Madoneta a Venezia. Il Waterfront di Seattle, coi giovani neri che tengono per mano le ragazze bianche obese. I tram di Zagabria, visti dall'alto dell'hotel Dubrovnik, come giocattoli colorati. Di Innsbruck, vagoni rossicci sullo sfondo delle montagne. Di Hiroshima, coi campanelli. Di piazza Vittorio, a Roma, vecchi giocolieri che sbagliano i trucchi e non lo nascondono più.

(Apposto così?)

Aspetta, non ho ancora finito.

(Aridàje!)

Il cimitero musulmano di Istanbul che visitasti insieme a Vincenzo Consolo. La caserma Turinetto di Albenga dove facesti il CAR avanzato perché avevi l'incarico 30 E: assaltatore, servente bazookista.

(Questa ce l'hai raccontata puro a nnoi.)

Le maschere antropomorfe del museo Luigi Pigorini all'Eur. L'arcipelago di Stoccolma perlustrato sulla barca insieme a un giovane autistico che si rimpinzava di patatine fritte frugando nel cellofan colorato.

(Ahó, t'ha preso brutto, eh?)

L'aria frizzante di Roma nel 1960, al tempo delle Olimpiadi, quando gli atleti andavano in giro per la città indossando calzini bianchi. I tuoi primi calzoni lunghi, color carta da zucchero. Il carbone che da bambino ricevesti come punizione perché giocando avevi sfondato una porta a vetri.

(Qui me sa che ce stavo io che te guidavo, puro si nun ero ancora nato.)

Vuoi scoprire cosa lega tutte queste cose? Chiedilo ad Allah.

(Sì, che poi t'arisponne...)

Nel mio piccolo, un'idea me la sono fatta.

(Sentimo 'n po'!)

Qualsiasi cosa ci capiti, dobbiamo prenderla sul serio.

(Sì, dijelo puro te, così questo s'ammazza!)

Vorresti farmi credere che ci sia stato qualcosa di più importante della maglietta sporca di fango da consegnare a tua madre dopo aver segnato il primo gol in via delle Sette Sale al Colle Oppio?

(E qui c'hai raggione!)

Nel momento in cui io feci un gol simile al tuo, nel campetto dei padri giuseppini dove venisti a vedermi, saltasti in piedi sulla tribunetta come se avessimo vinto la Champions League.

(E puro qui to'o spingo.)

Avrai avuto dieci, undici anni. Riuscisti a smarcarti nel groviglio degli avversari puntando subito verso la porta. Il pallone gonfiò la rete quasi fosse la vela di un'imbarcazione.

(Bella questa, professo'. 'Ndo l'hai copiata?)

I compagni si voltarono a guardarti. Fu un attimo prima che ti venissero incontro per festeggiarti.

(Er momento maggico!)

A due passi c'erano le mura romane, coi secoli ingrigiti. I vecchi spiriti che vi albergavano, figli dei figli, sotto sotto bisbigliavano: non lo saprà nessuno se tu, in una prospettiva di futuro che ti dovrai conquistare, non riuscirai a scriverlo.

(E 'nvece ce l'hai fatta. Ma che ne sanno questi?)

Tanti anni dopo, quando mi abbracciasti all'uscita dello spogliatoio, era come se finalmente avessi superato la solitudine della tua giovinezza.

(Penza se t'avrebbi conosciuto allora!)

È sempre la stessa questione, nel mondo. Nodi da sciogliere. Firme da mettere in calce a moduli intestati a nostro nome.

(E annamo!)

Allora, Daba, vogliamo rientrare in aula?

(Ma quanno mai!)

Vai a chiamare il tuo amico. Così ci dicevi. Con l'autorevolezza che ti veniva dall'essere stato alla frontiera del nulla quando avevi la mia stessa età.

(Ner buco der culo der monno.)

Là dove non sai a quale santo rivolgerti per superare la tua crisi.

(Come pe' me ar mercatino.)

Avvicini la testa contro il vetro sporco della finestra. Con la coda dell'occhio scopri le formiche tese verso la fessura dell'intercapedine.

(Va' a pijà 'o spray, ch'è mejo!)

La scanalatura buia che attira il piccolo esercito di insetti potrebbe contenere mare e monti.

(È solo perché avete lassato aperto er finestrone der terazzo!)

Il cuore di Manolin. Si capiva che Hemingway per te non era soltanto l'autore di un libro. Ce lo porgevi come fosse il Corano.

(Er vecchio e er mare: quanto tempo ce semo stati a legge! Io c'ho fatto puro 'e sequenze.)

## ERMINIO. *Erba di casa mia*

*Edward Malinski*
*Elal Mohamed Ali Khalil*
*Elazab Gaafar*
*Elena Novak*
*Eleonora Chaerpnyova*
*Elias Mohamed*
*Elkot Farouk*
*Elsayed Raafat*
*Enea Kanani*
*Ermak Costin*

A bbello! 'Mazza come semo 'nvecchiati! Quanno t'ho arivisto sotto a li portici quasi nun t'ariconoscevo. T'aricordavo co' li capelli ricci a boccoloni e t'aritrovo lucido de vernice co' 'sta boccia pelata.

(A professo', n'è che faccio pur'io 'a fine vostra, no? 'O sai 'ndo vado a tajamme li capelli? Da Sansone! C'annamo tutti. Tiene bottega da'e parti nostra. Cor rasoio elettrico te ce disegna popio!)

Io però sò sempre stato peggio de te. Ahó, hai capito chi so'? Erminiooo! Quel tuo compagno di classe, paralizzato, al quale ti eri, chissà perché, tanto affezionato.

(Er missionario dovevi da fà!)

Avevo la passione del calcio. Stavo sulla sedia a rotelle. Poliomielite. Mi ero messo in testa di farti da allenatore. Ce ne andammo in un campetto sul Tiburtino. Ti dissi: «Fammi vedere cosa sai fare. Tira più forte che puoi». Le mie gambe sembravano stecchini. Tu invece eri nel pieno delle forze. Il pallone schizzò contro la rete come uno squalo catturato.

(C'avevi 'a pigna, ve'?)

Ora mi chiedi se ci sia un rapporto fra me e la scuola che ti sei inventato. Senza voti. Senza classi. Senza registri. Senza burocrazie. Dove il fanciullo amareggiato potrà essere accolto e consolato, avrebbe detto monsignor John Patrick Carroll-Abbing, il fondatore della Città dei Ragazzi.

(E mo' chi è questo?)

Arifamme 'a domanda. No, a parte gli scherzi. Penso di sì, ma ho qualche difficoltà a illustrartelo. «Qui uno non aiuta, ma cerca aiuto, e da questo lavoro si può ricavare più miele che da tutti i fiori di Marienbad» rispose Franz Kafka a chi gli chiedeva perché insegnasse in una scuola di profughi ebrei a Berlino. Frasi fatte? Incrostazioni del pensiero? Rammendi sentimentali?

(Che dichi?)

Pe' me nun è così. Prova a riflettere: perché tu, invece di rifiutare, quel giorno decidesti di accompagnarmi al campo? E perché io mi rivolsi proprio a te?

(Ahó, ma che stai a ffà l'indovinelli?)

Parte tutto da molto lontano.

('Nzomma, dimme se ho capito bene, professo': questo è stato 'n amico tuo quanno eri regazzino. Mo' to'o sei ritrovato inzieme a tutti l'artri. Giusto?)

Quando tornasti a casa, dopo esserti allenato sotto i miei occhi, l'autobus era semivuoto. Vecchi biglietti impigliati nelle scanalature del linoleum. Arancioni. Rettangolari. Costavano cinquanta lire.

('A prestoria!)

Sentivi che la vescica sotto il piede si stava gonfiando.

(T'eri comprato li scarpini cor numero piccolo.)

Pensavi alla frase del compagno più esperto: sei giovane, non ti preoccupare, hai tempo per migliorare. Giocava libero. Era smilzo, agile in mezzo al campo del Gerini.

(Ce sò stato pur'io là, 'ndo c'hanno costruito er gabbio, a Rebibbia. Vicino a li preti.)

Quanta strada hai fatto! Adesso ti invitano a parlare ai corsi professionali.

(A professo', 'na vorta t'ha sentito puro Cesaretto, 'n amico mio, che faceva er corso di'i meccanici. Dice che nun c'ha capito gnente. Però a'a fine, quanno t'è venuto a strigne 'a mano pe' salutatte, volevi sapé de che squadra era e lui t'ha detto: forza Roma! Allora tu j'ai regalato er pupazzetto cor numero dieci der Capitano. Sa'a stava a ffà sotto. Puro a noi ci'i davi. Ma quanti ce n'hai? Ti'i porti sempre appresso? Vabbè, scusa, risentimo Erminio.)

T'avevo visto che nun eri bbono a anticipà l'omo tuo, ma li muscoli ereno forti. Potevi fà quarsiasi cosa, si volevi. Te bastava pensacce. A me 'nvece che me restava? Stai a capì quello che te vojo dì? Già a quel tempo vivevi dentro un tuo mondo che non riuscivi a condividere con nessuno: tanto meno con me. Eppure io percepivo questo lavoro forse a te stesso ignoto. È difficile da spiegare, ma era come se noi due stessimo ponendo le basi di ciò che avremmo fatto.

(Puro stavorta je stai a 'mboccà 'e parole, ve'?)

Eri inebriato dalle tue letture, anche se a me non le raccontavi. Io e te parlavamo solo di calcio.

(E come te sbaji!)

Te le portavi in un cantuccio, le pagine lette, alla maniera di un cane che rosicchia il suo osso perché non vuole farsi vedere da nessuno.

(Puro li gatti fanno così: sa'a vojono godé da soli, quanno magneno.)

Ma poi le emozioni provate segnavano il tuo viso. Orientavano le tue azioni. Definivano il tuo carattere. Mostravano chi fossi.

(Te ce 'nquadraveno.)

Gli anni sono volati. Dove sei stato? Te sei girato mezzo mondo rincorrendo i fantasmi della tua mente in ebollizione.

(A professo', mo' t'ho sgamato! Tutti 'sti personaggi sei sempre te. Nun 'sto a ddì che te l'inventi, no no, ma tutte 'e parole sò 'e tua. Je metti solo er cartellone cor nome sotto. Come t'ariconosco!)

Avevo sognato per te ciò che io non avrei mai potuto essere, anche se, te l'ho detto, neppure per un momento m'illusi che tu potessi diventare un campione di calcio.

(T'aveva fatto pelo e contropelo.)

Eri troppo rigido quando toccavi il pallone. Pareva avessi ingoiato un manico di scopa.

(Nun eri bbono!)

Eppure nel modo in cui mi ascoltavi c'era qualcosa che poi sarebbe emerso più di quanto tu stesso sapevi.

(Ner senzo che je davi retta.)

Avevi l'ambizione di esprimerti.

(Volevi esse er mejo.)

Chissà, forse io, immobilizzato, quel giorno portandoti al campetto ho aperto una strada che, dopo tanto tempo, stai ancora percorrendo. In tutti i tuoi viaggi io torno, seppure trasfigurato, come se avessi lasciato un segno indelebile. Vogliamo fare qualche esempio?

(Pe' questo t'àmo chiamato!)

Di Kyoto, più che i giardini zen, conservi nella memoria un mutilato con la faccia ustionata, accanto alle costruzioni della città nuova. Avresti voluto seguirlo fino a casa, se mai ne avesse avuta una. Ti sarebbe piaciuto imboccarlo, fargli mangiare la minestra per tenerlo su.

(Ahó! Si to'o portavi a casa, dopo che je raccontavi a tu moje? 'E favolette?)

Sulla torre di Benares c'era una vecchia in attesa di morire: uno straccio di povere ossa lungo la parete scrostata. L'occhio ti cadde sul suo seno viola raggrinzito.

(A professo', nun te facevo così squallido.)

E se ci fosse un nesso fra le mie gambe morte e quella povera donna?

(Cioè?)

Se, metti caso, er carcio che hai dato ar pallone di fronte a me, quando avevi quindici anni, fosse giunto fino a lei attraverso lo sguardo che, da adulto, le hai riservato?

(Ma 'ndo vai, pe' tetti?)

Io, quel pomeriggio lontano, avrei messo dimora dentro di te. Ti avrei fornito l'angolo visuale.

(Pe' fatte fà gol.)

Avanti, ragazzo, tira più forte che puoi. Non pensare alla direzione che prenderà la sfera. Stiamo lanciandoci verso il futuro. È stata questa la ragione del nostro incontro. Nient'altro che una prefigurazione delle esperienze che avremmo fatto.

(A professo', cambiamo discorso. Che te magni stasera? Io me sa che me devo da fà tutto da solo perché a casa mia nun ce sta nisuno. Speramo che mi' madre m'ha lassato armeno li broccoletti!)

Quanto a me, sò rimasto ar Quadraro. Vieni a trovarmi, se ti va, qualche volta.

(C'annamo, professo'?)

Ho la tua età. Porto la barba sempre lunga, come da regazzo, anche se adesso è bianca. Le maniche della camicia rimboccate fino ai gomiti. Mi conoscono tutti perché sono un chiacchierone.

('O vedemo: nun t'azzitti 'n attimo.)

E poi continuo a stare sulla sedia a rotelle. Do nell'occhio. Nun passo inosservato. Tu invece non sei stato mai fermo.

('O pòi dì forte.)

Viè cco' mme. Famo 'a spunta de quarche tappa.

('Namo, s'ariparte.)

La terra rossa nel bagagliaio della Mercedes sulla strada verso Sare Gubu, in Gambia.

(Si annavi a Tore Astura era uguale.)

I bagni del casinò di Las Vegas dove era stato ricostruito un pezzo di Roma.

(Che nu' 'o sapevi? L'americani sò bambinoni.)

Il vuoto di fronte all'oceano, a Vancouver, sotto il gigantesco totem, vicino al museo di antropologia.

(Antro che?)

La sera prima, nell'ascensore dell'albergo, avevi incrociato un ragazzo indiano a piedi scalzi. Ritto, immobile e silenzioso, assomigliava a quel totem.

(Era popio 'n soggetto.)

Una città di capitani a riposo fra una partenza e l'altra dove perfino un operaio è estremo, anche una semplice ragazza possiede un che di selvaggio negli occhi.

(Nun ma'a stai a racconta giusta.)

A Dollarton, dove un gruppo di messicani faceva il barbecue nei pressi della lapide commemorativa.

(Co' 'e sarcicce, ve'?)

Il mare entrava dentro l'insenatura e si rabboniva.

(T'eri portato 'e pinne?)

Percorresti l'intero Stanley Park seguendo la celebre Seawall Promenade da destra a sinistra.

(Ma come te va?)

'O vedi chi sei? Uno che passa sotto ar Lions Gate Bridge e, ascoltando il rumore delle macchine, gli torna in mente il battipanni della sua infanzia.

(Mi' madre me ce menava quann'ero regazzino, 'e poche vorte che stavamo 'nzieme.)

Uno che s'incanta a osservare uomini con magliette bucate sdraiati a terra mentre leggono riviste sportive accanto alle loro biciclette.

(Beati loro che so 'o ponno permette.)

È come se avessi sempre avuto davanti a te er sogno de 'n'artra scòla, sebbene ne fossi inconsapevole. In classe ti annoiavi quanto me.

(A professo', questo te sta a scoprì tutte 'e carte!)

Posso dirlo a ragion veduta, dal momento che abbiamo diviso il banco.

(Quindi 'st'Erminio era pe' te come pe' me Romoletto! 'O vedi? T'ho fatto n'echivalenza! O è 'na poporzione?)

Il nostro argomento preferito erano i sortilegi di Helenio Herrera, allenatore dell'A.S. Roma.

(L'ho visto 'na vorta su Roma Tv.)

Su Bet e Santarini, i due centrali della squadra per cui tifavamo, avremmo potuto scrivere insieme un testo. Io la parte tattica. Tu quella lirica.

(Eravate popio arovinati.)

A cosa servono i frammenti umani se non a ricomporli in un tutto unico?

(Ma che ne so?)

Daje rega', fàteje vedé chi séte, così lui troverà la forza pe' raccontavve quarcosa de sé.

(Ce stamo a provà.)

Un'estate dei primi anni Settanta, in un campeggio vicino a Civitavecchia.

(Mamma mia, quanto séte vecchi!)

Andasti a prendere un cubo di ghiaccio guidando la Renault 4 di un tuo amico. Eri felice di poter azionare la leva del cambio sul volante alla tua destra.

(Ma è vero? Pe' me sta a ddì 'na cazzata.)

L'auto si bloccò sul lungomare. Per rimetterla in moto dovesti scendere e infilare la manovella sotto il cofano anteriore. Stavi a torso nudo. Pensavi a Huckleberry Finn.

(Chi è? Un campione d'arti marziali miste?)

I libri erano rami a cui t'aggrappavi per non affogare trascinato dalla corrente.

(Te ce sentivi mejo.)

Al ritorno, sulla litoranea, schiacciasti a fondo corsa il pedale dell'acceleratore. Gli avvallamenti del terreno rischiarono di farti andare fuori strada. La Renault si trasformò in un bruco impazzito.

(Mo' me sa che ho 'nteso quello che vòi dì. Come quanno metti er dito dentro a'a gabbietta di'i criceti e quelli corono da 'na parte all'artra.)

Riuscisti a tenerla in carreggiata non sai neppure tu come.

(C'avevi er manico!)

Trentacinque anni dopo, nella piana di Khouribga, in Marocco, provasti la stessa sensazione con Abdel, il tuo studente arabo. Suo padre, tuo coetaneo, vi aveva detto di stare attenti. Voi niente.

(Nun vo'o séte filato de pezza.)

Un messaggero di Allah, commosso dal corto circuito di gioventù e maturità che rappresentavate, vi salvò in extremis. Era la festa dell'intransigenza poetica.

(Te potessi magnà li draghi!)

Il cuore matto della sapienza offesa.

(Littel Toni su iutubbe.)

La frenesia del futuro che incombe.

('No stimolo in più.)

Ora sei al centro del traffico generazionale.

(T'arimbarza.)

I volontari arrivano da ogni parte della metropoli.

(Ma come fanno? Pijano er taxi?)

Guido ha settant'anni. Un tempo dirigeva decine di persone in una grande azienda. È appena andato in pensione. La mattina nuota in piscina. Il pomeriggio nun sa che ffà.

(E sso' probblemi!)

Gabriele vive di collaborazioni saltuarie. Coi piccoli egiziani ci sta bene.

(S'ariconsola!)

Gianna abita per conto suo. Separata, senza figli. Deve prendersi cura della madre anziana. Aspetta l'arrivo di Tatiana, badante ucraina, come se fosse una manna.

(J'arisurta.)

Serena ha perso il marito.

(Se deve aripijà.)

Letizia è disoccupata.

(C'ha tempo da perde.)

Andrea vorrebbe smarrirsi in un altrove.

(Mànnalo a Porta Portese.)

Emanuele ha bisogno di ritrovarsi.

(Dije de bussà a casa sua.)

'O vedi quanti ce n'hai?

(E te ce lavoreno puro gràtisse.)

Ognuno di loro nasconde dentro di sé uno scorpione misterioso.

(Mi' padre 'na vorta m'ha regalato du' serpenti d'acqua, dentro ar secchiello, ma solo pe' fasse perdonà che manco s'era aricordato der compleanno mio.)

Vengono da te per tenerlo a distanza. Ne abbiamo tutti uno.

(Me sa che io ce n'ho 'na squadra.)

Ci sarei anch'io se potessi scollarmi dalla borgata che invece mi lega a sé.

(A me si nun me dai li sordi te dico solo questo: nisbaaa! A professo', a proposito, 'o sai che sto a ffà da 'n po' de tempo? Er pony! È stato 'n amico de mi' zio che me c'ha mannato. E così ho svortato. Porto 'e pizze a casa di'i clienti. Me c'hanno dato puro 'o scutere! N'esse acca, mica na ciofeca. C'arimedio puro bene pe' compramme li sfizzi: er cappelletto, 'e scarpe, li carzoni. Me dovessi da vedé come sò cambiato! Nun sò più er regazzino ch'hai conosciuto te! Appena m'avanza tipo dieci euri mi'i metto dentro ar dindarolo. Nun se sa mai na'a vita quello che po' succede!)

T'aricordi? Eri un pischello quando atterrasti all'aeroporto di LaGuardia. Inseguivi scintille. Misuravi distanze. Prendevi appunti. Masticavi chewing gum.

(Quante ce ne davi puro a 'noi pe' facce stà zitti a scòla, professo'. Che poi Romoletto 'a sua l'attaccava sotto ar banco e 'a bidella s'arabbiava!)

Te sei visto tutto. Avanti, annamo a riprenne l'artro elenco. Leggi tu che io nun sò capace!

(E daje 'n po' de sodisfazzione!)

Quelli che facevano le boccacce dietro le vetrine di Broadway.

(Li barboni.)

I bambini neri in gita scolastica all'ultimo piano delle Twin Towers, ognuno con un dollaro in mano.

(Ce l'hai 'na foto, professo'?)

Il dente rotto del commerciante arabo in Israele.

(Questi manco c'hanno li baiocchi pe' pagasse li dentisti.)

I ragazzini che giocavano a tarda notte sui tetti di El Jadida.

(E tu nun pijavi manco sonno.)

Le famiglie di mormoni incravattati nel tramonto a fuoco lento di Salt Lake City.

(Dice che c'hanno 'n sacco de moji, ve'? Beati loro. O sò solo rogne, come dice sempre mi' padre?)

Il paladino Orlando che spezza il pane alla tavola dei musulmani nell'isola di Lampedusa.

(Ma chi è?)

Il fiume più inquinato del mondo ad Akrach, in Marocco, dove la gente abita nelle case costruite sull'immondizia.

(Come a Malagrotta.)

Ecco, queste erano le cose che ti entusiasmavano.

(A professo', te sei messo apposto 'e rotelle, sì? Perché puro te n'è che ce l'hai tutte pare, eh! 'O vòi sapé quello che me piaceva a mme? E mo' to'o dico. Quanno se rubbevamo 'e merendine all'autogrille de Fiano Romano. Entrevamo co li zaini vòti e ce sortivamo zeppi de dorci e caramelle! La sera avoja a magnà! Che poi ce faceva male puro 'a panza. 'Na vorta jo ho detto a mi' padre pe' famme bello, ma lui m'ha smontato subbito: manco er rapinatore pòi fà.)

Il sole scendeva inesorabile dietro i palazzi di Casal Bruciato, come se il nome del quartiere potesse dare senso a quel tramonto.

(Vòi che te passamo pure questa?)

## FELICITY. *Le passioni che esplodono*

*Fabricio Sanchez*
*Faiz Ullah*
*Fathi Zalat*
*Federico Guidi*
*Felix Ilagan*
*Fernanda Bresser*
*Fidela Gomez*
*Florian Bajrami*
*Florina Visan*
*Fudu Yushawi*

Non so come chiamarti. Uomo bianco. Professore. Educatore. Dottore. Direttore. Chief.

(Chiamelo come te pare.)

Il mio nome è Felicity. Ci siamo visti soltanto pochi minuti all'ingresso della sala piena di scolari. Ti ho stretto la mano, prima che tu mi avviassi verso il banco dell'accettazione dove alcune volontarie hanno registrato me e Success, mia figlia.

(Ahó! Felicità e Successo: ma 'ndo v'hanno preso? Ar Granne Fratello? Séte ottimiste, ve'? Ta'a appoggio. Mo'o dice sempre mi' padre: bigna vedé positivo!)

Hai fatto appena in tempo a frugare con le dita i suoi capelli.

(A professo', pareveno spini da quant'ereno forti, ve'? Però a'a pupa je piaceva sentisse passà 'a mano su 'a capoccetta perché ce rideva de gusto, manco j'avessi dato 'na caramella da succhiasse in der lettuccio!)

Ho frequentato qualche lezione, seduta di fronte a Rosalba, la mia insegnante: una pensionata che una volta ti ha visto in televisione, si è incuriosita, è venuta da voi e ora è diventata bravissima. Mi ha invitata anche a casa sua, ma io finora non sono potuta andarci.

(E vacce, Feli', così je scrocchi puro 'na cena!)

Insomma sono stata poco insieme a voi. Giusto il tempo di farmi riconoscere in mezzo agli altri.

(Basta vedette 'n paro de minuti pe' nu' scordatte più. Sei 'na bella pacioccona: c'hai er culo come 'n tamburo, ce soni er mambo; du' cosce che metteno paura, co' 'e braccia pòi sollevà 'n furgone. Si te chiameno a fà 'n incontro de wrestilinghe diventi 'na campiona der monno!)

Ce n'erano tanti intorno a me, quasi tutti africani. Getteh veniva dal Gambia: canotta gialla, denti in fuori. Seidoumaiga dal Niger: pantaloni al ginocchio. Madi dal Senegal: snodato al suono del rap. Tutti neri, come la sottoscritta. Musulmani convinti. Avrebbero potuto essere miei fratelli. E ognuno di loro aveva il suo docente. Mi sentivo a casa.

(È perché er professore vo' fà 'na scòla nova: basta co' 'e interogazzioni! Co' li compiti da fà! E c'ha raggione! Io ce sò cresciuto co' 'sta rogna de quello che 'a matina se mette 'n mezzo e parla da solo e noi famo finta de sentillo: du' palle!)

Loro erano già molto avanti rispetto a me. Svolgevano esercizi tipo questo.

Cancella le frasi sbagliate (due sono giuste):

1. I miei figli hanno potuto mettersi a lavorare con me.
2. I miei figli si hanno potuto mettere a lavorare con me.
3. I miei figli si sono potuti mettere a lavorare con me.
4. I miei figli sono potuti mettersi a lavorare con me.

('O sai che te dico? Si ci'i davi ar professionale 'sti esercizzi li sbajevamo puro noiartri! Erevamo capoccioni. E invece tu pe' 'ncoraggiacce ce dicevi sempre: a rega', dovemo annà a giocà in Serie A. E noi t'arisponnevamo: a professo', ma che te sei bevuto er cervello? Qui manco 'n promozzione ce metteno!)

Io stavo ancora imparando a impugnare la penna. Non sapevo neanche come si faceva. Mi sembrava troppo piccola, non riuscivo a tenerla bene stretta, mi sfuggiva, allora

Rosalba mi aiutava a trovare la giusta inclinazione per scrivere sulla riga del quaderno.

(Te ce dovevi abbituà. Voi manco e forchette c'avete, è normale, no?)

Mentre io m'impegnavo, Success giocava con Marcella battendo le sue manine sul pupazzetto di gomma. Vedevo che tanti altri, studenti e insegnanti, andavano a coccolarla. Chi la prendeva in braccio. Chi le dava i bacini. Chi ci giocava.

(È questo che vole er professore! 'O studio nun deve esse 'na pena da scontà come se àmo fatto 'n reato. Ma perché pe' noi invece è stato sempre così?)

Success è una bambina tranquilla. Con quello che ha passato, uno potrebbe pensarla ansiosa, irrequieta, invece sembra tutto il contrario: si lascia cullare da chiunque come se niente fosse. Regala sorrisi a destra e a manca. Non ha paura di nulla. Quasi avesse una fiducia illimitata nei confronti degli esseri umani. Proprio lei!

('Na pupacchiotta così t'arisetta tutto er sistema, eh professo'? Penza quanno ritorni a casa a'a sera dopo er lavoro che je fai fà 'e capriole! Tu nun ce l'hai mai avuta 'na fija piccoletta pe' giocacce a 'sta maniera. Dimme 'a verità: te sarebbe piaciuto, eh? E mo' c'hai come 'n frizzico de nostargia.)

E poi ci sono io che non posso certo dire di essere una donna qualsiasi. Innanzitutto sotto l'aspetto fisico. Dove la trovi un'altra come me? La mia stazza non passa certo inosservata.

(E ce 'o so. Ma quanto pesi, Feli'? Superi er quintale, ve'? Famme capì: hai magnato tanto o ce sei popio nata?)

Sono abituata a comportarmi con naturalezza. Faccio tutto come se fossi ancora in Africa.

(Quanno tiri fòri 'a zinna pe' daje er latte, 'a regginetta ce s'attacca ch'è 'no spettacolo. Pare 'na ventosa.)

Sono scappata dal centro in cui stavo. A voi l'hanno comunicato gli educatori al telefono. Avete chiesto notizie ma nessuno ha saputo darvele. Da un giorno all'altro e io e Success abbiamo levato le tende: si dice così, vero?

(Nun ce vojo crede! E 'ndo séte annate? E chi v'ha preso? E adesso 'ndo state?)

Quasi certamente non ci rivedremo più. Siamo sparite per sempre.

(Mai dire mai!)

Eppure ci è bastato poco per restarti impresse.

(Sinnò nun t'arichiamava. Guarda che si stai ne l'elenco vor dì che pe' lui sei 'na cosa grossa, ma no de corpo. De spirito. 'Mazza come sò diventato bravo a forza de stavve a sentì!)

Ora, visto che me lo hai chiesto, ti racconto quello che posso.

(Dicce tutto: ce serve, 'o mettemo dentro ar magazzino, 'ndo ce stanno 'na marea de scaffali. E poi che ce famo? Boh!)

La mia vita prima che nascesse Success si svolgeva fra le capanne di un villaggio a pochi chilometri dal fiume.

(Me te ce vedo, bonacciona, zitta zitta, a giocà pe' tera co' 'e bambolette che te ce facevi da sola. Come farà 'a fijoletta tua.)

Sono stata una ragazza come tutte le altre fin quando un vecchio mi portò alla periferia di Lagos cedendomi per una miseria agli uomini incaricati di condurmi in Europa.

('Sto fijo de 'na bona donna! Ma quanti sordi j'aveveno dato?)

Qui mi sembra tutto un altro mondo. Chissà se ce la farò. Fernanda, brasiliana, è molto più brava di me. Lei frequenta la scuola da molti mesi. Ne ha avuto il tempo e il modo. I frutti si vedono. Sta già facendo il futuro anteriore dei verbi con l'ausiliare "essere": io sarò uscita. Lei sarà andata. Noi saremo rimasti. E poi quelli con l'"avere". Io avrò fatto. Tu avrai dato. Loro avranno trovato.

(E questa è robba forte!)

Io invece sono rimasta agli articoli determinativi. E un po' di verbi. Il cellulare. L'amico. Lo Stato. Uno su due lo sbaglio ancora: il zaino. Il anello. Le giardino.

(Nun te ce penà. Io stavo peggio de te e ero puro italiano. Pe' modo de dì.)

Fanaca e Paulina sono altre due profughe come me. Vengono dal Sudan. Anche loro sono scappate e adesso abitano in un centro per donne sole. So quello che hanno passato.

(E fateve compagnia! Però senza ariannà a smove 'a monnezza. Sinnò puzza! Raccontateve 'e storielle vostre che è mejo!)

Non voglio parlare della mia famiglia. Non lo meritano perché mi hanno venduta.

(Questa ta'a spingo e poi te ce piazzo puro er timbro d'approvazzione!)

Capisco la povertà, ma una figlia non puoi metterla sul mercato come se fosse una bestia da offrire al miglior offerente.

(Je possino annà de traverso tutte 'e porcherie che se sò magnate a'a faccia tua!)

Così ora sto cercando di dimenticare mia madre, mio padre, i miei parenti. Quando mi vengono in mente, cerco di scacciare via le loro immagini come moschini fastidiosi.

(Io puro c'ho avuto 'sto penziero zozzo, ma nun sò stato tanto capace da potello mette 'n pratica, eh professo'? Anche perché tu m'hai sempre detto che nun se deve da fà. È peccato. Ma un conto è dillo pe' l'artri, 'n artro conto è dillo pe' se stessi. 'Sta regazza ch'ha fatto de male? Lei c'aveva er còre bbono! Sò stati li genitori sua a inacidilla. A metteje dentro er veleno. E a mme, che nun lo sai, quante botte m'hanno dato? Dovemo dimenticà? Buttasse tutto a'e spalle? Ma tu ce riesci a vive così, professo'? Risponnite da solo che si 'o faccio io nun c'azzecco.)

Porto nel cuore soltanto le amiche che avevo: spero di poterle rivedere un giorno, Efua, con la maglietta dei Sette Nani che una volta le aveva regalato un missionario; Madele e Race, sorelline inseparabili; e Zahra, la più piccola, ancora senza denti. Mi hanno staccato da voi. Sarà molto difficile che possa tornare in Nigeria. Ho rotto con quel Paese.

(A Feli', nun t'addannà. Pe' me sei 'a mejo! C'hai 'a capoccia dura, li pormoni forti e er foco ne'e vene. E chi t'ammazza? Penza a ffà li compiti.)

Esercizio numero 1.
Scegli la forma giusta tra *e* e *è*:
Carletto (è-e) Michele sono due bambini.
Michele (è-e) simpatico (è-e) gentile.
Matiur (è-e) Gianni sono giovani (è-e) sono amici.

Tu capo di questa strana scuola. Io sto parlando con tua lingua. Da bambina non ho imparato a leggere e scrivere. Siete stati voi a dirmi che questo significa essere "analfabeta nella lingua madre". Io conosco solo l'igbo.

(Che robba è?)

Esercizio numero 2.
Completa le frasi con la forma giusta tra *ho, hai, ha, hanno* e *o, ai, a, anno*:
Le tue scarpe... la punta stretta.
Megahed... un po' di febbre.
... tutti piace mangiare bene.

(Questi sò come li fondamentali ner carcio: stop de palla, córpo de testa, cornere e punizzione! Si nun li fai bene, nun te fanno scenne 'n campo. Hai inteso Feli'? Si nun sai scrive, nun pòi lavorà e manco magni! Che je dai a'a regazzina quanno mette li denti? A zinna tua?)

Dei giorni trascorsi nel compound non ricordo quasi niente, se non il cemento armato dei ponti lì intorno. E il fatto che pioveva e pioveva e pioveva, dalla mattina alla sera, non finiva più e c'era del fango sullo slargo di fronte all'ingresso.

(T'avevano messo ar gabbio, 'sti caporioni!)

Non potevo uscire, stavo sempre chiusa là dentro. C'era soltanto una donna che mi portava da mangiare. Mi passava la scodella del riso da sotto la porta, come fossi un cane.

(Pora gnoccona bella de papà tuo! Nun to'o meritavi quello che t'hanno fatto. M'aricordi Nunziata, n'educatrice a Focene che me voleva bbene, era 'na napoletana che m'ariccontava de tutte 'e vorte che se l'era presa 'n saccoccia, e mentre parlevamo io e lei se smozzichevamo certi biscottoni de crema e cioccolata che si ce penzo oggi me viè fame! E te sarebbero piaciuti puro a te!)

A turno entravano gli altri. Non voglio neppure sapere chi fossero. Uomini grandi e grossi. Avevano gli occhi rossi, la bandana intorno alla testa, il machete infilato nel cinturone. Usarono violenza contro di me più volte, notte e giorno. All'inizio cercai di oppormi, poi rinunciai. Ogni volta restavo spossata. Avrei voluto uccidermi ma non trovai il coraggio.

(A professo', ma a senti questa li sfreggi che j'hanno fatto? Ta'a vedi adesso, te sembra 'na colombella, 'n piccioncino, 'n cucciolotto, e invece guarda ch'ha passato!)

Finché venne il camion a prenderci e mi trovai insieme ad altre come me. La testa vuota. Il corpo malandato. Sfinite.

(Erevate rintronate.)

Viaggiammo settimane sui sentieri rossi di sabbia, nella polvere del deserto, dormendo dove capitava. Se chiedevamo notizie venivamo picchiate con canne rigide sulla schiena: alcuni colpivano forte, altri, chissà perché, facevano maggiore attenzione.

(Magara je facevate pena.)

Certi ci spegnevano sulla pelle le sigarette accese. Qualche segno ce l'ho ancora dietro la schiena e nelle mani.

(È già tanto che nun sei diventata scema! T'hanno scombussolata, senza riuscì a massacratte. E mo' c'hai avuto puro 'a forza de scrive e studià l'italiano!)

Osserva le immagini, impara i verbi e completa le frasi:
Io cammino, tu cammini, lui/lei cammina, noi camminiamo, voi camminate, loro camminano...

1. Noi... sempre con piacere.
2. Loro... sul marciapiede.
3. I vecchi... con il bastone.

4. Tu... senza guardare.
5. Tu e Gianni... troppo in fretta.

(Forza, Feli'! Datte da fà. Nun dajela vinta a chi te voleva arovinà.)

Sono state tante in quel periodo le mie prime volte. Non avevo mai visto un uomo bianco. Non conoscevo i rubinetti. Non sapevo cosa fosse il mare. Non mi era mai capitato di usare cosmetici.

(Eri popio tenerella! E t'hanno cojonato.)

In Libia mi sono accorta di essere incinta. Ho fatto la traversata in gravidanza, ma ancora non si vedeva. Sono stata un mese in Sicilia, poi con Ursula, un'amica di quel tempo, siamo state trasferite a Milano.

(N'hai fatta de gavetta!)

Success è nata in Italia. In un ospedale dove sono stata ricoverata appena ho avuto le doglie, nel centro della Caritas.

(A professo', me spieghi 'na cosa? De chi è 'sta fija? 'A madre eccola qui! Nun se pò negà! 'A carta canta. Ma er padre? Chi era? Uno de quelli che sa'a sò scorticata lì 'ndo stava, ve'? Vallo a sapé. Pò esse stato er primo, er seconno, er terzo. Che te frega? Tanto piove sur bagnato. Manco 'n faccia l'hanno guardata! J'hanno messo sopra er cuscino! Epperò lei se l'è tenuta 'a regazzina. Hai visto? Nun c'ha penzato du' vorte. E quant'è bella! E come je vole bbene! Mica solo a mamma sua. Puro a noi. Che si je damo er dito, to'o strigne forte forte. Ma che ne sa 'sta ciumachella nostra de chi era su' padre e de com'è brutto er monno!)

I miei protettori avrebbero voluto farmi diventare una prostituta ma io mi sono rifiutata. Non è stato facile staccarmi da loro. Non so dove ho trovato la forza di andarli a denunciare. Mi ha aiutato un avvocato italiano conosciuto per caso, al tempo in cui ero alloggiata in una casa famiglia di Como.

('O vedi che l'ommini nun sò tutti bastardi? Te devi da fidà. Quarche vorta!)

Anche lì una donna nigeriana mi telefonava sul cellulare minacciando una dura punizione. Quante schede ho buttato!

(Te voleva mannà i teppisti a fatte male.)

Io e Success siamo scappate tante volte dalle strutture che ci accoglievano. Avevo paura che mi trovassero. L'ho allattata sugli autobus, di fronte a tutti.

(Come 'na zingarella. Ar freddo e ar gelo. 'Ndo l'ho sentita questa?)

Ecco perché non mi vergognavo di farlo anche fra i banchi.

(E te ce capimo!)

Le volontarie mi hanno favorito in ogni modo. Cercavo di ricambiarle con il sorriso perché non ho nient'altro. Vedevo come prendevano in braccio Success: le volevano bene.

(Ce pòi giurà.)

E io le lasciavo fare.

(Te dovevi da concentrà a fà l'esercizzi.)

Noi africane coi bambini non siamo ansiose come voi. Crediamo che Allah, se volesse, potrebbe prenderseli da un momento all'altro. Se non lo fa, perché preoccuparsi? Non c'è motivo.

(A professo', questa t'ha dato puro a risposta sua. 'Na cosa semplice semplice. Che vòi de più?)

Adesso devo imparare a descrivere me stessa e mia figlia. Cominciamo coi capelli. Come possono essere? Biondi, castani, neri, rossi, fulvi, lisci, ricci, crespi, corti, lunghi, intrecciati, a boccoli, stirati... Devo scegliere.

I miei sono neri, lunghi, intrecciati.

I suoi crespi, corti, a boccoli.

('Mazza come sei brava, Feli'. E 'ndo la trovi tutta 'sta forza pe' annà avanti?)

## GAVINA. *Per contromisura*

*Gabriele Semeraro*
*Gamal Abdelazim*
*Garba Lofty*
*Gary Abdallah*
*Gebril Haiman*
*Ghiorghis Meda*
*Giorgio Curlat*
*Giosuè Bandani*
*Grassey Fanding*
*Gulam Mostafa*

Arriva un momento in cui siamo chiamati a tracciare un bilancio. Io non sono riuscito a farlo. Mi hanno ucciso prima.

Gamal, Garba, Gary, Gebril, Ghiorghis, Gulam...

Voi avete ancora tempo. Forza, ditegli chi siete, parlategli delle vostre famiglie, cosa vi è successo, dove abitate, quali sono gli obiettivi che vi proponete. Nessuno può illudersi di fare questo nuovo appello senza mettersi in gioco, sciogliendo i propri nodi spinosi, superando le resistenze che lo attanagliano, alcune delle quali appartengono alla Storia, ma altre riguardano la nostra esistenza e quella dei nostri genitori.

Hai capito chi sono? Tuo nonno. Il partigiano della 36ª Brigata Garibaldi. Alfredo Cavina. Non Gavina. Controlla il registro. E non ti sbagliare anche tu, come hanno fatto a Bologna dove, nella lista dei martiri antifascisti davanti alla fontana del Nettuno, sopra il mio nome compare un'altra faccia.

I morti non possono parlare. Ma i nipoti sì, nel tentativo di interpretarli. Tu lo hai già fatto altre volte. Nella vita, prima ancora che nella scrittura. Lo dici spesso: l'energia creativa pulsa alla maniera di una vena sotto sforzo. Per questo sei andato nei luoghi in cui sono nato e vissuto.

Casalfiumanese, nell'Appennino tosco-emiliano: lì hai trovato orti spelacchiati, chiese abbandonate, cippi commemorativi. Riolo Bagni, il paese di Rosina, la donna che sposai. Con lei ebbi quattro figli. Poi entrai nella Resistenza. Stavo col comandante Giovanni Nardi, detto Caio. Partivamo da Isola e, senza entrare nei luoghi abitati, andavamo giù, in direzione del Monte Battaglia, fino a Badia di Susinana. Da lì c'inerpicavamo nel sentiero verso Cortecchio, dove si nascondeva l'Albergo, una vecchia casa che fu la nostra base fin quando i fascisti non l'attaccarono.

Ci rifugiammo nella chiesa di Monte Mario. Io tenevo i collegamenti. Rifornivo di viveri i partigiani. Trattavo coi contadini. Hai scritto tutto te, no? Vuoi sapere cos'era per me il Duce? Un pataca. Un invurnì. Un zembal. Una zoca. Così lo definivo. Hai ripercorso le mie tracce in Belgio, dove emigrai per fare il minatore. Nei contrafforti appenninici, sui sentieri dietro Firenzuola. Lì ci portavo i ragazzi della Stella Rossa, anche se non ero comunista, ma anarchico-repubblicano. Nella più pura tradizione romagnola.

Sei stato a Pievequinta, nel punto in cui venni fucilato, insieme agli altri nove prigionieri, fra i quali don Francesco Babini. Hai cercato questo prete perfino a casa sua, a Donicilio, in Val del Savio, uscendo dalla E45, mentre tornavi a Roma. Parcheggiasti la macchina all'angolo di un tornante. Te ne andasti su per il paese in un gennaio di ghiaccio. Pioveva, faceva freddo. Respiravi nell'aria di vetro. Antonia Laghi, testimone dell'eccidio, ti aveva detto che lui, prima dell'ultima mitragliata, aveva intonato il *Salve Regina*. Io ero ateo. Avresti voluto sapere se l'avevo cantato, negli ultimi istanti. Oppure se avessi gridato: Viva l'Italia!

Ascolta me. Certe cose è inutile chiedersele. Devi accettare i misteri. Hai presente il modo in cui ti guardava mia figlia quando, dopo l'ictus, non poteva più parlare? Era ridiventata una bambina. Abitava ancora nella casa in cui sei cresciuto. Anche se non articolava più, ti riconosceva sempre. Stringeva il tuo polso con forza sorprendente per la sua età: novant'anni. Più del doppio rispetto a me. Dopo la mia fucilazione venne arrestata. Una SS la colpì con un pugno in bocca rompendole due denti. Cercava informazioni dalla giovane ribelle. Notizie che lei non poteva dargli. A quel tempo era solo una ragazzina. Dal carcere della Rocca di Forlì venne condotta nella caserma di via Romanello. Il sottotenente Armando Barbante, pace all'anima sua, la notò in quell'occasione, impaurita, senza vestiti di ricambio, prima che venisse trasferita a Bologna, in via Corticella, nelle Caserme Rosse.

Sembrava fosse destinata alle fabbriche Siemens di Norimberga, come lavoratrice coatta. All'ultimo momento venne staccata dagli altri e condotta su un treno, in partenza verso il Terzo Reich. Non era ebrea. Non fu quindi posta all'interno dei vagoni piombati. Per lei era stata prevista una guardia speciale. Con ogni probabilità sarebbe diventata una prostituta da campo. A soli diciassette anni fuggì dal treno che la stava conducendo in Germania.

Negli ultimi tempi le sue funzioni cognitive erano compromesse. Il giorno del referto, dopo il primo ricovero, ti spiegarono perché. L'ecografia della regione occipitale mostrava una vegetazione biancastra. L'inondazione delle pareti aveva trasformato i tessuti circostanti in un territorio desolato. Superfici lunari. Crateri fra i palazzi sventrati nella zona radioattiva. Stabilimenti vuoti. Boschi ridotti in cenere. Cantieri dismessi.

Stavi dietro le spalle del neurochirurgo che batteva sui tasti del computer per mostrarti lo sfacelo. Scrutasti il panorama con strumenti ermeneutici scorretti, scientificamente inadeguati, sebbene fossero gli unici di cui potevi avvalerti. Minutaglia cellulare. Vegetazioni bruciate. Ciottoli del senno perduto.

Era la testa di tua madre.

Quante volte l'hai detto in questi lunghi anni, di fronte al pubblico, anche alla tv? Sempre lo stesso giro di frase. Se lei non fosse riuscita a fuggire, alla stazione di Udine, il 2 agosto del 1944, né tu né tuo fratello sareste nati. La gente ti fissa muta. Io resto dietro di te, a protezione, nel caso qualcuno volesse attaccarti. Nel 1995 hai rifatto il viaggio che lei avrebbe dovuto fare... se non fosse riuscita a fuggire... Lo proclamasti perfino in Potsdamer Platz, a Berlino, nella sala dell'Istituto di cultura italiana, di fronte a quelli che avrebbero potuto essere i figli dei figli dei miei assassini.

È la ragione per cui insegni l'italiano agli immigrati. Magari avessero fatto lo stesso a me con il francese, in Belgio! Fui costretto a impararlo da solo: mi aiutò una donna di cui m'innamorai. A un certo punto non volevo più tornare a casa. Mi stavo facendo un'altra famiglia. È stata tua nonna a obbligarmi. Non sapeva più come sfamare i figli. Prese la forza e, lei quasi analfabeta, andò a sporgere denuncia alla stazione dei carabinieri. Fui costretto a rimpatriare. Anni dopo, povera donna, pensò che, se non l'avesse fatto, io sarei sopravvissuto.

Le indagini conoscitive in cui t'impegni superano i confini nazionali. Non ti accontenti di ciò che senti. Vuoi mettere alla prova le tue emozioni. Altrimenti non scrivi.

Questo, tal dèg me, significa essere antifascista.

Giusto, Gamal? Quando gli leggesti *In memoria* di Giuseppe Ungaretti, alzò gli occhietti lucidi. «... *Fu Marcel / ma non era Francese...*» Ancora non parlava italiano, però quei versi lo avevano centrato in pieno. Mi credi se ti dico che fra la mia fatale intransigenza e questa tua voglia di andare a fondo c'è un rapporto diretto? T' è capé?

Seduto nel camion con la testa fra le ginocchia, accanto agli altri disperati, bisbigliavo parole senza senso. C'eri già tu in me! C'era già la tua scuola! Gary, rimetti nello zaino il tappetino e torniamo a rifare l'esercizio sui singolari e i plurali. Gli dici così e lui d'improvviso si rianima. Il camion si fermò sulla stradina di campagna. L'aria era dolce, estiva. Sembrava un giorno rubato alla guerra. Ci venne ordinato di scendere.

*Raus! Schnell!* Eravamo legati l'uno all'altro a due a due. Saltellammo sospinti dai mitra puntati, come dentro ai sacchi. Chi pregava. Chi cantava. Chi piangeva. Chi stava zitto. Qualcuno si mise a correre, goffo, coi piedi legati, come avrà fatto da bambino, per gioco. Altri restarono immobili, in attesa. *Avanti, spara, cosa aspetti? Falla finita, bastardo! Padre nostro che sei nei cieli.*

Fummo mitragliati alle spalle. Fra i dieci condannati, non tutti morirono subito. A quelli che ancora respiravano, diedero il colpo di grazia. L'ufficiale esplose i colpi a distanza ravvicinata. I corpi sussultarono come bambolotti.

All'imbrunire i cadaveri erano ancora lì. Faceva caldo. Le mosche si posarono sui nostri visi. Perlustravano nasi, bocche, barbe. Al solito erano curiose, avide, ebbre. Ecco, quando hai riportato questo dettaglio, ho avuto un leggero sussulto. Il comandante di piazza fece affiggere l'ordinanza sui muri della città.

«Nella notte del 26 luglio 1944 un caporalmaggore tedesco venne proditoriamente assassinato a circa km 1,5 est di Carpinello di Forlì. Egli fu fatto cadere con un fil di ferro teso attraverso la strada e ucciso con un colpo di pistola alla tempia. Per contromisura, il 26 luglio vennero fucilati 10 partigiani e comunisti sul luogo dell'assassinio.»

Sei andato sul Passo della Futa, nel grande cimitero dove sono sepolti i militari tedeschi caduti sul fronte del Nord Italia, alla ricerca di quel caporalmaggiore. Girando fra le croci, ti sei reso conto che lì avrebbe potuto esserci anche qualche nostro fucilatore. Alcune tombe erano ornate di fiori freschi: quelle di Andreas Rosenzweig, Werner Hertel...

Scendesti dal monte lasciando che il codazzo di fantasmi si disperdesse dietro di te. Avesti l'impressione di vederli andar via come pagliacci festanti. Scolaretti coi pugni di ferro. Ginnasti infortunati. Pulcinella zoppi.

Giri e rigiri, finché non torni nel quartiere dove sei stato ragazzo. Fino a poco tempo fa per festeggiare un momento felice ti mettevi in guardia davanti allo specchio e tiravi di boxe contro te stesso. A vent'anni lo facevi spessissimo. Io ti vedevo e mi sentivo il sangue ribollire nelle vene. Come ai bei tempi, quando accompagnavo i giovani armati su per il monte. Qualche anno dopo, te lo feci dire anche da Guido, il compagno partigiano che mi affiancò fino al giorno dell'arresto nelle carceri della Rocca, a Forlì: tuo nonno sarebbe stato fiero di te.

Ti metti in mezzo ai volontari della tua scuola e cominci a parlare. Stento a riconoscerti. Sei tu? Il bambino che giocava coi soldatini. Vén, ch'at degh un bilì! La differenza è che adesso ci sono loro.

Gabriella ti chiede dov'è un quaderno da dare a Mansour. Elisabetta va a prendere l'atlante. Mirella spiega ai nuovi volontari come vengono iscritti i ragazzi dei centri di pronta accoglienza. Claudio propone di mettere un tavolo nel corridoio per facilitare le operazioni. Silvana illustra i sussidi didattici coi giochini per apprendere le parole. Stefano dice di averti conosciuto in un'intervista alla radio e di essere venuto all'inizio per curiosità, poi gli è piaciuto ed è rimasto.

Potresti continuare per un bel pezzo perché saranno un centinaio. Ognuno con la sua storia, la sua ferita, il suo desiderio di ricrescere e prosperare. Molti pensionati, ma anche tanti giovani liceali o universitari. In maggioranza donne. Quelle che scaldano col fuoco la nostra pietra, scrivesti una volta. E tu perché hai pensato a questa scuola?

Perché, perché, perché...

Sarebbe come se a me avessero chiesto: perché sei entrato nei partigiani? Basta afferrare un filo e tirarlo verso di sé per veder partire il convoglio.

I tuoi scolari hanno attraversato il deserto del Sahara. Lo intuisci, prima ancora che te lo dicano, in certi bagliori nei loro occhi scuri. In qualche ritrosia nei gesti. In una leggera esitazione della voce.

Hai voluto vedere dove loro arrivano dopo aver superato fame e sete. Quasi nel tentativo simbolico di raccoglierli quando sbucano dalle dune.

In Africa io ci andai a lavorare, al tempo dell'occupazione coloniale. Eravamo operai. Ci spaccavamo la schiena pur di guadagnare qualche soldo. Vuoi continuare a credere che sia tutto un caso?

La tua guida si chiamava Alì. Ti condusse a sud di Gafsa. Il lago salato era uno specchio d'acqua a perdita d'occhio, senza confini. La strada sembrava il ponte di una diga. Gli antichi romani non avevano proceduto oltre. A Zafrane, verso il confine algerino, un passante al quale chiedesti dove fosse il deserto ti disse vai laggiù. Con la mano indicò un mucchio di rottami tra palme divelte, abitazioni in muratura basse e grigie che sembravano disabitate.

Non puoi fare a meno di pensare che Fudu e Famy, impegnati a sillabare sul manuale, siano arrivati proprio da lì. Venivano dal centro dell'Africa. Dopo giorni di fuoco ammassati sui camion tornavano a vedere un nastro d'asfalto.

Il piccolo Peugeot a trazione anteriore scivolò come un verme in quella direzione. Bisognava guidare prudenti fra i cammelli con le zampe legate, le capre immobili nel fango, le lamiere arrugginite, i rifiuti. Poco più in là cominciavano gli orti, le piante coi datteri. Ogni tanto passava qualche carretto trainato da un asino. Il conducente t'informò che non era sicuro proseguire senza trazione integrale. A te sarebbe bastato dare un'occhiata. Eppure non vedevi niente. La pista era un solco confuso fra erbacce e immondizia. Stavi per tornare indietro quando all'improvviso, a duecento metri, notasti una fila di dune. Lo stacco tra il paesaggio di frantumi che avevi appena attraversato e quella linea di sabbia ondulata fu netto, come potrebbe essere la costa sul mare, una pianura e le montagne.

Pensasti a una carta dell'Africa che avevi consultato prima di partire: da Douz a Zinder, nel Niger, c'era soltanto il Sahara. Il deserto stava di fronte a te. Era la porta del nulla. Da dove oggi spuntano i ragazzi sbandati. I tuoi scolari. D'istinto ti dirigesti verso le dune. Io, sappilo, ti stavo dietro. Il fazzoletto legato sulla bocca per non respirare la polvere. La camicia sporca. Il fucile a tracolla. Gli scarponi.

Allora, Gulam. Ripeti insieme a me:

*Ba, be, bi, bo, bu.*
Basta, bene, biro, borsa, buono.
*Ca, che, chi, co, cu.*
Casa, barche, chiodo, cosa, cuore.

Corremmo insieme fra le dune negli avvallamenti sabbiosi che scendono e risalgono sotto di me. Ti fermasti per riprendere fiato. Voltandoti indietro non vedesti più i tuoi compagni.

*Cia, ce, ci, cio, ciu.*
Ciao, certo, cinema, bacio, ciuffo.

Sulla duna si alzò la sabbia. Si sollevò come il mantello di un predone. Era il deserto che parlava. Ti diceva di non avanzare.

*Da, de, di, do, du.*
Dare, dente, dito, dopo, due.

Davanti a te c'erano migliaia di chilometri così: pietre, rocce e topi. Se avessi proseguito, con il tuo giubbotto della Barbour, il tuo cellulare Samsung, i tuoi jeans, la tua macchina fotografica digitale, saresti diventato un Gulliver rosicchiato dagli scorpioni.

*Fa, fe, fi, fo, fu.*
Fare, felice, fine, foto, fumo.

Il deserto è cieco, muto e sordo: un animale gigantesco, preistorico. Tu gli stavi sulle labbra e lui avrebbe potuto azzannarti. Bisognerebbe accettare la morte. Aprire porte e finestre facendola entrare. Come credo di aver fatto io il giorno in cui mi spinsero sul camion e vidi gli altri già seduti. Eravamo dieci. Il classico numero destinato a subire la rappresaglia. Non avevamo scampo.

Avanti, non ti distrarre, continua a fare l'appello.

Giosuè, al largo di Patrasso, sotto un Tir in partenza per l'Italia. Gebril, all'aeroporto di Lagos, nella stiva di un aereo diretto a Milano Malpensa, Gabriel, a pelo d'acqua sul barcone senza sapere nuotare. Gilbert, l'ultima goccia della damigiana scolata all'ombra delle sospensioni del camion. Giorgio, mimetizzato nel fieno al confine turco. Garba, infreddolito sul pullman nella notte bulgara, le mani sul finestrino appannato per salutare la madre...

Continua così.

HERMAL. *Dal Paese delle aquile*

*Habab Gilazgi*
*Habibur Rahman*
*Hafsi Amen Allah*
*Hagras Ahmed*
*Halina Demidok*
*Harunur Rashid*
*Hasan Motiur Raman*
*Hussun Kamrul*
*Hosny Mohamed*
*Hossan Farouque*

(A professo', quello che t'ha parlato prima era morto, ve'? Nun me sò avvicinato pe' rispetto. Me pareva mejo. E mo' avanti 'n artro.)

Vengo dal paese delle aquile, ma ormai è come se fossi italiano. Il mio nome in albanese significa "vento delle montagne". C'è sempre un'ombra di malinconia nello sguardo di un ragazzo senza famiglia. Puoi capirlo dalle sue unghie non curate, da come alza le spalle, dalla fretta con cui ti risponde, quasi volesse continuare a fuggire, perfino di fronte a te che gli stai insegnando le lettere dell'alfabeto. Devi accettarlo: molti uomini hanno bruciato il terreno che lui si apprestava ad attraversare. Individui della nostra specie capaci di compromettere il futuro. Avvelenare le riserve d'acqua. Inaridire la speranza.

(A rega', su co' 'a vita!)

Ricordo il nostro primo incontro. Avevo un cinturone con le borchie, i denti gialli e i capelli rapati quasi a zero. Tu conoscevi benissimo l'Albania: questo contò abbastanza per far accendere la scintilla.

(A professo', ma 'ndove nun sei annato?)

Volasti dall'altra parte dell'Adriatico con un vecchio Tupolev. I passeggeri erano in maggioranza preti e prostitute.

Le ragazze, scortate da un funzionario incaricato di riaccompagnarle in patria, sedevano nelle ultime file. Hasna. Hare. Hotiana. I religiosi stavano accanto a te.

(Te c'aveveno 'nvitato?)

Eri in un gruppo ufficiale. Vi presentarono al presidente, Rexhep Meidani. Non avevi la giacca.

(Io t'ho 'o vista solo 'na vorta, quanno c'hai portato ar Senato.)

Te la prestò un accompagnatore. Proprio perché la nostra era una nazione sgangherata, l'etichetta richiedeva questa procedura. Meidani pareva un accademico. Seduto in poltrona, di fronte a noi, tenne un lungo discorso. Sull'Albania che sta migliorando... Sull'Albania che non è come gli italiani se la immaginano... Sull'Albania che va capita e aiutata... All'aeroporto al capo della delegazione rubarono il portafoglio.

(Zàcchete, 'na botta sola, e l'hanno fatto secco.)

Ricordi anche Ilir Meta, a quel tempo poco più che trentenne, tarchiato, sguardo lucido, già capo del governo. L'hai appena rivisto in Rete, quasi non lo riconoscevi. Parlò di energia elettrica, di strade da costruire, del 10% del Pil che nel 2003 il governo avrebbe stanziato per l'istruzione, dei 500 milioni di dollari annui che l'Albania ricavava dalle rimesse degli immigrati.

(Li politici dicheno tutti 'e stesse cose!)

I palazzi colorati della capitale li aveva fatti dipingere Edi Rama, quando era sindaco della città. Gli stringesti la mano. Parlava un perfetto italiano. Altissimo, sembrava un giocatore di basket, con la barba e lo sguardo concentrato.

(A'a granne!)

Tu puntavi altrove.

(Tanto pe' cambià.)

Ecco ciò che ti resta: il bazar nei pressi del castello di Croia, dove comprasti il coltello ricurvo dei nostri pastori.

(Che poi l'hai dovuto fà 'mbarcà na'a stiva de l'aereo, perché nun to'o facevano passà ar cekkinne.)

Le icone restaurate di Berat. Le pozzanghere con i pacchetti di sigarette fradici. Asfalti privi dei canali di scolo.

(Come a Monte Spaccato?)

Uomini che ti guardano seduti all'ombra degli alberi. Carni fresche assalite dalle mosche, vendute sul bordo della carreggiata. Donne che stendono i panni sui muri roventi. I galli sulle macerie. Container usati come box. Negozi senza merci. Un'anziana impegnata a pulire le pareti del bunker dove abita.

(Aspetta, aripìjate, fà 'n bel respiro, sinnò nun ce 'a fai a arrivà 'n fonno!)

Scarpate di rifiuti. Banchi di vendita d'ingranaggi elettrici. Un operaio arrampicato in cima a un palo. La solitudine dei fidanzati a cavalcioni sul ponte di ferro.

(Allora pur'io sò arbanese!)

Entrasti in un tugurio. Il capofamiglia ti accolse con riguardo. La madre e i figli erano laceri, mezzi nudi. Eppure la loro faccia esprimeva una fierezza che non hai dimenticato.

(Ma che c'hai trovato, professo'?)

Le reti metalliche rovesciate come dopo un terremoto. I ristagni d'acqua all'interno. La credenza con l'immagine in bianco e nero del matrimonio. Fra i panni sporchi spuntò, come un occhio vitreo, il televisore.

(Puro quello c'aveveno?)

Attraverso di me, l'Albania lavorava in te. Qualcosa nel tuo sguardo me lo confermava. I carretti trainati dai cavalli sulla nuova autostrada che dall'aeroporto di Rinas conduceva a Tirana ti erano rimasti dentro.

(Manco er trattore c'aveveno?)

Il mio Paese era il cugino scapestrato del tuo. Una pelle morta dell'Italia. La vostra cattiva coscienza. Andasti nella pineta sul lungomare di Durazzo a vedere i Suv rubati a Milano.

(Aridàje!)

I guardiani giocavano a scacchi e dadi sui cofani delle BMW.

(Rubate puro quelle, ve'?)

Questa scena non era idealmente collegata solo alla mia infanzia difficile. In un modo che non saprei spiegare, apparteneva anche alla tua.

(Dicce, dicce.)

Ci siamo conosciuti a scuola, ma da molto tempo le nostre esistenze erano destinate a intrecciarsi. Non sapevamo che, prima o poi, sarebbe accaduto. Cos'altro volevi trovare, tanti anni prima, sulla strada verso Kavajë, quando la polizia ti fermò per un controllo?

(Ma che c'annavi a funghi, professo'?)

Io non potevo aiutarti. Mentre i poliziotti controllavano i tuoi documenti, ti guardavi intorno. Gli agenti col cravattino allentato sul collo stringevano il mitra tra le braccia come fosse un bambolotto.

(Guarda che si 'o tocchi s'arabbia!)

Il comunismo era appena caduto. I ponti, all'orizzonte, assomigliavano a quelli del secondo dopoguerra europeo. Gommisti e lavatori d'auto proliferavano in mezzo alle fabbriche dismesse, ai binari, alle transenne, all'immondizia che bruciava di notte alzando fuochi di sterpaglie vicino alle case.

(Respiravate l'aria bbona!)

Cercavi me, ora lo so, che apparivo e scomparivo. Da Lushnjë a Fier, l'Albania ti prese alla gola. Gli uomini incappucciati della polizia speciale muovevano le dita nervose sul grilletto.

(Si je partiva er córpo, annavi a ffà compagnia a tu' nonno.)

Appena alzavano il passamontagna sulla fronte, parevi scoprirmi nelle loro facce di adolescenti elettrizzati.

(T'era pijata 'a scacaccia, ve'?)

Era ancora troppo presto. Arrivasti perfino a Valona, la mia città. Tu non lo sapevi, ma io con ogni probabilità stavo giocando in terrazza. Ricordi ancora l'insegna stradale bucherellata dai proiettili.

(N'ho vista una uguale a Torvaianica.)

Nelle montagne circostanti la droga veniva coltivata come il basilico.

(E bbravi!)

Gli italiani erano i maggiori acquirenti.

«Cento chilogrammi, 5 milioni» ti confidò un mio amico sotto la villa ormai fatiscente del vecchio dittatore.

(Stavate messi bene!)

Le strutture pubbliche erano allo sbando. All'ospedale, poco distante dalla mia abitazione, il primario del pronto soccorso, dottor Hajdini Hidaiet ('mazza, te sei conservato puro er nome), ti mostrò i malati distesi sulle brandine di fortuna. Pareti scrostate. Strofinacci per terra. Bacinelle di un liquido indecifrabile.

(Peggio che ar San Giovanni!)

Nei cortili interni della città molti nascondevano i gommoni pronti sopra al carrello. Di notte il canale d'Otranto si trasformava in una babele di lingue e persone. Certe navi assomigliavano a tipografie nautiche: due milioni di lire a passaporto.

(De quanti anni fa stamo a parlà?)

In una di queste, molto tempo dopo, salii io. Conoscesti il capo della polizia, Sokol Kociu (vatte a ripijà l'appunti), il quale ti accolse in ufficio, una traversa di via Rakir Malile, esibendo alla cintura un pistolone cromato TT, di marca russa.

«Bisogna stabilire un'intesa con le istituzioni italiane.»

«Non servono uomini, bensì progetti.»

«Non ci sono più capi carismatici come Zani, così le bande diventano incontrollabili.»

(Lassa perde.)

Andasti da padre Giovanni Mercurio, della chiesa di Santa Maria.

«Fra la morte di una gallina e quella di un uomo, qualcuno non avverte la differenza.»

Parole sue.

(Questi te se beveno.)
Sulla collina che domina Valona incontrasti l'imam. Si chiamava Sadikibro.
«Tutto dipende dalla povertà. C'è un boom religioso. La moschea è affollatissima. I ragazzi sono con noi.»
Accanto a lui il giovane Antino assentiva vigorosamente con il capo.
«Penso a studiare. Ho fiducia nel mio Paese.»
(Beato a tte!)
Ti avevano invitato all'università di Tirana dove c'era stata la premiazione dei migliori finali ricavati da certi tuoi racconti. Avevi alloggiato all'International Hotel in piazza Scanderberg.
(Tanto mica pagavi te!)
Sul viale che conduceva alla facoltà di Lettere ti colpirono le moto Gilera con padre, madre e figlio in sella: come a Napoli fino agli anni Ottanta.
(Da paura.)
I venditori di pannocchie abbrustolite.
(Magnatele te.)
La conferenza sembrava un caravanserraglio. Gli studenti, italianisti, ti parvero splendidi. Il mondo slavo premeva su di loro, come se nei Balcani non ci fosse mai stata modernità e i giovani fossero rimasti in una condizione medioevale. L'appropriazione della cultura da parte di quei miei coetanei assomigliava ancora a un furto.
(Questa me piace, anche si n'a capisco.)
Non pareva il frutto di un processo educativo. Siccome anche tu avevi fatto lo stesso, ti sentivi a casa. Nel tuo intimo speravi che loro percepissero in te questa prossimità interiore.
(Stai a annà troppo sur difficile.)
Siamo entrambi cresciuti nel vuoto. Io senza scuola. Tu senza cultura. Per questo scrivi impugnando l'accetta. Spari col kalashnikov, come facevamo noi dai balconi desolati quando buttammo giù Enver Hoxha.

(Così me piaci, professo'.)

Che non era scemo, fidati, come adesso vogliono farci credere i nuovi capitalisti. Fra i quali, lo ammetto, ci sono anch'io.

(N'hai fatta de strada, eh?)

Sono diventato un imprenditore. Assumo operai e li comando a bacchetta.

(Io nun l'ho conosciuto 'sto regazzo, ve'? Nun era da'a classe mia.)

I nostri genitori in fondo si assomigliavano. Ti presentai mia madre, all'ospedale Santo Eugenio di Roma, consumata dal cancro.

(Dietro ar laghetto dell'Eur?)

Non dimentico come ti osservò quel pomeriggio, di fronte alla macchinetta del caffè. Indossava la vestaglia a fiori che portava fin da quando ero bambino. Con lo sguardo mi affidò a te.

(Sa'a sentiva che stava pe' morì.)

Quando ti chiesi di venire al suo funerale, a Vranisht, a sud di Valona, sui monti Cikes, non potevi rifiutare. Era una tua coetanea. In un'altra vita, avreste potuto stare insieme nella stessa classe. Magari vi sareste innamorati. Io sarei stato tuo figlio biologico.

(Che je stai a mette 'n bocca, professo'?)

Dormisti all'hotel New York, di fronte al mare, dopo il tunnel. Ogni volta che lo dici ai nuovi studenti albanesi, loro restano a bocca aperta.

(E cce credo!)

Ci lasciammo alle spalle la triste periferia una mattina di pioggia e fango. Le strade parevano acquitrini. Il fuoristrada della Sarento scartava i villaggi. Lepenice, Brataj.

(C'avevate 'e quattro rote motrici?)

Il paesaggio era aspro, montuoso, bianco sui picchi. Il fiume invece, chiamato Shushicë, man mano che risalivamo verso la sorgente cambiava colore. Da grigio, quale ci apparve alla periferia della città, diventava color smeraldo. Come il tuo nome. Uno che porta i messaggi.

(Er messaggero! Er giornale de tu' padre, ve'?)

Tutto ritorna. Niente resta solo in un posto. Non smetti di ripeterlo, a te stesso e agli altri. Una volta te lo disse anche Federico Zeri quando andasti a trovarlo nella sua villa di Mentana.

(Noi ce giochevamo 'n trasferta!)

Il libero arbitrio non esiste, ragazzo, affermò convinto in mezzo alle colonne romane della sua biblioteca, con la pancia che strabordava. È tutto già stabilito. Tu non eri d'accordo. C'è sempre la possibilità di spezzare la catena, pensi ancora oggi. Di mandare a monte la partita.

(Nun te devi accontentà.)

Quando arrivammo sulla tomba trovammo i miei parenti appena scesi dal pulmino: fratelli, sorelle, zie, cugini.

(Aspettaveno solo a vvoi!)

Ti presentai mio padre, insieme al quale procedesti verso il tumulo dove posasti un mazzo di fiori. Vedendo che era dolce e traquillo, mentre io te l'avevo descritto ansioso e nervoso, comprendesti lo scontro fra me e lui.

(V'erevate fatti male!)

Il camposanto dove ritrovasti mia madre ti sembrò un groviglio di scheletri. Mentre la pioggia non smetteva, la testa ti ronzava. Quella donna piccola e minuta, che ricordavi pochi mesi prima all'ospedale, ti fece pensare alla panchina dove da ragazzo sedevi insieme alla tua prima fidanzata.

(Davanti ar palazzo do'o sport, ve'?)

Poco distante dalla stanza in cui venne ricoverata mia madre. Che adesso non c'era più. Le donne piangevano sulla sua tomba prima che mio padre, battendo le mani, di colpo le facesse tacere. Tutto in quel momento pareva legarsi in una connessione profonda eppure incomprensibile. Quando prendi coscienza di questa coralità ti senti frastornato.

(Te se brucia 'a capoccia.)

L'individualismo dei tuoi quindici anni, dammi retta, in realtà non era veramente tuo. Si trattava di una morena.

(Ccheee?)

Quattro carte spaiate. Il partigiano ucciso dai nazisti. Rosina dolcissima romagnola. Il bigamo misterioso. Querina che andava a servizio. Tu vorresti mettere tutto insieme.

(E ccome fai?)

Ecco perché continui a insegnare a quelli come me. Biglie colorate nella melma delle periferie. Poi finiscono nei rigagnoli ai lati delle strade, riflessi di sogni spezzati. Non li ritroviamo più. Smembrati. Recisi. Offesi. Massacrati.

(E nno, professo', io sò ancora vivo!)

La settimana prima di venire in Albania eri stato in una scuola della periferia tiburtina. Una studentessa ti aveva chiamato a riflettere su una frase che avevi scritto.

(E quale sarebbe?)

Ognuno ha un pezzetto di responsabilità. Se la disattende, qualcun altro, dopo di lui, alla distanza di una o due generazioni, dovrà metterci una pezza. Porre rimedio. Colmare questa lacuna.

(Ah!)

La ragazza ti chiese di approfondire l'argomento di fronte a tutti. Si chiamava Ornella. Piccola, tracagnotta, ora sarà mamma. Avrà dei figli. Mentre tu ti applicavi, lei, seduta in platea, faceva sì con la testa. Molti dei suoi compagni avranno dimenticato le tue parole. Una piccola schiera invece ci avrà pensato negli anni venuti dopo.

(Stai a ffà tutto da solo!)

Ornella non sapeva che la sua scuola era vicino al posto in cui tu, tanto tempo prima, cadesti giocando a pallone. Poi saresti venuto con me a Valona, nell'Albania dove Mario Rigoni Stern, tuo grande amico, era stato da ragazzo, a diciannove anni. Poco meno della mia età, adesso.

('Mazza quanti collegamenti stai a ffà! Come quanno ce

scrivevi sur quaderno 'a mappa concettuale. 'E freccette se sprecaveno!)

Io fui il primo a salutarti quando prendesti servizio in comunità. Ti avevo visto una volta nella sede centrale del nostro istituto. Ti riconobbi subito. Commentasti osservando che questo significa essere "fisionomisti". Una parola che non conoscevo.

(Manco io.)

Il tuo è un appello planetario.

(E annamo, professo'!)

Abdel, furetto con la maglietta di Messi.

Bostan, gigante dalle labbra screpolate.

Cecilia, paffutella dagli occhialetti colorati.

Diarra, la cicatrice fa zig zag nel sopracciglio.

Elsayed, coi denti spezzati.

Helal, karateka interstellare.

Irina, sempre in posa.

Jonut, sottile come un giunco.

Kalifa, nella corsa delle gazzelle.

Lara, coi misteri dei capelli intrecciati.

Mahmoud, declinazione della potenza virile.

Nayla, un giorno sarai madre.

Olena, che tremavi di nascosto mentre ti portavano in salvo...

E poi ci sono quelli che non rispondono alla chiamata. Schiuma dell'onda in tempesta quando batte contro lo scoglio: in pochi secondi è già aria.

(Pori pischelletti.)

## ILARIO. *L'onore non si acquista*

*Ibrahim Rasel*
*Idrissa Njang*
*Igor Ciobatariov*
*Ilir Lazri*
*Imran Miah*
*Imtiaz Ashraf*
*Inna Polarova*
*Ionela Dobos*
*Irina Ilina*
*Irmina De Oliveira*

(Ilariooo! Ilariooo! Te stamo a chiamà. Datte 'na mossa. Scenni dar muretto. Butta via quer mozzicone. Voi risponne? Sì o nno?)

Eccomi qui.

(Alla bbonora!)

Dico la verità: non credevo che il professore si ricordasse anche di me.

(E perché no?)

Frequentavo Casa Pound.

(Robba de fasci, 'o so.)

Ero contro l'immigrazione incontrollata. Volevo ripristinare le frontiere nazionali. Credevo nell'identità dei singoli popoli.

(Vabbè, e che facevi?)

Invitavamo al boicottaggio dei negozi bengalesi. Ho distribuito volantini alla gente per far sì che andasse a comprare la frutta altrove.

(Puro si era bbona quella loro? E perché?)

Avevamo stampato certe frasi di Oriana Fallaci, in modo da farle leggere a tutti su WhatsApp.

(Tipo?)

«Cari amici, è l'immigrazione, non il terrorismo, il cavallo di Troia che ha penetrato l'Occidente e trasformerà l'Europa in ciò che io chiamo Eurabia.»

(Dimmene 'n'artra.)

«È l'immigrazione, non il terrorismo, l'arma su cui contano per conquistarci, annientarci e distruggerci.»

(Comprimenti!)

D'estate andavamo sulla spiaggia di Ostia a scacciare gli ambulanti neri.

(Mejo me ce sento!)

I miei genitori erano preoccupati.

(E cce credo!)

Così pensarono di portarmi da voi. In particolare mio padre, col quale non sono mai andato d'accordo, voleva mettermi in contatto con te.

(L'urtima speranza pe' fatte recuperà.)

Mi hai convinto? Fino a un certo punto.

(Ma chi te credi da esse?)

Una cosa però devo ammetterla. Mi hai fatto conoscere tante persone.

(Te possino!)

Hai dato uno scossone alla mia vita solitaria.

(E dilla tutta: si nun annavi a fatte sciacquà 'a capoccia da loro, a quest'ora stavi ancora dentro 'a cameretta tua cor manifesto der Duce, 'e candeline sur tavolo, li fascioni cor tricolore e er pugno de fero!)

Irmina è un'adolescente boliviana, adottata da una famiglia italiana, che qui da voi fa la professoressa.

('A conoscemo.)

Un bel ribaltamento, vero? La mattina frequenta lo scientifico. Il pomeriggio spiega l'alfabeto ai suoi coetanei immigrati.

(E allora?)

Gliene avete affidati un paio. Mohamed stupefatti, assorti, incantati. Lei piccola, la faccia piena, i capelli neri e lisci. Se quando arrivano non la vedono, chiedono: «Dov'è la cinese bella?».

(A finocchioni, ma 'ndo annate?)

Scrive su un foglio i nomi delle cose. Compone le parole colorate. Scandisce le vocali. Li tiene a bacchetta.

(Me pare mi' sorella. Nun la vedo mai perché è fija de 'n artro padre, ch'io nun so manco a'ndo sta, ma quanno s'encontramo me vo' fà 'a ramanzina solo perché c'ha 'n paro d'anni più de me.)

Loro leggono e ripetono ad alta voce. Ridiventano bambini. Cuccioli che annaspano nella cesta. Vogliono il latte.

(Pupetta nostra.)

Incute soggezione ai sedicenni dai denti affilati. E quelli, osservandola, si rabboniscono. Prendono tempo. Ridono come se non credessero ai loro occhi. Ma tu stai bene attento a non crogiolarti troppo nella facile soddisfazione dell'educatore.

(Nun è er tipo!)

L'avessero incrociata in una radura di bosco, le cose sarebbero andate altrimenti.

(De corsa, mica pe' scherzo.)

Scrivi, scrivi, inventa metafore, organizza strutture, dai senso al tempo, fatti valere. Tanto non ti servirà a niente.

(Ma perché, me ce 'o vòi spiegà te come se fa a campà?)

La conclusione, in ogni caso, sarà il tremore, la sconnessione, l'afasia, il tempo perso, l'azione incongrua.

(S'arovinàmo.)

Le tombe nel cimitero di Prima Porta sono avvolte dalle sciarpe giallorosse e biancocelesti.

(Io me ce faccio mette 'a faccia der Pupone.)

Gli unici ideali che ci restano sono quelli sportivi.

(E mi'i dai te l'ideali! Stamo a pposto!)

Dopo avermi mostrato le tue credenziali, mi spingesti verso di loro.

(L'immigrati...)

Ahmed, nato in un villaggio sulle sponde del Nilo, ha i capelli ricci, la faccia scura, gli occhi neri come spilli. È un frugoletto incontenibile. Figurarsi se può stare bloccato dietro ai banchi per mezza giornata ad ascoltare l'insegnante che spiega le cause della decadenza dell'impero romano.

(Manco morto.)

Quando gli chiedi l'età, ti guarda da sotto in su con l'impertinenza di uno scugnizzo arabo. Potrebbe avere, al massimo, dodici anni. Con lui ti sei inteso subito. Avete cominciato a ridere e scherzare come vecchi amici. Me l'hai affidato il giorno in cui ci siamo incontrati. Perché proprio a me? Credo di intuirlo.

(Ta'a sentivi.)

I professori mi hanno sempre considerato un ragazzo difficile, anche se a scuola non andavo male. La testa ce l'ho sulle spalle.

(Pe' me ce l'hai sotto a'e scarpe.)

Mi oriento nella storia passata. E sono anche bello grosso.

(C'hai er fisico: embè?)

Avevo disegnato la croce celtica sullo zainetto, questo sì, ma che vuol dire?

(Nun fà finta de nun sapello!)

Credo nell'Italia e nell'onore. Se rinunciamo a noi stessi, cos'altro ci resta?

(Io te metterebbi ar gabbio.)

Te lo dissi subito, appena ti vidi. Avevi chiesto di dichiararmi. Lo feci. Tu non mi hai nemmeno risposto.

(Te doveva dà 'na pigna su'a capoccia.)

Mi hai guidato nelle aule affollate di gente seduta ai tavolini. Neri, bianchi, gialli. Studiavano, compitavano, sillabavano, ripetevano le parole a voce alta.

(E allora? Che t'aspettavi? Guarda ch'era 'na scòla, eh?)

M'incuriosii.

(Davero?)

Nutrivi fiducia nei rapporti umani.

(Io manco 'n po'.)

I nostri simili continuano a dimostrare di essere peggio delle bestie.

(Appunto.)

Tuttavia nessuno più di te avrebbe potuto sottoscrivere la convinzione di Abraham Lincoln: «La parte migliore della vita di una persona consiste nelle sue amicizie».

(Sì, ma nun te basta dillo a voce, come stai a ffà te.)

Di certo non potevi supporre che io avevo posto tale frase nel mio profilo Facebook.

(Famme capì: ma 'ndo sta 'a loggica tua?)

Però lo intuivi. Altrimenti non mi avresti messo insieme ad Ahmed. Due romanisti, dicesti, lasciandoci soli.

(Uno così, mejo perdelo che trovallo puro pe' 'a Roma.)

Meriteremo quello che abbiamo seminato, dicevano gli antichi.

(E allora? Seconno te che dovemo da fà?)

Resistere con la bocca chiusa, i muscoli contratti, le unghie spezzate sulla roccia insanguinata.

('O sai 'ndo vai a 'finì te? 'O sai, sì? Na'a marana.)

La vedi Irmina? Gli uomini rischierebbero la vita per lei.

(E che tte credi, d'avé fatto 'na scoperta?)

È una potenza a cui tutti vorrebbero attingere.

(Tipo Luana mia! M'aricordo 'a prima vorta che se semo 'ncontrati ar pontile de Ostia. Se leccava er gelatino co' l'amichette sua, nun pòi capì, c'aveva li carzoncini che je coprivano er culetto, e che to'o dico a ffà? Me sò preso 'na botta! Ho pensato: e questa mo' come 'a acchiappo?)

Lei non ha mai conosciuto sua madre. O forse sì, ma l'avrà dimenticata.

(È n'adottata, su 'ste cose 'n po' ce sò pratico.)

Eppure sei convinto che quella donna continui a vivere nell'orfana boliviana, come potrebbe fare l'agente segreto dentro la società in cui si è camuffato.

(Questa invece puro se ma'a spieghi dieci vorte nu' 'a capisco.)

Dal luogo in cui sta, dirige lo spartito. Te la figuri in un cortile di calcinacci, sul Paseo de Gracia, spaparanzata nel sedile anatomico di una vecchia Golf prelevato allo sfasciacarrozze, coi piccioni che spiluccano le briciole della sua colazione.

(Ma quale Paseo! Me stai a descrive via dei Romanisti ar Tuscolano!)

Tre o quattro collane girate intorno al collo ingrossato.

(E queste sò 'e zingare che te borseggeno a'a Piramide.)

Il rossetto che macchia la camicia. La medaglietta della Madonna di Guadalupe. Impegnata a impartire ordini a uomini pronti a eseguirli. Brutti ceffi vestiti eleganti che entrano ed escono.

(Ma che è, 'n video, professo'?)

Dall'altra parte dell'oceano Atlantico ammiri sua figlia indaffarata nella difficile opera di risarcimento.

(Ma che c'ha li buffi?)

La piccola professoressa è stata portata in Europa insieme ai suoi fratelli: Alonso e Raul. Anche loro ogni tanto vengono da voi a insegnare l'italiano. Tamburini dell'età ingrata.

(Ma 'ndo l'hai visti li tamburi?)

Intrepidi supplenti. Senza la bravura della sorella, ma con la sua stessa cocciuta voglia di prosperare. È una ragazza piena d'energia: studia, insegna, nuota in piscina, sta prendendo la patente.

(Beato a chi sa'a sposa.)

Come se volesse tappare i buchi della vita che ha trovato, non soltanto sua. Di tutti.

(Puro 'a mia?)

Alla fine delle lezioni, per salutare, dà il bacetto a te, a tua moglie e alle volontarie sue amiche. Elettrica d'umanità lampeggiante. Cerimoniera del sangue che passa dalle Ande agli Appennini. Scardinatrice degli steccati generazionali. Giocoliera delle frontiere che cadono.

('Na regginetta.)

Qui non è questione di intrecci da svolgere, scoperte da fare, vuoti da colmare.

(E che questione sarebbi?)
Tu... vuoi trovare l'oro.
(Ce 'o dicevi puro a noi: devi da puntà sempre arto.)
Dobbiamo rovistare nell'immondizia per conquistare le perle. Parole tue. Da soli, senza guide. Col rischio di imbrattarsi e basta.
(Come quanno pe' abboccà Luana j'ho sparato: me fai leccà er cono pur'a mme? L'amiche se sò spanciate da'e risate: pe' poco nun ce resteno secche! Epperò 'o sai che m'ha fatto lei? Ecco, m'ha detto, pijatelo. È tutto tuo. A mme nun me piace! M'hanno sbajato li gusti. Io volevo er cocco 'n mezzo ar pistacchio e quelli m'hanno messo er limone! A professo', così l'ho conquistata.)
Anche Alonso ti sarebbe piaciuto veder crescere. Gli occhialetti dello studioso rattrappito su Instagram. Un apparato respiratorio degno di miglior causa, visto dove lui abita oggi: per metterlo davvero a frutto, avrebbe dovuto vivere in alta quota. Nel regno alato dei quattromila metri. Gli resta il silenzio animato del sorriso proletario. Quasi fosse un piccolo minatore, capace di infilarsi nei cunicoli.
(Ma che è, 'no iorchesciaire?)
Per quanto il tuo vero campione sia Raul.
(L'artro fratello.)
Sovrano delle borchie sui cinturoni.
(Questo me sa che puro a mme m'è più simpatico.)
Il ghigno del malfattore. La determinazione del pirata. Sbuchi all'improvviso nella sua aula per vedere cosa sta facendo.
('O voresti sgamà.)
Ma lui ti smonta subito. Controlla, senza ironia, i predicati nominali copiati sul quaderno da Habab e Habibur. Tu sei bello. Luciana è una maestra. Il meccanico è bravo. Chi altri potrebbe riuscirci con la medesima disinvoltura?
(Io no!)
In mezzo a un paio di coetanei arabi, attaccati alla parete, sembra il mazziere di una bisca insieme a due balordi.

(Carta vince, carta perde.)
Gli chiedi con l'espressione del volto come sta andando. Ti risponde alzando il pollice.
(A Casapà, 'o vedi da chi dovevi prenne l'esempio?)
Vorresti presentarlo a quelli che organizzano i corsi di formazione per docenti neoassunti.
(Je farebbe bene puro a lloro!)
Raul, abbandonato insieme alla sorella e al fratello, in qualche magazzino dismesso alle pendici di Santa Cruz, redistribuisce i talenti nella capitale del vecchio regno, al centro del mar Mediterraneo.
(Mo' nun esagerà.)
Si sposta con sapienza e freschezza, fra caso e destino. Questo ragazzetto, così facendo, muove la Grande Ruota.
(Chi te capisce è bravo.)
Insieme a Irmina e Alonso, produce il suo millimetrico avanzamento. È come se tutti e tre cantassero la stessa canzone.
(Jo'o direbbi io 'no stornelletto.)
Andiamo avanti per conto nostro. Siamo stati messi in condizione di farlo e ne approfittiamo. Storie di capelli spettinati, unghie sporche, fianchi esili, lattine di Coca-Cola schiacciate sotto le ruote del camion: il midollo spinale del Sudamerica.
(O de piazza Vittorio.)
Dall'altra parte della barricata ci sono gli adolescenti cresciuti guidando i tuk tuk fra Tanta e Mansura.
(N'ho visto uno su internette: me sembrano quelli de mi' nonno.)
Polvere, cemento, pietre. Migliaia di stagioni condensate nel gesso delle Piramidi.
(Ereno da'a Fiat.)
L'incontro avviene qui, sotto i tuoi occhi. Sei tu l'uomo del servizio d'ordine.
(Ti'i devi da tené bboni!)

Quello che dovrebbe smistare il traffico degli organi planetari.

(Ma va' a mmorì ammazzato!)

Dopo qualche lezione mi sono reso conto che stavi scommettendo anche su di me. Non per redimermi. O per farmi la morale. O cancellare la celtica. Io sono rimasto me stesso.

(E ce 'o dici puro?)

Però una cosa me l'hai messa bene in testa. Siamo tutti legati mani e piedi, gli uni agli altri.

(Aridàje!)

Soprattutto quando pensiamo il contrario.

(A professo', nun se pò ffà! Tu j'avevi aperto a fiori e questo te risponne a picche. Allora così ce sò bbono pur'io! Te ridice quello che j'avevi detto te!)

Hafiz, credi forse che tuo padre, assassinato dai talebani quando eri piccolo, non abbia festeggiato in cielo il conseguimento della tua laurea triennale in Giurisprudenza?

(Eccone 'n artro che t'ha presentato, 'o vedi? E tu 'nvece de ringraziallo je stai a ddì che nun sei cambiato! O sai che penzo? Che l'onore nun s'acquista! Ce se nasce. Si ce l'hai, vabbè, si nun ce l'hai, è inutile che te stai a scapicollà. Capito regazzi'? Mettetilo bbene dentro 'a capoccia: nun s'acquistaaa!)

Formidabile piccolo hazara. Un fascio di nervi lanciati a tutta forza: un giavellotto dall'Asia verso di noi. Gli chiedesti come aveva fatto a superare esami così difficili, diritto amministrativo, privato, costituzionale, lui che ancora si esprime a stento in italiano. Ti rispose dicendo che ogni frase scritta nei codici se l'era imparata a memoria.

(Sa'a ripeteva cento vorte. Quello sì ch'era 'n granne, frate'! No tte che te voresti comprà co' du' lire er coraggio, 'a forza, 'a potenza!)

Chiuso nella stanza dell'ostello universitario, giorno e notte, mostra la voglia di riscatto del liberto.

(A professo', lasselo perde questo. 'O so che mo' c'entra

come i cavoli a merenna, ma to'o chiedo 'o stesso: me devi dà 'n consijo su Luana. Seconno te, ce devo da puntà, o ma'a tengo de riserva? 'A dovemo fà giocà titolare o 'a mettemo 'n panchina? Parlanno co' rispetto, perché io l'onore ce l'ho davero, no come 'sto burattino che te sta a predicà, quanno ce sò uscito 'a prima vorta e ma'a sò portata ner posto mio, dietro ar fabbricato de Corviale, lei invece de damme li bacetti, m'ha fatto er mazzo. M'ha detto pane ar pane e vino ar vino: co' tte nun me ce vojo mette si prima nun me dimostri che fai sur serio. Che me piji come 'na donna vera. No come 'na puttanella da quattro sòrdi. Io da 'na parte 'a volevo mannà a quer paese. Ma chi te credi da esse, me veniva d'alluccà. Ma che voi giocà 'a Champions senza fà li preliminari? Da 'n'artra, siccome l'ho vista che mentre parlava quasi piagneva, co' l'occhioni verdi verdi che pareveno du' laghetti de Nemi, me ce sò sentito mezzo rimbambito. M'è venuta voja d'arzalla de peso e portalla 'n trionfo come n'imperatrice romana su'a collina der Tuscolo. A professo', nun m'era mai successo! Ma 'nzomma che ce devo da fà co' 'sta smandrappata? Io je darebbe 'n mozzicotto...)

Vuoi sapere in quale modo io, Ilario, militante di Casa Pound, vero italiano, rispondo alle domande che ci hai rivolto?

(E dicce, dicce.)

Vado in palestra a fare i pesi. Cento addominali tutte le mattine. Un'ora di corsa al giorno. Pettorali, bicipiti, cosce e polpacci. In panca mi sento a casa.

(Nun c'ho parole. A professo', sta a diventà tipo mi padre... Ma come 'o recuperi questo?)

## JAN. *Rigattiere delle speranze perdute*

*Jabeb Rahman*
*Jacob Chacko*
*Jaji Nair*
*Jan Kuchai*
*Joan Scutari*
*Joanna Mazur*
*Jonut Kolabita*
*Jony Akon*
*Judith Brown*
*Julia Javorov*

Tian è un ragazzetto pieno di risorse iscritto all'istituto professionale. Lo stesso che frequentavo io, Giovanni. Però, prima che salutassi tutta la compagnia, mi chiamavate Jan. Quasi come lui: magro, alto, allampanato. Coi capelli lisci pettinati all'ingiù sulla fronte spigolosa. In mezzo ai coetanei arabi sembra un albino. Resta attaccato alla parete dell'aula, immobile, nemmeno fosse l'adesivo di se stesso. Un astro di sedici anni, intorno a cui ruotano i pianeti della fortuna.

(A professo', famme fa 'n riepilogo, sinnò nun ce capisco 'na mazza. 'Sto Janne che te sta a parlà sarebbi morto, ve'? Mo', a rivedé Tianne a scòla tua, s'aricorda tutto. Come si è rinato ner cinese. Che poi puro lui fa er professionale! C'ho preso? Ma'a dai 'a sufficenza?)

Tu, in equilibrio sulla piattaforma fra ieri e domani, gli parli lentamente. Scandisci le frasi, al limite del ridicolo: questi sono gli orari. Questo l'indirizzo. Questo il quaderno. Questi i professori. Lo facevi anche con noi, tanti anni fa, dettando le regole di comportamento.

(Co' mme ce provavi a dettalle, ma nun c'ariescivi perché arivavo sempre tardi. Dopo 'a campanella. E si mme chiudeveno i cancelli 'n faccia, allora me ce 'mpuntavo. Visto ch'avevo fatto 'o sforzo d'arzamme dar letto, nun m'annava de ritornà a casa. Dovevi venì tu pe' schiodamme e bloccà er casino che te facevo!)

Lui ti ascolta attento, lo sguardo basso, cercando di scacciare il vocio degli scalmanati: gli altri allievi arabi. Fa sì con la testa più volte, in stretta successione, quasi dovesse convincerti che non si è distratto.

('N mezzo ar macello te resta concentrato, come si dovrebbi batte 'n carcio de punizzione davanti a'a barriera.)

Incredibile: ha le stesse mie movenze. Gioca ad armi pari fra timore e desiderio, impegno e tradimento, fedeltà e diserzione. Farfuglia, s'impappina. Sembra costretto ad assentire. Una legge primordiale glielo impone. Spiriti antichi ai quale deve sottostare.

(Ma 'sto regazzo è nato 'n Cina, ve'?)

La mattina Tian capisce il venti per cento di ciò che dicono i suoi professori. È venuto da voi per migliorare. Si è portato dietro sua madre. Talmente giovane da sembrare piuttosto la sorella maggiore. Ride in modo educato con gli occhietti vispi dietro le lenti da miope. Vive nel presente. Conserva il passato in un pugno. Il futuro nello sguardo. Potrebbe giocarselo tutto nell'ultima applicazione che si è appena scaricato sul cellulare. L'esercito dei guerrieri di terracotta, al servizio del primo imperatore Qin Shi Huang, contro i fanatici dell'Isis.

(Che tajo! Questa davero ma'a vorei scaricà pur'io!)

L'esistenza di Tian assomiglia a un ritiro spirituale. La mattina divide coi coetanei italiani la noia delle spiegazioni a due passi dalla lavagna. Il peso dell'erudizione grava su di loro come un macigno. Enigmi da risolvere. Tranelli da evitare. Indovinelli da scoprire.

(A croce da'a vita mia!)

Il pomeriggio lo trascorre nel ristorante di famiglia. Luna nuova. Luna rossa. Drago gigante. Spazza l'androne. Pulisce le vetrate. Quando finisce, siede al tavolo vicino all'entrata e comincia a fare i compiti. Trasformare la frase in questo o quello. Mettere la crocetta sul quadratino giusto. Stilare gli elenchi. Impegnato a rispondere alle domande, dimentica di sparecchiare i tavoli.

(Magari c'avrebbi avuto io 'n amico così, je chiedevo de famme puro li compiti mia.)

Tian non lo sa, ma per te rappresenta uno dei timoni direzionali del pianeta.

(E 'ndo annate? Su Marte?)

Io ero come lui, quasi una vita fa, prima di schiantarmi col motorino il giorno dello scrutinio finale. Ero stato promosso in seconda superiore.

(Arieccolo, Jan, che poi se chiamava Giovanni, come c'hai detto. A professo', pe' seguitte me ce vole 'a guida!)

L'avevate appena deciso ed ero già spirato. Ucciso di colpo sullo spigolo di un muro nella curva a gomito dietro casa. A quel tempo il casco non era obbligatorio. Non feci in tempo a vedere i quadri. Andasti sul luogo dell'incidente restando in silenzio per qualche minuto. Il sangue era stato raschiato via dal brecciolino. Restava una presenza granulosa.

(Nun entrà ni'i particolari, su, che me ce sento male!)

Con noi ti sei fatto le ossa perché eri alle prime supplenze. Te lo ricordi, vero, come ci conoscemmo? Il vicepreside, giù nell'androne, stava smistando le classi che i docenti aspettavano nelle aule. Ci trovammo da soli, io e te, prima che i compagni arrivassero. Mi muovevo a scatti, come un uccellino sul ramo, sul punto di spiccare il volo. Ero tesissimo.

(Stavi 'n soggezzione!)

Lo sguardo vagava dai banchi vuoti alla lavagna transitando rapidamente sulla tua faccia. Non vedevo l'ora che i compagni mi raggiungessero. Mi chiedesti qualcosa per sciogliere il ghiaccio. Nei mesi successivi quei pochi minuti trascorsi insieme tornarono negli sguardi che ci scambiavamo.

(Ma 'o senti questo?)

Era come se il nostro reciproco imbarazzo nel primo giorno di scuola annunciasse la disgrazia che mi sarebbe capitata a giugno: quasi avessimo entrambi sentito qualcosa di inesprimibile in quel trovarci uno di fronte all'altro, fuori dal tempo e dallo spazio.

(E qui ce sta a ddì 'a risposta sua, ve'?)

Sei cresciuto all'Esquilino: oggi è diventato la Chinatown romana. Quando eri piccolo ci abitava soltanto un cinese che vendeva gli ombrelli in via Rattazzi. Anziano, simpatico, saputello. Insieme a lui rammenti un profugo russo, aristocratico, con gli stivali alti fino al ginocchio e un bastone da passeggio, sfuggito alla Rivoluzione d'ottobre.

(Era un ber quartiere, professo'?)

Adesso i negozi intorno a piazza Vittorio pullulano di scritte orientali. Vendono scarpe da ginnastica Adidas sistemate su piccole mensole, come fossero reliquie di remote dinastie. Nessuno le compra, ma le commesse restano appollaiate sugli sgabelli dalla mattina alla sera. Nullafacenti fanciulle di ceralacca.

(E cioè?)

In che modo dobbiamo interpretare la loro pazienza, la loro sensibilità, la loro riservatezza? Mangiano riso e gamberi dentro scatolette di cartone negli sgabuzzini illuminati dai neon. Ascoltano la radio. Guardano trasmissioni televisive su piccoli schermi con l'antenna portatile. Quiz a premi. Telenovele. Video musicali.

(Se fanno li cazzi loro.)

Le automobili transitano a due passi dai bugigattoli in cui vivono. I gas di scarico entrano in quegli ambienti ristretti trasformando le luci fisse in vapori d'incenso.

(Respira che te fa bene a'a salute!)

I tuoi genitori hanno fatto i commercianti in locali simili, nelle stesse vie, mezzo secolo fa. Stare tutta la vita in attesa dei clienti avrebbe dovuto essere anche il tuo destino. Hai l'impressione di sentire ancora lo spigolo della cassa sull'addome quando ti ci appoggiavi nei lunghi, interminabili pomeriggi invernali. Una protezione di acciaio correva lungo il perimetro del bancone. Dovevi fare attenzione ai chiodini lenti che potevano impigliarsi nei vestiti e strapparli.

(Me te ce vedo! Nun era robba pe' te!)

Le scatole della maglieria avevano i prezzi scritti a mano da tua madre col pennarello nero. Dietro lo specchio si celava uno sgabuzzino dove provarsi i capi da acquistare: ti capitò di vederci le gambe nude di una signora non più giovane. Il rumore della saracinesca dettava il ritmo alla giornata.

(Me sa che puro te all'età mia nun stavi messo bene!)

Tuo padre, dopo pranzo, dormiva fino alle quattro. Poi scendeva in negozio. Pareva appena tornato dalla guerra, anche se non l'aveva combattuta. La sera ritirava l'incasso. Ricordi il malloppo. I pezzi da diecimila lire sembravano fogli di giornale. Li ripiegava e se li ficcava nella tasca dei pantaloni. Avevi la sensazione che fosse il protettore di tua madre. Come se entrambi avessero stipulato un accordo di cui stentavi a capire i termini.

(Pur'io mica 'o so che c'ha trovato mi' madre co' mi' padre. Com'hanno fatto a mettese 'nzieme? Uno che sbrocca subbito. 'N'artra che si la tocchi te se magna. Sò du' cotolette appiccicate cor fritto che se staccheno co' gnente.)

Il quartiere era tranquillo. Ci viveva una specie di piccola borghesia capitolina. I portieri degli stabili regnavano indisturbati nelle cellette degli ingressi. Molti di loro erano di origine umbra o marchigiana. Sovrani degli intermezzi. Signori del tempo morto. I bambini tornavano a casa da soli. A giugno gli scolari festeggiavano la fine delle lezioni con interminabili partite a pallone.

(E 'ndo giocavi, professo'? 'N porta? E giusto lì te metterebbi! 'Na vorta t'ho buttato er pallone addosso e tu pe' rimannamelo indietro m'hai tirato 'na sassata che pe' poco nun finiva in presidenza! C'avevi 'e gambe storte, de legno! Dar falegname te dovevamo portà!)

Le nostre, in cortile, ammettilo, erano speciali. In mezzo c'era anche Claudio. Tu avevi capito il suo talento. Si vedeva da come faceva le finte di corpo davanti all'avversario, mandandolo per terra. E poi passava la palla tenendo la testa alta.

(Ma è quello che è annato in Serie A?)

Queste cose non te le può insegnare nessuno. Sono come gli occhi azzurri e i capelli biondi. Doti genetiche. Così non ti stupisti quando entrò in una grande squadra. Tante volte hai pensato al suo destino mischiato a quello mio. Compagni della medesima classe. Uno muore subito. L'altro diventa un campione. Com'è possibile?

(Pur'io 'o vojo sapé. Nun m'enteressa artro, professo'. Sto a ddì davero. Mettete sotto, concentrate, fatte er mazzo, ma a'a fine si nun me l'hai spiegato bbene nun hai fatto er mestiere tuo.)

Questa domanda è un martello che picchia forte dentro di te. E si trascina dietro tutto. Bene e male. Buoni e cattivi. Il fondamento della nostra responsabilità. Il libero arbitrio. Il tema del giudizio. I dribbling di Claudio. I miei tempi verbali sbagliati. Le tue lacrime ricacciate in gola.

('A vita nostra, professo'.)

Camminando nel caos urbano, hai bisogno di rovesciare la clessidra affinché il tempo continui a scorrere. Alcune immagini ti fanno sanguinare. Lì, in via Mamiani, dove sei passato, c'era il vecchio distributore della Shell, gestito da uno spilungone che ora potrebbe guardarti da lassù mentre scrivi di lui. Cinquantacinque anni fa. Uno strapiombo di esperienze rotolate sulla roccia nuda, come valigie che si sono aperte e hanno fatto uscire tutto.

(Penza che te sei annato a ripijà!)

Venite qui, amici, guardate là sotto, voglio mostrarvi cosa resta di un uomo. Umori, profumi, calzette, anelli e collanine. Vecchi orologi da polso. Rasoi elettrici che non usa più nessuno. Banconote fuori corso. Qualche pagina di diario composto a mano, con la penna stilografica dall'inchiostro simpatico.

(Solo questo?)

Non vi sembra abbastanza?

(Nun ta'a pòi cavà così!)

Tian appartiene a un altro tempo. Rispetto a lui, perfino tu, orfano di secondo grado, reduce di pace, potresti rappresentare il Novecento. Le monete appena coniate nel palazzo della Zecca uscivano tintinnanti dai complicati ingranaggi che le producevano. Galline dalle uova d'oro. Attaccati alle grate dei finestrini, avevate il tempo di sgranare gli occhi prima che i sorveglianti dall'interno non vi scacciassero.

(Me te ce 'nquadro, professo', quann'eri pischelletto!)

Ragazzini di Santa Maria Maggiore. Folletti del Colle Oppio. Teppistelli della stazione Termini.

(Li passavi così i pomeriggi, ve'?)

Per anni vedesti una prostituta all'angolo di via Gioberti. Non bella, anche da giovane, segaligna, ma con un gran seno, le cui dimensioni lo sguardo maschile percepiva persino sotto il cappotto.

(Je facevate i raggi ìcchese!)

Fumava nell'attesa dei clienti. Andava con tutti. Ubriachi, mentecatti, sfasati, disabili, isterici, violenti.

('Ndo cojo cojo.)

Invecchiò nella crepa del condominio umbertino, come una gran madre scheletrica. Nel fiato guasto delle Muratti.

(Ma che je stamo a mette 'n bocca a 'sto Janne?)

Non le rivolgesti mai la parola. La tenevi d'occhio.

(Ta'a cortivavi.)

Di colpo un giorno scomparve. Ultimo calcinaccio dell'Esquilino. Finisce il bianco e nero. Nasce il technicolor. Oggi al posto suo c'è una rosticceria.

(Sò cambiati i tempi, professo'. E nun me fà ddì artro!)

Mi piace osservarti camminare nel tuo vecchio quartiere. La fontanella col nasone scheggiato dove bevevi un sorso prima di salire le scale di casa: hai la certezza che quando noi moriremo, lei ci sarà ancora. Come il muro romano che fuoriesce dalla parete del palazzo, in via Carlo Alberto, di fianco al negozio di coltelli. Nessuno potrà abbatterlo perché è protetto dai Beni Culturali.

(Te c'appoggiavi quanno tornavi da scòla, ve'? Ma che ne sanno questi?)

I parenti di Tian abitano nel condominio dove nascesti, dietro le Ferrovie Laziali. Nelle viscere del terreno si nasconde uno dei più grandi sepolcreti dell'epoca preistorica.

(Detto da un morto, te pòi fidà.)

Bussasti alla porta dell'appartamento in cui, come si dice, avevi visto la luce. Aprì una ragazza dagli occhi a mandorla che, appena ti mise a fuoco, non riuscì a trattenere le risa, credendo che avessi sbagliato indirizzo.

(Ridi, ridi, che mamma ha fatto i gnocchi...)

Provasti a spiegarle che, nella stanza lì accanto, ci giocavi da piccolo. Anche se avesse conosciuto l'italiano, non sarebbe stato semplice raccontarle i tornei che organizzavi con gli astronauti di plastica. Sette contro sette, manovrati da te, come burattini. Annotavi i risultati sul taccuino. Il vincitore usciva scalfito sui gomiti e sui piedi. Di notte proteggeva il tuo sonno.

(A professo', ma che pure te c'avevi er sostegno?)

Altre pigionanti, affacciate dietro, non seppero aiutarti. Indossavano pigiami a pois, pur essendo ancora giorno. Spettegolarono come pulcini, indicando nella tua direzione.

(Che te credevi d'aritrovvacce na'a cameretta tua? Li zampognari?)

Restavi sulla porta, indeciso sul da farsi. Tutte donne abbastanza giovani. C'era qualcosa di erotico, ma non sembrava un bordello. Scendendo le scale cercasti sulle pareti qualche segno della tua presenza infantile: un pupazzetto, la traccia di una firma, un piccolo cuore pugnalato.

(A professo', damme retta a mme: vatte a ffa 'n tajando in clinica!)

Tian è impegnato a svolgere gli esercizi sui multipli.

4 è il doppio di 2 – due volte
6 è il triplo di 2 – tre volte
8 è il quadruplo di 2 – quattro volte
10 è il quintuplo di 2 – cinque volte
12 è il sestuplo di 2 – sei volte.

(Basta, così è troppo, nun t'aregge.)

Il ragazzo scandisce a voce alta ciò che gli detti. Poi ti chiede conferma della pronuncia. Sbaglia. Lo inviti a ripetere. Di nuovo storpia il suono.

('A bona volontà nun je manca!)

Alla fine chi è questo Tian?

(E chi è? Diccelo te.)

Quello che mi ha sostituito.

(In che senzo?)

Il principio d'umanità che, almeno ai tuoi occhi, si era spezzato col mio incidente, si rinsalda attraverso di lui.

(Ar Policlinico ve manderebbi!)

Contabile dell'anima. Rigattiere delle speranze perdute. Bella zi', ci vediamo presto.

(Toccamose li cojoni, professo'.)

Stavolta indosso il casco, vedi? Anche se ormai non serve più.

## KIM. *Còre de Boccea*

*Kabir Rashed*
*Kaled Konaté*
*Kalifa Traore*
*Kamal Shak*
*Kan Lamin*
*Karim Etifa*
*Karmat Shah*
*Katia Reputa*
*Kora Saiba*
*Kycyku Aleksandro*

È arivato er turno mio? Me sò stufato d'aspettà. All'Esquilino ce bazzico poco. Prima d'adesso ce sò passato solo 'na vorta, t'aricordi? Quanno c'hai portato ar Verano a vedé 'a tomba der poeta. Come se chiamava?

(To'o dico io: Ungaretti. Ar professore je piaceva spiegacce che puro lui era stato 'n omo come l'artri!)

Prendemmo er settantuno fino a San Lorenzo. Durante il tragitto io mi misi a parlare con un passeggero. Ci stava poco con la testa.

(Era rintronato.)

Estrasse dalla tasca un foglietto scritto a mano in cui aveva riportato tutte le partite della Roma.

(Penza come stava combinato!)

Lo aiutai a controllare i risultati. Io li conoscevo a memoria.

(Peggio de me. Manco 'e tabbelline je sapevo ridì così, a snocciolalle da'a prima giornata fino all'urtima.)

Ogni tanto alzavo gli occhi verso di te. Pareva una festa. Non solo perché non andavamo a scuola. Stavamo insieme. Gli scossoni ci accompagnarono fino al capolinea. Ci volle un bel po' prima di trovare la lapide. Lì cominciasti la lezione.

(Ahó, uguale com'hai fatto a noi!)

Ora, per rispondere al tuo appello, ho preso i mezzi. Sò arivato fino a Termini. Poi ho fatto un pezzo a piedi. Passavo fra la gente come attraversandone i corpi. Al bar erano tutti cinesi. Cappuccino e cornetto me sò costati tre euro. E c'avevo pure fame. Allora ho mangiato er gelato. Er cono maxi. Per te questo e altro.

(Vabbè, ma fatte vedé. Chi sei?)

Sò Kim, hai inteso? Kiiiimmme!

(Ma n'eri morto puro te?)

Sapevo di essere malato, non credevo in modo così grave. Posso dirlo? Tanto non ci sente nessuno.

(Semo quattro gatti.)

Ero il tuo studente preferito.

(A professo', ja'a passamo?)

Non perché fossi bravo.

(Quelli a lui 'n je piaceno.)

Neanche perché fossi scarso.

(Sinnò se doveva attaccà a tutti.)

Non si trattava di una questione didattica.

(E allora de che?)

Dipendeva dal mio sorriso. Luminoso. Fosforescente.

(T'aveveno montato i led!)

Le ragazze, lo sai, ne andavano pazze. Ero er mejo, professo'.

(Penza l'artri, allora!)

Occhi chiari, sguardo cristallino.

('St'animuccia candida.)

Mio padre invece, lassa perde. Come si nun ce l'avessi.

(Te capisco, frate'.)

Ti rivelai subito ogni cosa, nel tema. Mentre lo componevo, in mezzo alla bolgia dei miei compagni, tu mi passavi accanto.

(C'era 'n casino! Tutti te facevano 'e domanne! A chi je mancava er fojo. Chi nun c'aveva 'a penna. Chi zagajava. Chi voleva sentisse 'a musica ne'e cuffiette – per concentramme, diceva. Chi s'attaccava ar cellulare anche si j'avevi detto che nun se poteva fà. Nun ce se capiva gnente.)

Tu mi battevi una mano sulla spalla. Come se non vedessi l'ora di leggermi.

(Ecco, 'sta cosa ma'a ricordo pur'io. Ce facevi scrive a tutti, a parte Romoletto. Quello ta'a annavi a riacchiappà ar campetto perché stava sempre a fumà. Co' 'e cartine che se leccava dopo avecce messo dentro er tabacco. C'aveva l'unghie sporche che sembrava 'n vecchietto. E pe' convincelo a ritornà ar banco je dicevi che te serviva come guardia der corpo!)

Avresti voluto gettare un'occhiata, forse per darmi un consiglio sulla punteggiatura.

(A professo', annamo, facce arisentì co' Kimme 'a voce tua!)

Ragazzi, mi raccomando: frasi brevi. Tanti punti. Poche subordinate. Nessun gerundio. Quando è verbo si mette l'acca. In caso di sì affermativo, ricordate l'accento. Qual è, senza apostrofo, ok?

(Questa sì che ma'a ricordo! E come fai a dimenticattela? Era 'na specie de preghiera.)

E noi se carichevamo. Quanto ce dai, professo'? Otto, nove, dieci, ve'? Poi me ce scrivi puro er giudizzio, eh? Co' 'a penna rossa. 'O devo fotografà sur cellulare pe' fallo vedé a mamma.

(E io a chi 'o facevo vedé er voto? A casa mia nun c'era mai nisuno.)

Semo li mejo! Dicce 'ndo ce voi portà e noi te seguimo.

('Nzomma pe' 'a classe tua scrive er tema era come fà 'na partita.)

Io niente. Coprivo il foglio per impedirti di vederlo.

(L'aula era diventata 'no spojatoio! Te ar centro parevi er mìstere prima de scenne 'n campo. A rega', venite tutti qua: mettète er dito sotto a'a mano mia. E noi 'o facevamo. Poi dicevi: «Ascortateme: e chi s'astiene da'a lotta...». Noi tutti 'nzieme, pe' restituitte 'a rima, allucchevamo: «... è 'n gran fijo de 'na mignotta!».)

Volevo farti una sorpresa. Questo ti fece andare ai pazzi, come si dice. Ti conquistai così. A modo mio. Adesso quante cose continui a chiederti! Su di me, su quelli che incontri. Su tutti. A professo', e méttete bbono! Godete 'a vita, visto che, beato te, ancora nu' stacchi. Ma tanto che to'o dico a ffà? C'hai 'a testa dura.

(Ahó, questo t'ha capito popio, eh! Te stai a 'ngorfà de chiacchiere e paroloni. A che te serve? A fatte venì li lucciconi. 'Sto regazzetto mo'o ricordo pur'io a'a Virtuse de Spinaceto. A sapello sotto tera me ce pija 'no sturbo. Nun se pò! Si questa è 'a vita, allora c'ha raggione mi' padre che nun se tiene gnente, butta tutto quello che c'ha senza penzà a li risultati. Je piace vince sporco.)

Dicevi che, dopo quello che mi aveva comunicato il dottore, non avrei dovuto sforzarmi troppo. Io nun te davo retta. E sorridevo.

(Ma lasseli perde li dottori. Te doveveno da curà, no così a mannatte dentro ar campo senza controllatte. Tanto si ce staveno li sordi de mezzo, 'o sai quante visite dovevi da fà? 'Na marea. Senti a me: si stavi 'n Serie A, nun ta'a daveno l'autorizzazzione! Li giocatori li fermeno pe' li soffi ar còre, penza si 'n t'avrebbero bloccato a tte! E noi annamo a comprasse 'e majette firmate de li campioni! Tu nun ce stai più. 'Sti bastardi, sai 'e botte che je darebbi io?)

Quante volte ci siamo chiesti dov'era, tanti anni prima, la persona che abbiamo incontrato oggi? Questo voresti sapé.

(Nun ce stai na'a pelle.)

Mai e poi mai avremmo pensato di poterci conoscere. Poi invece è accaduto. Partivamo da luoghi incommensurabili.

(Ccheee?)

Io dar Fontanile. Tu da piazza Dante. Io piccolo. Tu già grande. E questa ragazza, per esempio, che sta facendo il tirocinio da voi. Come ce la spieghiamo?

(Se chiama Veronica. È pure bbona!)

Dsa diagnosticata: disturbi specifici di apprendimento.

(A noi nun ce l'hanno fatta 'sta cosa, sinnò ce ricoveraveno tutti.)

In teoria dovrebbe avere il sostegno. E invece eccola qua, pronta, in azione.

(È questa 'a robba tua.)

Le avete mostrato come si fa a insegnare l'italiano agli immigrati.

(Ner senzo che, dopo du' discorsetti, l'hai buttata 'n mezzo.)

E lei non solo ha eseguito il compito che le avete affidato. È stata brava. Ha preso iniziative.

(Co' rispetto parlanno.)

Ramal non si voleva più staccare dalla sua docente.

(E che to'o dico a ffà?)

Pare che lei sia andata a trovarlo con la madre al mercato della Montagnola dove il ragazzo lavora a un banco di frutta.

(Ma che jo'o voleva presentà?)

Hanno comprato ciliegie e fichi.

(Bboni!)

Il principale ha tessuto le lodi di Ramal. Capace e onesto, così lo ha definito.

(J'ha fatto er ritrattino.)

Lui ha consigliato alla signora i meloni migliori. Ne ha presi un paio annusandoli per sceglierli.

(A professo', j'hai detto de nu' scaccolasse davanti a loro, sì?)

Veronica è rimasta in disparte, intimidita.

('A santarellina.)

Il suo allievo pareva un ometto.

(Nun te dico.)

Tutto questo è una conseguenza dell'incontro fra i due adolescenti da te predisposto.

(Senza chiedeje er passaporto. Come a l'uccelletti che nun je serve pe' attraversà 'e frontiere, ve'? È 'na cosa che m'hai raccontato tu, professo'. E io nun ma'a scordo!)

Piattaforme d'intesa: ecco l'espressione che usi sempre.

(Vor dì che se sò messi d'accordo, ve'?)

Uno veniva dalle campagne di Dacca. L'altra da Corviale.

(T'ho detto tutto.)

Uno era cresciuto tra fiumi e palafitte. L'altra nei prati cosparsi di siringhe che cingono la capitale.

(Li giardinetti da'a vita mia.)

Veronica sarebbe capitata da voi alla maniera di una semplice combinazione? Prendi, questo è il mazzo, estrai il jolly. Sarebbe diventata l'amica di Ramal come poteva accadere con chiunque altro?

(Nun t'arisurta, ve'?)

Credere che gli esseri umani si incrocino secondo una legge primaria, alla quale aderiscono senza neppure averne coscienza, non è soltanto illusorio. Potrebbe essere patetico.

(A Ki', come te sei fatto granne! 'Na vorta tutti 'sti penzieri ti'i sognavi de notte cor faretto.)

Allora perché opponi resistenza al fatto che ogni nostra relazione sia frutto del caso?

(Er professore è così! Lui ce crede ancora a'e favolette. Jo ho detto pur'io papale papale: ma te penzi che quanno stai male ce stanno l'angioletti che te vengheno a pijà? Te ce porteno 'n carozza 'n Paradiso?)

Non si tratta di una fede.

(No, no, nun dì 'e parolacce.)

È un atto di volizione individuale.

(Seee, vabbè!)

Hai deciso che non dovrebbe essere così.

(To'o sei 'mpostato da solo.)

Dobbiamo ritenere che gli esseri umani siano come fibbie nella cintura?

(Uno attaccato all'artro pe' fatte er servizzio!)

Pomelli di scambio?

(Gira gira 'a giostra che prima o poi t'ariva er turno tuo.)

Avanzi di cibo?

(A'a fine te se magneno li cagnacci.)

Matite e penne sparse sul tavolino?

(Scrivi, scrivi, che poi che te resta? Li scarabocchi.)
Briciole sul piatto?
('O vedi come stamo messi?)
Titoli posti uno accanto all'altro?
(I nomi che te stai a radunà.)
Stenti a crederlo. Così come rifiuti, con tutta la forza che hai a disposizione, l'idea che io e te ci fossimo incrociati per sbaglio.
('A prossima vorta dateve 'n appuntamento.)
Una combustione non prevista.
(È chimica, professo', come to'o devo da dì? Chimicaaaa...)
Magari inadeguata. Quasi avessimo scintillato senza costrutto nel pianeta denso di incrostazioni.
(Questa è 'n'artra fissa tua. C'avevi letto 'n poeta de quelli no difficili, de più, che nun se ponno regge. E lui diceva che l'omini e 'e donne sò come li fochi de 'na sardatrice: scatteno via quanno 'a stai a usà e poi se perdeno e non li ripiji più. Nun te serveno a gnente. Anzi te devi da mette 'a maschera pe' nun accecatte! Ma questo 'o dico io. Tu popio nu' 'o vòi dichiarà. Nun te passa pe' l'anticamera der cervello d'accettà l'idea che io e te, tanto pe' ditte, se semo persi così, tipo du' viti storte. E mo' stamo dentro ar cestino, si vva bene.)
Ero Kim, er protagonista de 'n libbro che m'hai detto.
('Ndo c'era 'n pischelletto che stava a cavallo de 'n elefante pe' partecipà a 'na corsa de spie, pirati e mascarzoni.)
Quando ti chiesi perché mi avevi soprannominato così, proclamasti: hai l'energia del Grande Gioco. A professo', ma come te vengono 'ste frasi?
(Ce s'empegna.)
Accettavi perfino di vedermi fumare di nascosto, alla ricreazione, proprio tu, che sei un salutista, da quanto me volevi bene.
(E perché, a me no? Raccontaje de quaa vorta, professo', quanno a 'n certo punto hai voluto conosce mi' padre. Je volevi dì che si continuavo così me bollaveno. Quello s'è

presentato cor furgone, sudato, 'a barba lunga, er codino, er tatuaggio cor nome mio, li muscoli che je sfonnavano 'a canotta, 'e cinture cor teschio, pareva li mortacci tua, pe' poco nun litigava co' 'a bidella che nu' 'o voleva fà entrà. E tu, dopo avecce parlato, j'hai detto puro a lui che doveva smette de fumà. Buttala ar cesso 'a sigaretta. Te fa male! Te leva er fiato! Te spezza. T'arovina. Er pomeriggio m'ha fatto 'a ramanzina: Ottavie', 'o vedi er professore come si'i porta bene l'anni sua? È perché nun è vizziato come nnoi!)

Si perderà anche la mia risata.

(L'urtima che hai fatto me sa che l'ho sentita pur'io ar mercatino 'ndo giocamo a pallone.)

È solo questione di tempo.

(E quanno manna l'eco s'arisente, come dice 'a canzone.)

Presto non te la ricorderai più. Già stenti a ricomporla nella tua memoria.

(Pijate l'integratori, professo'.)

Ti giungono solo frammenti. Il lavoro che stai facendo mi piace. Ma non servirà a farmi rivivere. Neppure dentro di te.

(A Ki', t'ha preso brutto, eh?)

Fra pochi anni sarò mischiato a tanti altri.

(A professo', e questo è 'n artro poeta, ve'? Si nun me sbajo 'na vorta a su' regazza s'era data, allora lui sa'a sentiva storta, nun sapeva che ffà. E tu c'hai detto che s'è preso 'na forbice, come pe' dije, nun tajà quaa faccia, nun me fà 'st'infamata. Ma'a forbice nun j'ha dato retta e lui è rimasto solo.)

Anche la sera in cui mi incrociasti mentre stavo andando in discoteca finirà nel dimenticatoio.

(Je dovevi fà 'na foto, poi ta'a mettevi sur tablette.)

Era il giorno del mio compleanno.

(Quanti ne facevi? Sedici, ve'?)

Indossavo il gilet color carta da zucchero.

(Te l'eri comprato ar Parco Leonardo, a Fiumicino, co' li sardi bboni.)

I capelli schiacciati col gel.

(Pure troppo, te s'èreno appiccicati manco fosse er vinaville.)
Le scarpe lucide. La pelle di pesca. Gli occhi elettrici.
(T'hanno staccato 'a spina.)
Mi facesti gli auguri. Non sapevamo che sarebbe stato il nostro ultimo incontro.
(Er giorno dopo c'hai lassati tutti ar palo!)
Ora credo di intuire perché restasti impressionato. Qui dove sto adesso si capiscono tante cose che prima sarebbero impossibili da decifrare. Abbiamo sale conferenze, video retroattivi, traduzioni simultanee.
(Ecco perché sei diventato così istruito!)
Nella mia aria spensierata di ragazzetto carico di futuro rivedevi te stesso quando, tanto tempo prima, ti trovavi nella medesima posizione di partenza. Inginocchiato ai blocchi sulla pista in carbonella.
(Devi da spigne co' 'a gamba de dietro, no co' quella davanti, sinnò te se smorza.)
Il nastro era stato riavvolto da una mano invisibile.
(Pija er telecomando, professo', spigni 'a freccetta sinistra, va' fino a 30, ar massimo.)
Tu, attraverso di me, misuravi la sostanza del tempo. Una convenzione.
(Vajelo a ddì a chi sta pe' morì, vojo vedé come te risponne.)
Ti sembrò, insieme, una carta straccia e un tessuto prezioso.
(Ma se te sente Veronica, che te dice?)
Avrei potuto essere un bastone per la tua vecchiaia.
(Magara.)
Il destino ha voluto altrimenti.
(Nun j'arisurtavate.)
Hai partecipato al corteo funebre a Boccea. T'ho ariconosciuto, che tte credi! Avevi 'mboccato 'n mezzo a tutti l'artri.
(T'àmo portato er peso da'a bara. Eravamo io, Romoletto, Minghetto e Pinuccio. Li quattro pecorari. Li mejo amichi de tutta Roma. Li più granni che potevi 'nfrocià fino a Testaccio e ortre ancora. Poi è arivato Pietro cor Tim Max

e ha sgassato 'n folle pe' fallo sentì a tutta 'a borgata. Se sò aperte 'e finestre der Serpentone: pareva er presepio all'incontrario perché er bambino ce nasceva e tu... còre de Boccea... te n'annavi!)

I gonfaloni bruciavano nella notte. Goffredo aveva portato i fumi colorati. Erano venuti anche un paio di vigili a regolare il traffico. Dice che perfino il prefetto aveva fatto una telefonata. Al bar tutti parlaveno de me! Er regazzo morto all'improvviso. Da chiuso morbo combattuto e vinto, perivi o tenerello. Ho detto bene, professo'?

(Mejo nun potevi aridì.)

Gli amici sventolavano la bandiera con il mio volto sullo sfondo della città incupita.

(Intrepidi eroi de la vita perduta: tiè, t'ho dato er massimo.)

E tu nun te ce capacitavi.

(C'avevi er groppo 'n gola.)

Te ne stavi 'n fonno. 'N cane bastonato. Si vòi fà er professore, come dichi tu, devi da portà 'a croce!

LABIB. *Capitani coraggiosi*

*Lamin Sidy*
*Lara Korn*
*Lena Ludmilla*
*Leonid Cryucko*
*Lin Liyun*
*Linet Abraham*
*Liudmila Kurtiak*
*Lola Marquez*
*Louis Bellota*
*Lucinda Ana Soares*

Dove vanno a finire i tuoi studenti immigrati quando non li vedi più?

(Ar gabbio.)

Te li figuri nei retrobottega dei ristoranti dove lavorano, a Strasburgo o a Colonia, durante i momenti di pausa, mentre fumano una sigaretta con lo sguardo fisso sui profili dei palazzi. Chissà a cosa pensano.

(A'e crocchette fritte che se sò magnati.)

Lokesh, eterno sorriso stampato sulle labbra, da bambino zoppicava, forse perché in Pakistan qualcuno della sua famiglia lo aveva picchiato. Ora vende il mango a due euro nei sotterranei della metropolitana parigina.

('Na vorta l'hai puro rivisto mentre scorevi dentro 'e galerie: quante feste t'ha fatto! T'avrebbe voluto regalà tutto er banchetto.)

Liudmila, il volto macchiato dalla couperose, ti consegnò un tema firmato con due fiorellini. Adesso accudisce un anziano paralitico a Sampierdarena, Genova, in un condominio che si affaccia sull'ex idroscalo.

(Se dice ch'è 'na brava regazza.)

Louis, coi piercing sotto la lingua, aveva il fuoco addosso. Se lo toccavi, scattava. Vive a Montreal, in un bugigattolo vicino all'ospedale del Sacro Cuore, insieme alla donna che lo mantiene.

(Hai capito er fanfarone? S'è sistemato.)

Lokprakash era sempre ansioso con le mani sudaticce, aveva paura di prendere brutti voti. È riuscito a ritrovare lo zio nella sartoria di Centocelle, a Roma.

(Io manco 'n orlo me ce farei fà.)

E il piccolo Jimi? Dove sarà andato?

(Ma chi stai a ddì: 'o zingarello?)

«Lui scapato» ti comunicò serio il suo compagno di banco, il giorno in cui non lo vedeste più a scuola. L'avevi intuito: quando gli consegnasti una scatola con le matite colorate non volle tenersele per sé. Temeva che gliele rubassero, diceva. Ti chiese di lasciarle dentro il cassetto.

(Poro fijo!)

In cuor suo aveva già deciso. Nomade, viveva in una roulotte insieme a una decina di altri ragazzi. Un uomo adulto, che non era il padre, si prendeva cura del gruppo.

(Mo'o posso 'mmaginà.)

Cosa resta di te dentro ognuno di loro?

(E che te resta? Gnente.)

Potrebbe essere soltanto il ricordo di una pallonata che ricevesti in pieno viso il giorno in cui, sbagliando, ti mettesti in porta.

(Davero, professo'?)

Con le tue lezioni di storia, potresti anche avergli introiettato una speciale percezione del tempo.

(Spèrace!)

Sarebbe meraviglioso.

(Nun te ce fà 'a bocca, che poi ce resti male si scopri che nun è come penzi tu.)

Comunque ciò che ci chiedi supera il problema della vittoria o della sconfitta educativa.

(Annamo ortre.)

Quali esistenze fioriscono sui rami dell'umanità? Quelle

che ci siamo scambiate, polso contro polso, come si modificano? Esistevano già prima che noi ci conoscessimo, allo stato di germogli, lemuri, raganelle; oppure sono il frutto di una combinazione inedita?

(E qui t'arifaccio scena muta.)

Siamo entrambi, insegnante e allievo, portatori sani di un virus che ci contagia tutti?

(Allora fàmose 'a vacinazione.)

Hai capito chi sono?

(Nun je l'hai ancora detto.)

Labib.

(Er marocchino.)

Ti ho portato a casa mia.

(Co' mme ar massimo te potevi fà 'na pizza a'a Majana.)

Stavamo dalle parti di Marrakech.

(Beati voi.)

Una cameriera, non lo negare, attirò la nostra attenzione. Un giunco elastico coi profumi del caramello: parole tue.

(A professo', ma che gnente gnente...)

E poi c'erano gli occhi: una girandola che scoppia nel frutteto.

(Ahó, ve sarvate sempre 'n cornere!)

Eppure potrebbe far nascere civiltà.

(Dije de sì.)

Non eri tu che lo affermavi? L'oro nasce dal fango. La bellezza dal marciume. La società dalla pazzia.

(Continua a daje retta, poi 'o vedi 'ndo t'aritrovi!)

Come quella volta quando, quasi per provocarti, non so se ricordi, ti ponemmo una domanda a bruciapelo. Lo facevamo spesso. Era un gioco fra noi.

(Er lupo perde er pelo ma no er vizzio.)

Professore, tu dici di essere monogamico, ci hai anche spiegato il significato di questa parola, ma se un giorno venisse davanti a te Jennifer Lopez, cosa faresti?

(E che je faresti, professo'?)

Le tipiche battute dei ragazzini. Alle quali non sai resistere. Ti piacciono troppo, lo sappiamo.

(Puro co' mme te divertivi così.)

Arrivasti a Bruxelles ben prima degli attentati parigini.

(Mo' che c'entra? E poi che ce sei annato a fà?)

Alla stazione di Midi stavi cercando l'autobus per Waterloo. La tua vecchia passione napoleonica ti aveva portato fin lì.

(Cioè famme capì: tu hai preso l'aereo pe' annà a vedette er campo de battaja! Hai buttato li sòrdi così? Ma je l'hai detto ar dottore? Magari te dava 'na medicina!)

Una delle spiegazioni che ti veniva meglio. Insieme a quelle sulla seconda guerra mondiale. Ci stregavi tutti con il giovane generale francese.

(Dice che stava ner programma.)

Eri stato perfino ad Ajaccio e ce l'avevi raccontato. Ci dicevi ogni cosa.

(Puro quanti peli c'avevi... boccaccia mia, statte zitta!)

Ci avevi mostrato una sequenza del film di Abel Gance. Quella in cui il futuro condottiero, dodicenne, partecipa alla presa della Bastiglia.

(Stavamo ner labboratorio de meccanica, questa ma'a ricordo perché m'avevi chiesto de portatte l'amplificatori.)

Puntavi sull'effetto dell'immedesimazione.

(Io me ce sò fatto 'n sonno!)

In certi istanti non trattenevi niente.

(Je davi sotto.)

A modo nostro, diventammo degli esperti di quello che tu consideravi "il figlio dell'Illuminismo". Anche chi nasceva povero come lui poteva arrivare a prendersi i gradi di generale.

(Come no? Guardame a mme 'ndo sò arivato.)

Viva la rivoluzione!

(Forza Maggica!)

E poi ci spiegavi tante altre cose.

(A professo', ma questa che classe era? 'A terza C? Me sa che ce stava pure Gianluca, ve'? Quello che s'è 'nguattato 'na cassa sola, no due. Io je volevo dì, che te sei magnato 'a matina? Pane e vorpe?)

Come riuscì a sbaragliare i vecchi eserciti prussiani semplicemente facendosi trovare pronto là dove serviva.

(Ar punto giusto.)

Non sapevamo niente di storia, ma la questione degli approvvigionamenti ci entusiasmava. Il piccolo còrso viaggiava leggero.

(P'annà veloce.)

I suoi uomini potevano percorrere anche trenta chilometri al giorno arrivando prima degli altri.

('Sti lupacchiotti.)

Invece di portarsi i carichi pesanti, i francesi derubavano i contadini.

(Se fotteveno 'e galline co' tutte l'ova.)

Avevano la furia giovanile.

(E annamo, rega'!)

*Liberté, égalité, fraternité.*

(Dopo ma'a spieghi.)

Così spodestarono i parrucconi con lo spadino.

(Puro questa.)

Quel giorno avresti voluto vedere i luoghi che avevano segnato la fine dell'avventura napoleonica. Faceva freddo. Fuori dalla stazione c'era un gruppo di persone che dormiva all'aperto.

(Come ar Tibburtino!)

Una lunga fila di letti improvvisati. Sacchi a pelo, guanti bucati, cuffie, fumo, odore di fritto. Stavano tutti lì, coi poliziotti che sorvegliavano.

('A madama nun stacca mai.)

Vivevano all'aperto. Nuovi rifugiati e vecchi barboni. Giovani e anziani. Soprattutto neri. Era pieno di africani.

(Co' 'e pezze ar culo.)

Avresti voluto andare in mezzo ai vagabondi, ai mentecatti.

(T'ariconosco.)

Ricordo la faccia che facesti quando ti portammo in una discarica alla periferia di Rabat. Bambini che andavano a prendere l'acqua contaminata del fiume torbido. Gente cresciuta nelle fogne.

(Nun te crede che 'n certi posti da noi se sta mejo...)

Donne con il segno della miseria stampato sul volto.

(Ch'ereno, mignotte?)

Fosse stato per te, saresti sceso dalla macchina.

(Ma chi sei, Francesco che bacia er lebbroso? Quante ce n'hai dette su 'sto santo! E noi, a strillatte forte che ce sentiva pure er preside: de Francesco ce n'è uno solo! Er capitano!)

Quel giorno dentro la stazione, all'uscita sud, dalla parte di rue d'Angleterre, di fronte all'ammasso di uomini imbacuccati, un ragazzo si staccò dal gruppo.

(E chi era?)

Goccia sulla ringhiera. Cera sotto la candela. Sole che sorge.

(Annamo avanti, va', che è mejo!)

Attraversò la strada per venire verso di te.

(T'aveva cioccato.)

Andatura caracollante, pantaloni che svolazzano, mani in bocca per riscaldarsi. Una spalla più bassa dell'altra.

(E cche voleva?)

Giunto a due metri si tolse la cuffietta di lana per farsi riconoscere. Era Liviu! Il tuo ex studente.

(Questo me sa che stava co' tte l'anno prima de me.)

Rumeno di chissà quale villaggio sgranato lungo i fossi. Senza famiglia.

(Tanto pe' cambià.)

Alto, dinoccolato, con un difetto vocale che lo faceva balbettare.

(Zagajava, professo'?)

Fosse cresciuto in un ambiente normale, avrebbe avuto un logopedista. Sarebbe stato curato.

(Nun c'aveva li sordi.)
Era rimasto così. Invalido spirituale.
(Pur'io n'è che sto tanto mejo.)
Non sapeva giocare nemmeno a calcio.
(Da buttasse de sotto.)
Stava sempre per conto proprio. Eppure col suo timido sorriso sfondava portoni.
(Se faceva notà.)
Ti aveva visto da lontano. Vi siete abbracciati nella fuliggine ferroviaria.
(Fuli che?)
Nella confusione degli arrivi e delle partenze. In mezzo al brusio, alla promiscuità, al tempo morto.
(Nun esageramo.)
Quante volte l'hai scritto? Quello che accade in aula produce effetti indelebili: è la potenza dell'insegnamento. Adesso però ti voglio dire una cosa in più. Sai cosa penso?
(Daje, facce capì.)
Forse in quell'istante brindammo tutti al vostro incontro, senza sapere che era avvenuto.
(E come pò esse?)
Il fatto stesso di essere stati insieme negli anni fatidici dell'adolescenza ci potrebbe aver dotato di una sensibilità comune.
(E quale sarebbi?)
Ciò che succede a uno qualsiasi di noi può risuonare dentro la coscienza di tutti gli altri.
(Vòi dì che ho arzato er bicchiere pur'io?)
Venticinque gemelli sparsi per il mondo, che restano collegati a distanza.
(Ma che c'avemo, er braccialetto elettronico?)
Oltre le categorie di spazio e tempo. Dagli Appennini alle Ande. Un fantastico consorzio.
(Annamose a rubbà 'a Champions!)
Prendete appunti, ragazzi.

(S'ariparte.)

Quando parlo voglio sentirvi sempre in tiro.

(E noi ce stamo.)

Cavalli pronti alla corsa. Non dobbiamo perdere nemmeno un minuto. Siamo preziosi. Vogliamo essere unici.

(Vai a riprenne er cancellino che er professore deve da scrive su'a lavagna.)

Tatuaggi interiori. Palloni che bucano la rete. Sfere che vanno a canestro. Vascelli che entrano in porto. Capitani coraggiosi.

(Professo', a 'sto Labibbe l'hai marchiato a fòco. Dimme se ho 'nteso bene. Te sta a ddì che quanno tu hai 'ncrociato Liviu, a Bruxelle, ce stava dentro puro lui. E puro io. E tutti l'artri. È questa 'a risposta che te sta a ddà, ve'?)

Lo portasti subito a bere un punch caldo *au café de rue de France.*

(Fàmose 'n cicchetto.)

*Et puis deux, trois croissant, si tu veux.*

*Avec du chocolat, s'il vous plait.*

(Arza er volume che nun te sento.)

Aveva già imparato un po' di francese aiutando un elettricista, ogni tanto.

(Poro fijo, 'a bbona volontà cia'a aveva.)

Professore, che ci fai a Bruxelles?

(E che t'ha risposto?)

Sono venuto a studiare i quadrati di Wellington.

(Questa sarebbi 'a conversazzione?)

Chiunque altro ti avrebbe preso per pazzo.

(No lui.)

Davanti a noi ti eri rivelato in profondità. Avevi lavorato a ingranaggi scoperti.

(Sur banco de prova.)

Non eri mai stato sulla difensiva. Andavi all'attacco, alla maniera dell'Empereur.

(A capoccio'!)

I suoi occhi brillarono come ai vecchi tempi, quando copiava i tuoi schemi alla lavagna.

(Quelli nun se scordeno più!)

Di qui Ney, di là Grouchy. La strategia avvolgente. Il rovesciamento di fronte. La forza di sfondamento. Era stato uno dei tuoi alunni meglio disposti.

(No come a 'te!)

Nella sua atavica inerzia, non avrebbe potuto darti più di quello che riuscisti a ricavare. Avevi raschiato nel fondo del barile.

(J'avevi tirato fòri 'e budella.)

Meglio di così non avresti potuto ottenere. Ma il tema non era come lui, superando la balbuzie, causa primaria del suo disturbo cognitivo, declamava a pappagallo ciò che gli dicevi.

(E che era allora?)

Mentre lo faceva entravano in azione altri meccanismi, assai più difficili da riconoscere e decifrare. Entrambi sanguinavate senza sapere quale fosse la piaga.

(A Labibbe, ma che te sei fatto, 'na canna?)

Lo portasti insieme a te sul campo di battaglia. Così, d'improvviso, Liviu da povero scimunito diventò cittadino della nuova Europa.

(Manco so'o vedo ce credo.)

Il tassista, tunisino, era preoccupato perché suo figlio frequentava una moschea. Le bombe al Bataclan non erano ancora esplose. Liviu ascoltava assorto.

(Drizzava 'e recchie.)

Guardava tutto intorno.

(Nun je pareva vero.)

I boschi alla periferia gli facevano pensare a Villa Pamphili. Dove una volta lo portasti a fare footing.

('O volevi 'mpostà a modo tuo.)

Nella salita verso il ponte pedonale il suo viso divenne rosso.

(L'hai spompato.)

Quasi come verso Waterloo. Le case costruite negli anni vicino al circuito turistico sembravano piccole e spoglie.

(A professo', volevo stacce pur'io, porca zozza, ma no come dice Labibbe, popio davero! A questi ti'i sei accollati tutti pe' er monno, a mme 'ndo m'hai portato? Ar Milite Ignoto. Semo annati fino ar terazzo e c'hai regalato 'na bira, vabbè, che pe' poco nu me ce 'mbriacavo!)

I distributori di benzina si alternavano agli ipermercati. Liviu si faceva il selfie insieme a te.

(Che tajo!)

La statale numero cinque attraversava la pianura desolata.

(Ma che c'avevi, guggle mapse?)

Riprendevi da capo: allora, ricordi il discorso sull'artiglieria?

(E lui zitto e mosca, ve'?)

Scendendo dall'auto eravate in fibrillazione. All'interno del museo ripassaste le antiche scene.

(Puro lì j'hai fatto 'a lezioncina.)

Napoleone, dopo i cento giorni, quando sbarca sulla costa e affronta i soldati che il re gli ha inviato contro, quale gesto compie per convincerli ad abbassare i fucili?

(Questa era 'a domanda che facevi a tutti!)

Liviu aprì il giubbotto e, quasi rompendo i bottoni tanta era la foga che aveva, esclamò balbettando: voo-le-te sparа-ree al vo-str-oo im-pe-ra-to-ree?

(Ahó, s'aricordava bbene!)

In viale della Belle Alliance declamò, in ordine cronologico, la lista della gloria.

(Fai prima 'n bel respirone e poi butta fòri l'aria.)

Tolone. Lodi. Arcole. Rivoli. Castiglione. Piramidi. Marengo. Ulm. Austerliz. Jena. Eylau. Aspern-Essling. Wagram. Borodino. Beresina...

(E mo' aripijate.)

Liviu era un fiume in piena.

(Nun je pareva vero d'esse tornato a scòla.)

Fra lapidi e monumenti commemorativi, ti sbracciavi come se fossi in aula.

(Ma ch'eri, 'n viggile?)

La battaglia di Quatre-Bras. Le rovine del mulino di Bussy.

(E vvai!)

Nel quartiere generale di Wellington, dove il duca scrisse il Dispaccio della Vittoria, vi venne fame.

(E vedi 'n po'!)

E così, una volta scalata la Butte de Lion, scendeste a pranzare nel ristorante attiguo. Guardandolo come si sbafava l'hamburger, con la senape che gli colava giù dal tovagliolo di carta, pensasti: chi altri, se non lui, è stato mio figlio?

(A professo', 'a voi sapé 'na cosa? Te meritavi de mejo.)

## MUSTAFA. *Afenati*

*Mahmadou Camara*
*Malick Balde*
*Mamun Miah*
*Mansour Abdeldmonsef*
*Margarita Badescu*
*Maria Aurelia Flores*
*Marianna Guerrero*
*Marsild Dollenga*
*Mary Beth Gacita*
*Matiur Moscem Sheik*

Afanati, Afinati, Afenati, io no parlo beni. Tuto giorno bato mia testa sopra muro. Pensi me. Vedo te giri Roma. Mano su sbare.

(Dimme si c'ho preso. 'Sto regazzo sta ar gabbio. Ma stavorta pe' davero, no pe' scherzo, ve'?)

Il tranvetto che dalle Ferrovie Laziali ti porta al Pantano è un palinsesto della tua città. Torre Angela. Torre Gaia. Grotta Celoni. Direzione Torpignattara.

(Da le parti de mi' cuggino!)

I ruderi del vecchio acquedotto appaiono e scompaiono sulla destra in mezzo ai tetti sporchi.

(Ce cacheno li piccioni.)

I rimasugli degli orti brillano fra i detriti.

('Ndo butteno li frigoriferi rotti.)

Le tettoie in alluminio assorbono la luce senza restituirla.

(Sò opache.)

Dalle finestre aperte si vedono manifesti di campioni sportivi attaccati alle pareti. Quante malinconie tra quelle quattro mura. Quanta potenza inespressa. Quanto amore reclinato su se stesso.

(Quante rogne.)

Nelle due file di posti gialli sei l'unico italiano.

(Sta' 'n campana, professo'.)
Io brucio dentro mio cuore.
(Chiama li pompieri!)
Equivoci da risolvere. Cammini da percorrere.
(E ssò probblemi!)
Cosa ne hai fatto del talento che senti di avere avuto in dote?
(To'o sei fumato.)
Tante volte hai avuto l'impressione di lanciare la palla contro il muro.
(To'o darebbi io a te er pallone: sur grugno!)
Come me ogi. No tuti tiri vano canestro. Noi cativi. Mustafa! No credi io qui?
(Te giuro, nun me l'aspettavo!)
Ero mite, timido, riservato, al limite della scontrosità. Afghano azara. Salam aleikum, salam aleikum.
(Ahó! Che fai, m'attacchi?)
Eri stato tu a insegnarmi a scrivere sulla riga del quaderno. Non sopra, né sotto. Mia linea storta. Andava conto suo.
(E tu daje 'na raddrizzata!)
Quella volta che mi ritrovasti al mercato a vendere il pollo, abbiamo festeggiato. Mi sono lavato le mani, slacciato il grembiule. Ho girato intorno al bancone e sono venuto ad abbracciarti. Tanto tempo non vedere. Noi contenti di trovare. Pareva la fine dell'incubo, dopo tutto quello che avevo passato per raggiungere l'Italia.
(Da come ho capito, me sa che questo s'è 'ncartato popio.)
Ora io vedo te in tram verso Casilino.
(A professo', ma si sta ar gabbio, come fa a vedette? To'o stai a immaginà, eh?)
Dentro di te io sempre. Come tuti tui alunni.
(Ahó! Sta a ddì 'a stessa cosa de quell'artro! Ma che se sò messi d'accordo?)
Noi in tuoi ochi. In tue mani. In tua testa. In tua boca. Il tempio di Minerva è appena sfilato, ma potreste essere a Mogadiscio. A Chişinău.

(Me te ce vedo cor De Agostini su 'e ginocchia a guardà 'ndo stanno 'sti posti!)

Portiere d'automobili in attesa di venire riverniciate. A Rabat. A Dacca. Sulle arcate i ciuffi d'erba crescono vorticosi.

(E datte 'na carmata sinnò nun c'arivi in fonno!)

Tua città come tante città.

(Tutte 'e strade porteno a Roma.)

I secoli sembrano caduti a terra, alla maniera di frutti marci coi vermi inebriati dall'abbondanza.

(A professo', ce se stamo popio a accorà co' 'sto regazzo!)

Le esistenze dei passeggeri potrebbero essere l'agonia di un mostro sconosciuto.

('A matina questi manco er caffé se beveno.)

Via Danti con le tende da sole. Via Alessi con le zanzariere.

(Te stai a pijà 'e paggine gialle?)

L'istituto dei salesiani è una sentinella sabauda che monta la guardia, là dove la strada si perde.

('N amico mio c'ha fatto er chirichetto.)

Stilare i registri non è compito nostro. Io cativo!

(Nun te buttà giù.)

Io de-te-nu-to.

(Si c'annavi un po' prima, incontravi puro mi' padre! Ma forse è annata mejo così perché quello nu' 'o sai mai come reaggisce!)

Le antenne paraboliche assomigliano a farfalloni.

(Ereno bianche 'mmacolate, e mo' sò tutte nere. 'O vedi che se respiramo, sì?)

A Filarete sale un bambino bengalese elegantissimo e serio con la cartella di scuola in similpelle.

(Si veniva da noi, sai quante je ne davamo a questo?)

Il giro ricomincia. Tu aiuta lui. Verifica che imbocchi la direzione giusta. Non farti ingannare dalle apparenze. A vederlo così il ragazzo sembra non abbia bisogno di consigli. Che sia destinato al meglio.

(Ma che, nu' 'o vedi ch'è 'n soggetto?)

Arriva sempre il momento in cui sei chiamato a scegliere fra questo e quello. È accaduto anche a me.

(Com'hai fatto nu' 'o so: parevi tanto bbono!)

Nessuna generazione è migliore o peggiore della precedente.

(Semo diverzi.)

Guarda strada, no distrai. In quella bettola si vendono abiti da lavoro. Là si rammendano i vestiti, si fanno gli orli ai pantaloni. La gente in fila arriva fino al marciapiedi. Il sarto tunisino lavora a pieno ritmo. Si io te su tram...

(Nun te riesce a dillo.)

Di' tu, di' tu.

(Vai, professo'.)

Se fossi con te sul tram diretto a Centocelle, adesso, credimi, li ammirerei. Prenderei a modello quegli uomini che invece potrebbero sembrare piccoli piccoli. Si sono accontentati di poco.

(J'hai risistemato 'a frase! Manco si je facevi 'a sabbiatura te veniva così bbene! T'aricordi quanno t'ho dato li penzierini mia? Tu insistevi a famme scrive. Io nun c'avevo idee. A'a fine t'ho ammollato 'n fojetto co 'n elenco de strade: Aurelia, Tibburtina, Casilino, Tuscolano, Appia... Io t'àvo dato solo pe' pijattece 'n giro, invece a te t'era piaciuto 'n casino. Allora t'ho fatto: ma perché, professo'? E tu m'hai detto: ahó, sò 'e vie consolari! Te giuro: m'hai messo ar muro!)

Anch'io ero come loro. Perché cambiato?

(A compa', ce dovevi da penzà prima!)

Mio Afghanistan lontano! Dobbiamo accettare il tracollo, la frantumazione, perfino l'ingiustizia e soprattutto la morte.

(Stai messo male, frate'.)

Procedi in direzione del vecchio aeroporto.

(Davero? Nu' 'o sapevo che 'na vorta qui ce staveno l'aerei! Io d'aroporto conosco solo quello 'ndo ce lavora mi' zio, a Fiumicino. Pulisce li cessi. J'hanno dato 'a scopa, 'a mascherina, er triciclo. Beato a lui! A professo', mo' però 'sto Mustafa ce deve da dì perché sta lì!)

Il principale mi prendeva in giro. Diceva che non meritavo i versamenti dell'Inps. Che avrei dovuto baciare la terra sotto i piedi, invece di lamentarmi. Che non potevo avere il rinnovo del contratto.

('Sto zozzo.)

Io prendo bote e basta. Lui non si rendeva conto di quello che mi stava facendo. Era come se scavasse dentro una ferita.

(Stavi a rosicà.)

Continuava a insultarmi ogni giorno. Io zito, zito. Poi scopio.

(T'è partita 'a brocca.)

Scendi e cammini in direzione del vecchio seminario degli scalabrini oggi trasformato in una casa famiglia.

(Ma sempre a 'sti posti vai a finì?)

Quando entri nel refettorio dove vivono i tuoi studenti, è come se mi ritrovassi. Mustafa... Mustafa...

(Vabbè, è er mestiere tuo d'annatteli a cercà, 'sti malandrini.)

Ti fai largo negli occhi di Malick che sta ascoltando musica dal cellulare. Cosa muove te verso di lui?

(Guarda che tu devi risponne, no 'nterrogà!)

Vuoi dico io?

(Ecco, bravo. Me stai a anticipà.)

Non te ne rendi conto da solo?

(Annamo, su, nun perde tempo!)

Tuo padre.

(Stai a ddì che er padre der professore 'o spigne verso de noi? Ma come fa, si è morto?)

La stessa persona che la domenica portava te, tuo fratello e tua madre a pranzo fuori.

(Embè, che vor dì? Sì è pe' questo, je comprava puro 'e pastarelle.)

Non aveva altro da offrire. In primo luogo a se stesso. E poi a voi tre.

(A la mamma e a li du' regazzini.)

Un nucleo di umanità che interrogavi quasi ogni giorno senza ricavare risposte degne di nota. Da dove vieni? Chi ti ha messo al mondo? Come hai fatto a sopravvivere quando scomparve anche tua madre?

(Come se chiamava tu' nonno?)

È il senso dei nomi che stanno all'inizio di questi ventisei capitoli.

(Ahó, ce sta a pijà, ve'?)

Le lettere dell'alfabeto. Orfani com'era lui. Privi di supporto familiare.

(Er sangue tuo.)

Senza scuola. E tu gliela dai. Senza cultura. E tu vorresti trasmettergliela. Senza famiglia. E a te piacerebbe fare in modo che la trovassero. Senza identità. E tu sei pronto a costruircela. Per loro. Per te. Per noi.

(Davero, professo'?)

Tuo padre morì stringendo forte la sua mano intorno al tuo polso.

(Ar San Giovanni, ce 'o sapemo. Come tu' madre. Tutti lì annamo a finì.)

La corrente se lo portava via. Impetuosa. Lui non voleva staccarsi. Si tenne avvinghiato fino all'ultimo.

(C'aveva a fibbra bbona, tipo mi' nonno. Poi 'na vorta te racconto che j'è successo.)

La vecchia morsa si rinnova davanti a Malick. Si è appena cucinato riso e pollo.

(Tanto pe' cambià. Questi si vengheno a casa nostra, a vedé quello che se pappamo noi, je pija 'no sturbo.)

Quando ha visto che gli volevi parlare, ha posato sul tavolo gli auricolari da cui stava ascoltando musica. Le dita di patri tuo erano artigli.

(Stai a mischià tutto: passato e presente. Ma che ffai? Er frullato?)

Sentivi la forza estrema del vecchio bambino abbandonato, quasi novantenne, che non voleva affogare.

(A professo', io 'na vorta ho visto 'na lucertola che se moveva puro quanno l'avevamo spezzata.)

Malick ha un sorriso disarmante. È l'Africa a Roma.

(Li neri de borgata.)

Cosa resta di quei tempi lontani?

(Aridaje! 'O vòi capì che te se perde tutto? È come 'na lavagna cor cancellino: te vedi solo l'urtimo esercizzio!)

Tua madre quando andavi a trovarla sulla poltrona di fianco alla finestra all'ultimo piano del palazzo dove sei cresciuto.

(Ahó, a questo nun je sfugge gnente.)

Seduto a quattro metri la fissavi senza sapere cosa dirle, visto che da tempo non connetteva.

(Nun ce stava più co' 'a capoccia.)

Una volta i suoi occhi neri, acquosi, divorati dal glaucoma, puntarono in mezzo alla tua fronte, come se cercassero qualcosa di preciso. Poi lei si accigliò.

(Ch'era successo?)

Afferrasti la sedia ponendoti di fronte a lei. Forse si era ricordata di te da piccolo e non era più in grado di legare quell'immagine a come ti vedeva da adulto.

(Nun j'arisurtava.)

Allora cominciò a piangere.

(Porella.)

Nonostante l'accarezzassi, non smetteva. Lentamente si riprese. Non perché avesse capito ciò che le stava succedendo. All'opposto: proprio perché era ricaduta nell'inconsapevolezza.

(Mejo si restava ar buio, ve'? Ce restassi io, come a llei! Certe vorte ce penzo popio. A Ottavié, me parlo da solo come li matti, e che stamo a ffà? Mannaggia li pescetti!)

Cosa significa essere coscienti?

('A matina quanno te sveji.)

Io lo ero quando decisi di reagire all'ennesimo insulto del principale? Oppure mi trovavo alla mercé del mio istinto vendicativo?

(A mercé... E dillo chiaro: 'o volevi scannà.)

Allah akbar.

(Sta' bbono!)

Nel momento in cui afferrai il coltello puntandolo verso di lui, nel mio sangue ribolliva lo sdegno del popolo hazara. In una frazione di secondo quel poveretto avrà capito dove s'era andato a cacciare.

(Ma che ne sapeva quello!)

Nel crogiulo di popoli torturati. Troppo tardi.

(Avevi affonnato.)

Credeva di parlare soltanto con me. Si è ritrovato davanti ai guerrieri che io rappresentavo. Non poteva avere scampo.

(L'hai massacrato, ve'?)

Prima l'ho rincorso nei corridoi del supermercato come fosse un animale da spellare. Io piccolo, lui molto grosso.

(Sì, ma quello nun conta.)

Non si è neppure difeso. Io contro lui come animale.

(Ta'a sentivi calla.)

Ha alzato le mani per proteggersi il viso. Ho colpito più volte con selvaggia determinazione, come scrissero i giudici al processo, prima che i miei compagni mi trascinassero via.

(Sinnò l'ammazzavi.)

L'amico che sei andato a trovare appartiene a un ordine religioso: gli scalabrini.

('Sto mezzo prete calabrone.)

Lavora in un centro di pronta accoglienza.

(Casa mia.)

C'è stato un tumulto di eventi concomitanti dietro di voi prima che vi incontraste.

(Sò successe tante cose.)

Anni di false piste.

(Quanno 'mbocchi male.)

Anche questa che ora state percorrendo insieme potrebbe rivelarsi tale.

(Ta'a rischi.)

Tensioni che non si volevano sciogliere.

(Stavi a scoppià.)

Eventi incontrollabili si sono incrociati mentre entrambi mettevate i piedi in fallo.

(Annavate a 'nfrocià.)

Ora eccovi qui uno di fronte all'altro.

(Finarmente.)

I ragazzi vi passano intorno come onde che si scaricano sulla spiaggia.

('Ndo casca casca.)

Battono il ritmo di un tempo che nessuno comprende.

(Fior de limone... te faccio 'na capoccia come 'n peperone!)

In teoria saresti venuto fin qui per capire se potresti ottenere da lui uno spazio didattico per la scuola di italiano.

(Ce stai ancora a crede a Babbo Natale!)

Ma non può essere soltanto questo ciò che vi ha fatto incontrare. Mentre il tuo amico stava in Bolivia, tu andavi in giro a tenere conferenze.

(Ma che vòi fà, er sindaco?)

Suonavi sulla grancassa dell'esistenza.

(Vatte a pijà 'a batteria!)

Adesso state rimescolando nel pentolone. Su WhatsApp vi arrivano nuovi segnali. A lui il preventivo per la tinteggiatura dei muri. A te un testo simile a questo.

(Daje, leggi, professo'.)

Ciao Elando Afanati. Come stai?? Sono Ibrahim, vengo dal Gambia. Abito in Castelforiento. Allora se posso aiutarmi di parlare con... Per avere questa scuola in Empoli.

Eri stato nei luoghi del priore di Barbiana. Avevi cercato la vecchia villa della famiglia Milani.

(Ma nun stacchi mai?)

Tornando in zona incontrasti diversi immigrati richiedenti asilo politico. Fra cui Ibrahim. Al quale avevi consigliato di iscriversi ai Cpia. Centro Provinciale Istruzione Adulti.

('O conosco pur'io.)

Ne esisteva uno nella Scuola Media "Ferruccio Busoni" di Empoli. Avevi conosciuto la dirigente di quell'istituto.

Ora il profugo ti chiedeva il contatto che avevi. Così mentre lo scalabrino rispondeva all'imbianchino, tu digitavi al ragazzo africano.

(Je sei partito cor messaggio.)

Ciao Ibrahim! Ho parlato di te alla preside della scuola di Empoli. Devi telefonare o andare direttamente da lei a chiedere informazioni per iscriverti.

(Ahó! Te mancava solo d'emboccallo!)

Cosa sono questi snodi? Tu noi chiedi.

(Riparti co' 'a sequenza nova.)

Porte girevoli del grande albergo. Crocevia. Rotatorie.

(Sai quante me ne sò fatte cor Tim Max de mi' padre?)

In quale modo dobbiamo interpretare tali congiunzioni?

(Stai ganzo che mo' riparti.)

Cigolii della catena nella macchina governata da un drago. Scarti di lavorazione. Derive del linguaggio. Fornicazioni logiche.

(Ahó, ma che te sta a 'ncarognì?)

Ibrahim, dammi retta, prendi il treno per Empoli. Altrimenti avremmo l'impressione che tutto resti sospeso. Tu ci devi dimostrare il contrario.

(Ce devi regalà er senzo da'a vita!)

Hai capito?

(C'avemo 'a capoccia dura.)

Piantiamo la bandiera su questo scoglio. Accendiamo un fuoco sotto la roccia.

(Stamo co' 'e spalle ar muro.)

Pena lunga mia qui. Si esco io torno Afghanistan. Moro lì come cani solo.

(A professo', ma io che devo da fà co' mi' zio? Dimmo'o te. Lui vole che vado a lavorà a l'aroporti de Roma. Dice che te danno milledue, milletre euri ar mese! Da paura. A quer punto chi t'ammazza? Te metti er somaro all'ombra e pòi proggettatte tutto. Io nu' 'o so si ce 'a faccio. Tu che penzi? Me ce vedi a mme cor secchiello, 'a spazzola, 'a puzza de mmerda? Me dovrebbi mette davanti a li cessi a aspettà che quelli cacheno pe' annà a pulì subbito dopo cor forcone, li detersivi. Che poi si 'o fai male m'hanno detto che li capi se n'accorgheno. 'Tacci loro. 'O sai perché? All'uscita der bagno j'hanno messo 'e macchinette! Er cliente deve da spigne er pursantino: verde si j'è piaciuta 'a pulizzia e rosso si j'ha fatto schifo. Ma te renni conto? Poi dice perché a 'sto Mustafà j'è partita 'a brocca. Ma come se fa a vive, professo'? Come potemo regge? Facce capì. Che noi nun semo capaci!)

## NWAEBE. *Il colpo di biliardo*

*Na Li*
*Nabil Fathi Mohamed*
*Nadir Magdi*
*Naeem Hossain*
*Nailya Naumova*
*Nikolin Zielinski*
*Nizar Kutiman*
*Noel Atienza*
*Noor Mahdi*
*Norjessa Afagane*

It's my turn to speak then. I'm Nwaebe: do you remember me? Sei andato in Africa al tempo in cui ero piccolo, solo, sfregiato dalla ferocia di chi avrebbe dovuto volermi bene.

(A professo', 'sta cosa sa'a ricordamo! C'hai lassato da soli prima de li scrutini. Pe' questo àmo preso tutte insufficenze!)

C'è stato un momento in cui ero rifugiato in Gambia, proprio dove sei passato tu. Poi sono tornato in Nigeria. Un paio d'anni dopo ho ripreso il volo. Perché sono partito?

(A trottolì! Ma che ne so?)

Se fossimo in grado di spiegarlo, avremmo fatto bingo. Mia madre cristiana, mio padre musulmano: stavo in mezzo.

(Io 'n chiesa ce vado solo pe' li matrimoni e li funerali.)

Qui non si scherza. Spostiamo le montagne. Deviamo il corso dei fiumi. Edifichiamo città.

(Ahó, ma chi sei? Cacini?)

Corri Nikolin! Non ti fermare, Nailya!

(E questi sarebbero l'amichetti tua?)

Sì, ero proprio io a San Martino ai Monti, insieme alle ragazze che ti soffiavano i baci.

(A professo', ma gnente gnente 'sto regazzo è diventato 'n pappone?)

Mi dovresti vedere quando arrivo davanti ai locali che

gestisco. Parcheggio accanto alla rete di recinzione e scendo dall'auto come se dovessi fare piazza pulita di tutti quei poveracci che vorrebbero entrare senza pagare il biglietto.

(Ma che te vòi, vendicà?)

Sono alto, nero e grosso. Giacca attillata, jeans coi buchi, fibbie, cinturone, occhiali da sole a specchio, scarpe lucide.

(Te portamo a Cinecittà.)

La mia storia comincia da molto lontano.

(Facce sentì.)

Vagavo nella foresta insieme ai bambini come me, mentre gli adulti si battevano all'ultimo sangue. Arrivavano di notte e portavano via le donne.

('O sapemo.)

Voi lo leggete sui giornali. Io l'ho vissuto. Adesso fatemi passare. Voglio comandare. I'm the champion!

(Ma vatte a fà 'n sonno.)

Le urla di quei soldati mi sono rimaste dentro. Nel tempo si sono trasformate in filastrocche che non mi danno requie nelle notti insonni. Miagolii, sospiri, tamburi: una specie di nenia.

(Sò li fantasmi che te vengheno a cercà.)

Do you understand me? I soldati scendevano dai furgoni e gettavano benzina nelle capanne per incendiarle. Alcuni di loro erano poco più grandi di noi. Fino a un paio di anni prima avevamo giocato insieme vicino al fiume.

(Prima ereno farlocconi. Poi sò diventati criminali.)

Ricordo Alì con la bandana girata intorno alla testa e il mitra gigante fra le braccia. Hassan che ride fragoroso illuminato dal fuoco. Li vedevamo di sguincio, nei pertugi fra gli alberi, dove c'eravamo rintanati. Se loro avessero potuto fare altrettanto, ci avrebbero uccisi. Avevamo gli occhietti lucidi. The teachers, quelli come te, erano i primi a cadere a terra.

(To'o dicevo io, professo': 'ndo vai? Resta qui co' nnoi.)

Le raffiche crepitavano sulle scuole. Loro scappavano ma era tutto inutile. Un bambino si è nascosto dietro al pozzo. Gli hanno sparato lo stesso.

('St'infamoni.)

Ci nascondevamo nel fogliame. Quando tutto finiva, tornavamo indietro. Il verso di quelli che ricevono una sciabolata non te lo dimentichi più. Aaaauuuuu! Mi è sembrato di risentirlo tanti anni dopo nella toilette del Frecciarossa, premendo il pulsante dello sciacquone.

(Ma questo stava a scòla tua?)

I lamenti dei feriti. Canti di raganelle. La gioia selvaggia di chi porta il colpo. Dimmi: l'Europa in quei momenti dove stava?

(A professo', je stai a ddà l'imboccata?)

Very far away, in altre azioni affaccendata. Una madre che ha lasciato da solo suo figlio. Lo sai cosa abbiamo concluso, no? Questa la lascio dire a te.

(Vai, metteje 'n bocca 'e parole giuste.)

Gli occhialetti dei maestri con la pelle bianca che erano venuti a impartirci la lezione dei codici e delle logiche sociali si sono sbriciolati sotto gli stivali dei nuovi predoni.

(Affinati sindaco! Così te scrivevamo su'a lavagna. E tu te ce spanciavi da'e risate.)

Il vetro delle loro lenti frantumate è stato inghiottito dalla sabbia rossa. Proclami, dichiarazioni e carte d'intesa sono diventati indecifrabili. Uguaglianze, fraternità e giustizie hanno avuto la peggio.

(È 'na carta straccia.)

Dobbiamo ricominciare tutto da capo. A new start. Non sarò certo io a farlo. Chissà, forse potrebbero essere i figli di quelli che si erano salvati scappando.

(Nun c'ho parole.)

Ancora non sono persuaso di essere passato da lì. Forse perché ho tagliato i ponti. Vivo nella negritudine esiliata, dispersa, tradita, direbbero i saggisti che tu non ami. Quelli che non leggeresti mai.

(Mannaggia a me che nun ho studiato!)

Non so cosa mi sia davvero successo. Lo elaboro senza realmente capirlo. Gli arti appena tagliati ancora palpitanti. Le mosche stupefatte dall'abbondanza che si inebriano sulla carne dei morti. Le preghiere di chi si raccomanda per essere risparmiato. Ho visto coi miei occhi tutto questo. With my own eyes.

(Io ar massimo ce clicco su'a tastiera.)

Alla fine cosa resta dell'amore speso, dissipato, regalato?

(Ma che vòi, che to'o dico io?)

Una poltiglia. Now gioco a moscacieca con me stesso. Oggi posso acquistare bei vestiti, mangiare come voglio, dormire in una specie di reggia. Ho amici, ma soprattutto amiche.

(Che te danno li bacetti. Te fanno li servizietti, eh!)

Fasciate nelle calze a rete, oh yes! Truccate di rosso e blu.

(A pelandró, te stai a rifà l'occhi, ve'?)

Gliel'ho spiegato io come fare, in una stanza d'albergo con l'acqua corrente che loro non avevano mai visto. Erano abituate a lavarsi usando le taniche di plastica. Facevano i bisogni dentro le buche scavate nella sabbia.

('Nzomma l'hai rimesse ar monno. E mo' che voi? 'A medaja?)

Adesso eccole qua, le mie regine.

(Ahó! E presentacele!)

Ige, dove hai trovato quegli occhi da fata? Esi, col tuo sorriso lanci i coriandoli verso chi ti guarda. Rhonda, con la tunica rossa sei stupenda. Sono quelle che ti hanno salutato sotto la torre dei Capocci.

(A via 'n Serci, vicino a'a Digos.)

A volte ho la sensazione di averle modellate come pongo.

(A professo', ma n'è che 'st'alunno tuo è uno de quelli che j'ha dato addosso a, come se chiamava, Feliciti, Felicità, Felicetta nostra? T'aricordi? Co' 'a regazzina ch'àmo visto prima! No, eh! Perché si è come loro, nun ce sto più!)

Io so da dove vengono. Dai villaggi dispersi nella boscaglia. Dai fiumi malati. Dalle sterpaglie spinose. Fango, polvere, riso in pentola da spiluccare tutti insieme, seduti sui cerchioni cromati.

(Penza come stavate!)

Fingo di non sapere dove finiranno.

(Statte accorto, che si te prennono te fanno più nero de come già sei.)

La città che hai visto è Banjul. Una rocca alla foce del fiume. Sperone britannico. Di quelli che saltano via dagli stivali e finiscono nei fossi insieme ai mozziconi di sigarette e ai cocci di bottiglia.

('Mazza che spirito d'osservazzione!)

La capitale del Gambia. Il più piccolo Stato africano, infilato dentro il Senegal, come la freccia nell'arco. Appena lo dici a questi ragazzi, i tuoi boys, il loro volto si illumina.

(S'ariconoscheno.)

Eccoli qui, in front of you. Cavalleggeri dell'adolescenza. Ormai non li raggiungi più. Vanno via come schegge. Eppure nel momento in cui gli racconti il tuo viaggio, li stringi ancora tutti in un pugno.

(Questi si ti'i porti ar campo, te fanno vince er campionato!)

Hai dormito all'hotel Paradise.

(Io c'ho ancora 'na foto che m'hai mannato sur cellulare.)

Sgranano gli occhi quando gli racconti i particolari. La piscina senza acqua. Il giardino arido. Il viottolo di sassi che conduce all'entrata.

(Sei annato a ripijatte er diario, ve'?)

Noor ti mette una mano sulla spalla. Vorrebbe saperne di più. Gli racconti del mercato sulla spiaggia, dove arrivano le barche e la gente va a comprare il pesce.

(Gliel'hai detto quanto puzzava?)

Gli parli della periferia di Sarekunda. L'interno di un cassetto da risistemare. Dove finiscono i vuoti delle Coca-Cola. Donne lungo la strada che vendono schede telefoniche.

(È lì che te ce se' ispirato, ve'?)

I clacson rauchi. I dalasi da distribuire per le mance. Ma la cosa più importante non riusciresti a spiegargliela.

(Dimmela a mme, professo'.)

Sei cresciuto nella suprema, assoluta, universale solitudine della metropoli spietata e indifferente. Ti sei dovuto far largo a colpi di machete nella jungla urbana. In un groviglio di desideri insoddisfatti. Nel muschio dell'incomunicabilità.

(E mo' nun ricomincià!)

Credo ci sia un nesso fra il mio destino e il tuo.

(Se collegamo.)

Né io né te potremo mai conoscerlo, dominarlo, trasformarlo. È questo il titolo del tema che stai svolgendo, giusto?

(Ma quale tema? Questo è 'no scrittore, hai capito? 'No scrittoreee!)

Affidare tale consapevolezza a uno della mia risma è come dare un pugno sul muro.

(Jo'o dico sempre io: nun te fidà troppo de l'artri! Più te stanno vicino, peggio è. Ma lui gnente. Ce vo' sbatte 'a capoccia.)

Lo facevi da ragazzo sulla porta della tua stanza. Hai capito come moriremo? Privi di qualsiasi sicurezza.

(Pensa pe' te!)

Senza tessere, abbonamenti o sconti.

(A mi' padre manco 'a penzione je daranno. Già mo'o vedo a settant'anni a spompasse sur manubbrio, a faticà su'a panca. A pulì pe' tera!)

Se potessi descrivere la stradina in cui sei stato quel giorno in Africa scantonando dalla via principale! Allora sì qualcosa potrei capire anch'io.

(Tu hai già capito puro troppo.)

I bambini sporchi nelle pozzanghere. Le donne dietro il fogliame. Gli uomini come tappi persi. Hai avuto l'impressione di stare dentro un blindato, mentre fuori pulsava il sangue. I pezzi di pane a terra. Scivoli, scivoli sul piano inclinato. Questi ragazzi lo alzano per farti andare giù veloce.

(A puzzoni!)

Come se ti dicessero: mostraci i trucchi. Dacci le password.

(Così te se rubbamo tutto.)

Il bambino che avrebbe voluto venire via con te magari sarà già sbarcato in Italia.

(Vattelo a raccoje!)

Quel giorno non arrivava all'altezza della maniglia dell'auto. What a beautiful baby! Siete schizzati via rischiando di schiacciarlo.

(Me paro io quanno mi' madre me veniva a visità a Focene e poi aripartiva subbito! Nun facevo manco 'n tempo a raccontaje li fatti mia che già aveva sgommato! E dopo 'a sera me cacavo sotto. Dice ch'era 'na psicasamatica.)

Dallo specchietto retrovisore hai colto la sua espressione sorpresa. Scendesti a piedi per ritrovarlo. L'autista schiacciò il pedale dell'acceleratore allontanandosi. Rimanesti da solo. Un esercito di bambini ti accerchiò.

(T'hanno messo 'n mezzo, professo'.)

Ma quello che volevi non c'era più. Ti tiravano la camicia. Ti toccavano la pelle bianca. Ti facevano il solletico.

(Si ce restavi 'n artro po' te se magnaveno.)

Eri un tronco nel torrente impetuoso. Le donne ridevano per la tua ingenuità. I vecchi disapprovavano. L'automobile faceva giri oziosi nel tentativo di rintracciarti. Smarrita anche lei nel labirinto, alla maniera di un calabrone in salotto.

(Je doveveno mette er navigatore!)

You wanted to Africa?

(Hai voluto 'a bicicletta? E mo' devi da pedalà.)

Gli anziani seduti per terra a recitare le preghiere. I fortini protetti delle chiese evangeliche. Le casematte delle associazioni svizzere. I castelli svedesi. Eccola qua, la tua Africa. The blue sky, quello no, non potrai dimenticarlo.

('Mappa quante stelline c'ereno, ve'?)

Sembrava la scenografia di un teatro. Così come i raggi del tramonto che stava sopraggiungendo.

(Noi s'accontentamo de quelli che scennono sui cantieri de Cartaggirone.)

Capito, Nick? This is your professor. Come vorresti definirlo?

(Sei pronto? Spara.)

Il timoniere della gioventù. Esattore del sentimento nascosto. Contabile delle emozioni perdute. Ladro del tempo. Cronista delle parole smarrite.

(E chi ssei, professo'?)

Ma tu dimmi ancora cosa ti venne in mente quando passasti vicino a dove sono vissuto.

(Senti a me: fattelo spifferà da lui.)

Potevo essere quel bambino. Nessun uomo sta solo in un posto. Dove tocchi ti bruci.

(Ma che sta a ffà, 'o oroscopo?)

Professore grazie per Segnare al me le cose Della vita. Questo ti scrissi sul tuo profilo Facebook diversi anni dopo averti conosciuto.

(E che j'avevi imparato a questo? A ffà er magnaccia?)

Ero io. The black guy, isolato in mezzo agli altri. Col quaderno degli esercizi sempre scarabocchiato, come se non riuscissi a tenerlo davvero in ordine.

(Nessuno de noi ce 'a faceva. A parte Coccetta, ma quello era malato.)

Mi chiedevi come avessi fatto a infilarmi nella stiva dell'aereo in partenza da Lagos senza che nessuno si accorgesse di me.

(To'o chiederebbi pur'io.)

Le famiglie dei miei genitori si combattevano. Un giorno venni comprato alla maniera di un tessuto prezioso. Mi fecero entrare nel velivolo affidandomi alle potenze celesti. Ho volato sul Continente Nero raggomitolato su me stesso.

(Ce dovemo da crede?)

La testa infilata in mezzo alle valigie. Il rombo dei motori mi assordava. Non vedevo niente. Sentivo solo i movimenti del grande uccello di ferro nella cui pancia mi nascondevo. Respiravo.

(Arméno quello.)

Decifravo i cartellini dei trolley. Mister Bran-dley. Mi-n-ne-sota. Mrs Lester. San Fran-ci-sco. De-ni-se Lo-rrai-ne. Nan-tes. Ro-cco Ba-le-stru-zzi. Me-ra-te. Maniglie, fibbie, adesivi, nodi, cigolii. Ero incastrato in una fenditura. La pressione mi squassava.

Atterrammo a Milano di notte. Ma-pe-nsa, ma-pe-nsa... Do you remember? Aeroporto di Malpensa, mi correggevi. Quando aprirono il portellone, mi tirai indietro. Scesi nell'o-scurità. Rain, asfalto bagnato. Era tutto nero.

(Così te ce nasconnevi mejo.)

L'unica luce puntava sul grande cartellone di Giorgio Armani. Era freddo. I am strong, you know. Sull'autobus che mi portava alla Stazione Centrale puzzavo di kerosene. Il cuore faceva bum bum bum.

(A Nuaebbi! 'O sai che te resta da fà? Accenne 'n cero a Padre Pio!)

Le strade, i negozi, era tutto nuovo. I marciapiedi, per esempio, che a voi sembrano normali, per me non lo erano affatto.

(Cioè?)

Un conto è poter camminare così. Un altro avanzare in mezzo alla polvere, agli arbusti, solo per poter tornare a casa.

(Mo' come stai adesso pe' te è mejo der Paradiso.)

Raggiunsi Roma e venni alla tua scuola.

(A professo', ma che je dai a questi? Li dorcetti?)

Little boy aveva visto il taglio delle teste.

(Artro che lucertole!)

Non sono diventato come avresti voluto.

(Hai 'mboccato 'a cattiva strada.)

Other way. Faccio venire le mie donne dalla Nigeria come pappagalli dentro la gabbia. Vedi quanto sono carine?

('E vedemo, 'e vedemo!)

Afna ha gli zigomi alti delle sovrane subsahariane. Dayo è riccia con le perline colorate dei sogni bambini. Lasedi sa parlare con le stelle atlantiche. Lumusi sfila nelle gallerie degli specchi a sorpresa. Nia quando ride spacca le pietre. Kunto ha nelle vene il mio sangue. Ife fa la ruota.

(Ahó, te sei sistemato!)

La gente paga.

(Quanto je fanno?)

Much money. Io le smisto. Devo solo regolare i ritmi.

(Sì, ma quarcuna ta'a perdi puro pe' strada, che mica tutte te ce stanno sotto a fasse er culo.)

I pomeriggi li trascorro in un locale dove la gente mi rispetta perché sa che, se non lo facesse, reagirei a modo mio.

(Je daresti li sganassoni.)

D'inverno il cielo dove sto adesso si tinge spesso di grigio. Di notte le stelle non sono quelle che ricordo di aver visto da piccolo. Sembrano lampadine scassate.

(E a quarcosa devi da rinuncià, no?)

Ho imparato a giocare sul tavolo verde. So usare la stecca. Vinco e perdo. Mentre lo faccio mi vengono in mente certi paragoni.

(Sentimo 'n po'.)

Immagina un colpo di biliardo. Perfetto o sbagliato, non è importante stabilirlo. Il problema è un altro.

(E quale sarebbi?)

Tu – chiunque sia – miri giusto, poi la pallina determina una serie di spostamenti imprevedibili rispetto ai quali perfino il punteggio ottenuto diventa trascurabile. Credo vada così, per tutti. This is my life.

(A professo', e mo' come te metti? A questo che voto je dai?)

## OTTAVIO. *Er sangue nostro*

*Okperi Endurance*
*Olga Gladyn*
*Olga Kovalciuk*
*Olga Veselich*
*Omar Ahmed*
*Omar Kora*
*Osman Khan*
*Otmane Mourchid*
*Ousman Kambi*
*Oxana Kovalev*

A professo', lassali stà tutti l'artri. Mo' to'o faccio io l'esame der sangue. T'arivorto come 'n pedalino. Mica no? Vojo fà come m'hai imparato pe' dimostratte che nun hai perzo er tempo.

Partimo da quenn'eri 'n pischelletto. Giocavi a pallone, pe' modo de dì, davanti a'a chiesa de Santa Maria der Soccorso, a Roma. Nun sapevi gnente. De me. De te. De tutti. Annavi avanti a'a ceca 'n mezzo a du' pareti scarcinate. Volevi sfonnà er muro che c'avevi de fronte, ma nu' 'o potevi fà. Io sarei stato dentro di te, tanti anni dopo. Come adesso che sto ammischià 'a voce mia a'a tua. Insieme avremmo vissuto un'avventura breve, fuggevole, che avrebbe lasciato il segno. Non soltanto in noi. Anche in chi ci stava vicino.

In me de sicuro. Sei pronto pe' sentimme? Mettete a séde e nun fiatà che te devo da sporpà come 'n porchetto.

Se chiamava er Tiburtino terzo.

A quel tempo non c'erano tutti questi palazzi che ora vedi incombere intorno alla maniera di squadroni di calcestruzzo: li avranno costruiti di notte, all'improvviso, senza chiederti l'autorizzazione. Nun c'era la stazione della metropolitana da cui vanno e vengono frotte di pendolari. Non c'erano neppure i negozi di materassi memory ai bordi delle strada. Né le concessionarie d'automobili, proprio accanto all'incrocio. E manco le sale da gioco.

Era 'n artro monno.

T'aricordi solo 'no spiazzo erboso ai margini della via consolare. Un campetto spelacchiato che stenti a ritrovare. Chissà perché eri finito lì. Te sarai intruppato pe' sbajo 'n mezzo a 'na cricca de minchioni. Cadesti, ferendoti al ginocchio. Tornasti a casa a piedi, non sai come, lungo la via trafficata. Non esisteva neppure la circonvallazione che smista il flusso delle macchine fra Casal Bertone e il Grande Raccordo.

Quanno senti parlà de periferia te viè da fà a botte. Non riesci a mandar giù le inchieste, i dati statistici, le analisi. Tutte le chiacchiere dei politici e dei cosiddetti esperti, veri e falsi, per spiegarci il tracollo elettorale della sinistra o la crisi etica nella quale versiamo, te vanno de traverso. Te fanno sbarellà. Li vedi, 'sti pupazzi, e je voresti dà 'na mazzata pe' falli stà zitti.

Voi, mocciosi degli anni Cinquanta, regazzetti de borgata, siete cresciuti nel vuoto spirituale, senza amici, senza maestri, senza cultura, se non quella che caparbiamente cercavate di strappare dai rami fioriti degli alberi. Ecco qui, prendi: questa è una frase forbita; questa è una descrizione arguta; questa è una malinconia speciale. Ho detto bene, professo'?

Sto a parlà ar plurale, ma in realtà penso solo a te. Cosa ne sanno loro, mi verrebbe da dire, anzi gridare, della solitudine di un ragazzo troppo sensibile, com'eri tu, come sarei stato pur'io, privo di riferimenti, pronto a sbattere la testa contro il muro pur di sfuggire alla noia, all'atrofia, alla mancanza di senso della sua vita?

Nun sanno un cazzo!

Sei aritornato in periferia, sì, ma in fondo non l'hai mai lassata. Non potevi farlo perché ti appartiene. Spiritualmente quello è stato sempre il tuo spazio. Vita di strada, seppure soltanto allusa. Non certo nella chiave dell'eccentricità. Nun volevi esse diverzo. Men che mai delle bande, delle comitive, delle squadre. Compagini che ti sei limitato a vagheggiare. Ciurme del sogno. Equipaggi inventati. Strumenti di sopravvivenza. Arguzie, stratagemmi, manie.

Fissavi gli angoli morti dei cortili, questo sì, gli intonaci logori dei garage, le scartoffie dei retrobottega. Te s'è incistato tutto. E ancora adesso te l'aritrovi. Nel modo in cui tiri su con il naso. Come magni. Come te vesti. Come vivi. Come cammini. Di fronte all'insulto, l'intellettuale pensa a una frase da dire. Tu stringi i pugni. Te trattieni solo pe' nun finì 'n galera. Te riconosco, frate'.

Sarà trascorso mezzo secolo. Poco più di cinquant'anni dal giorno in cui scivolasti proprio qui intorno, dove adesso alcune vecchiette dicono il rosario. E tu mo' reciti er Padre Nostro dietro a loro. Ma che te vòi, sarvà l'anima? Guarda che nun dipenne da noi. Ma'ha detto puro Luana! Che c'ha 'na capoccia granne quanto 'na casa. L'ommini nun ponno fà gnente. Semo tutti poveracci. Eppure sembra ieri. Gli scorci grigi di via del Frantoio, oltre il Liceo artistico, sono sangue del nostro stesso sangue. I muretti colorati che ti guidano lungo il regno zingaro di Pietralata è come se li avessi avuti sempre davanti agli occhi.

'Sti regazzini impegnati a giocare in una cecità istintiva nei giardini di via dell'Erpice, per esempio, sono figli tuoi. Come, tanto tempo dopo, te sò sembrato pur'io. Vorresti abbattere il cancello, entrare, prenderli per mano e trascinarli via. Nemmeno fossi il guardiano del parco. Il demolitore delle false promesse. Il poliziotto del patto tradito. Portarli in salvo dalla Tiburtina del sogno guasto, degli orizzonti blindati, della privazione affettiva, del mondo perso, del tempo sfregiato. Metterteli di fronte, uno per uno, osservando i piccoli volti smarriti. Piegarti per stare alla loro altezza. Raccontare a ognuno 'n'artra vita, 'n'artra possibbilità. 'N'artra giovinezza. Te ce metto puro: 'n artro amore.

Fu così che incontrasti me. Non mi davi mai l'insufficienza. Anche quando sbajavo. E io sbajavo tanto. Ero il pezzo mancante. L'unghia tagliata. La pelle morta. L'ostacolo da valicare. OT-TA-VI-O! Ècchime qua. Sò quello che te sta a portà 'n giro 'n mezzo a 'sta manica de peracottari. E tu me tieni dentro come 'na pepita d'oro. Cresciuto nella schiuma del catrame che si addensa agli angoli delle officine meccaniche. Er faiter, se dice oggi. Le mani sporche di grasso. I giorni ner cestino. Appena mi vedesti, si accese un fuoco in te. E in me.

A professo', ma 'ndo vai co' 'sta barbetta da filibustiere? T'aricordi? Le nostre voci sono diventate una polvere cosmica. Tu, invece di rimproverarci, ti avvicinavi sorridendo coi denti radi. Ci regalavi il quaderno e la penna. Questi vi serviranno per risalire il fiume, dicevi. A noi ce bastava vedette pe' risentì 'a puzza de casa nostra.

Tutto è cambiato e tutto, allo stesso tempo, è rimasto uguale. Il 309 per Casal Bruciato nun passa mai. Ti volti indietro a guardare la strada deserta. Ci sono sempre state le buche. C'è sempre stata la sporcizia. E le rotture de cojoni. Prosegui a piedi in mezzo alle piante abbarbicate sulle pareti delle costruzioni in cemento armato, finché non arrivi al Centro Minori del Venafro. Ecco perché sei tornato qui. Due palazzine a doppio piano con le grate alle finestre: ora ci abitano tanti ragazzi che conosci.

Alì, Bubacar, Mansour. Entri a fare due chiacchiere con Othmane. Sta mangiando le uova che si è cotto da solo nella cucina aperta ventiquattr'ore. È sufficiente salutarlo nella sua lingua madre, che tu un poco conosci, per vederlo sorridere. D'improvviso ti torna in mente Sare Gubu, il villaggio africano dove vive un bambino che porta il tuo nome. Quanno ce 'o raccontasti, in aula nun volava 'na mosca. Starà giocando a pallone nel piazzale vicino alla moschea. Proprio come facevi tu alla sua età, qua dietro. Magara fra quarche anno te viè a trovà puro lui a'a scòla vostra.

Legge del caso, meccanismo della fatalità, struttura del tempo, impianti della memoria? I grandi stili del destino. Le vie dei campi magnetici. 'O so, ce l'hai chiesto a noi, professo'. L'unica cosa che te posso dì è che, pure 'ndo sto adesso, a Bravetta, me sento ancora 'na voja de spaccà er monno. Sò rimasto sempre 'o stesso. Era questo che speravi, ve'? Quante volte l'hai pensato, l'hai detto, l'hai scritto?

Gli immigrati ai quali insegni la nostra lingua assomigliano all'acqua del fiume: sembra sempre uguale ma non è mai la stessa.

Sono loro ad avere ragione: gli sciuscià dell'eterna adolescenza coraggiosa con il sorriso universale del Pianeta Terra, i pinocchietti scaltri e intraprendenti che vendono il sussidiario per andare a vedere lo spettacolo di Mangiafuoco. Questi sò l'articoli tua! Ismaille, dicce come bigna vive. Abdul, facce capì chi semo. A Lamì, magnate er riso. Sei sempre tu che spieghi Leopardi, vero? Come potevi proporlo proprio a noi? Pezzenti metropolitani. Canaglie del contado. Teppisti della circonvallazione. Altro che garzoncelli scherzosi. Uno come me, lo sai, picchiava forte.

Fracassavo 'e capocce, mica scherzavo. T'aricordi quaa vorta all'officina co' Giggi? J'ho ammollato du' ganci 'n bocca, lui prima s'è messo a piagne, poi quanno me sò girato m'ha dato 'a botta da dietro, a'a traditora. Séte venuti a dividece. Allora ho fatto finta de gnente. Ma poi sur vialetto je sò ripartito e lì nun c'ho visto più. Menavo come n'addannato. Ja'a dovevo fà pagà. Avete chiamato li carabbinieri!

Eppure quante soddisfazioni ti abbiamo dato, vero? Nun to'o pòi dimenticà. Dieci mani arzate, tutte insieme, di fronte alle interpretazione che ci proponevi. Marcello, Guido, Franco, Alessandro, Tiberio: dove siete? Ve lo ricordate il professore? E la pistola dell'Innominato? Eravamo tutti aspiranti operai. Chi se lo dimentica più? Fra via Pescina e via Arsoli i vecchi lotti popolari fronteggiano come fantasmi decrepiti le nuove villette addobbate con gli striscioni giallorossi, poco prima dei campi impolverati del Verde Rocca. Forza Roma, m'ariccomanno.

E mo' toglimi una curiosità. Ma se è tutto così squallido, con il luna park posto in mezzo alla rotatoria dove i bambini giocano a guardia e ladri, con la giraffa disegnata sulla pubblicità della giostra; se davvero i Colli Anieni sono così rivoltanti, con le torri altissime e grigie piantate quasi fossero accette in mezzo alle circonvallazioni, me spieghi er motivo per cui vorresti bacià tutte le persone che incontri?

Se questo scenario di asfalto, sabbia e ghiaia disegna una ruga d'amarezza nel tuo sguardo, con la farmacia scintillante alla maniera di una girandola precipitata a terra da un altrove misterioso; se pure la parrocchia di Gesù di Nazareth assomiglia a una postazione coloniale nella nazione occupata; se lo snack bar pare sprofondato nella giogaia dei cripto-grattacieli; 'nzomma se tutto è divelto, frantumato, oltraggiato, allora dimmi tu la ragione che ti fa restare qui.

Solo io posso sapello. Anche se volessi, non riusciresti ad abbandonare i centri ricambi di via Trivento. Le ferramenta di via Sacco e Vanzetti. È lì che raccogli il grano. Dacce er pane, professo'! A Pinuccio le rosette, a me 'a ciriola! Te lassamo 'e croste. Tu, che hai visto quasi tutti i continenti, non potresti rinunciare alle rotatorie che scandiscono il ritmo del Collatino, ve'? Nemmeno fossero gli spartitraffico più belli del mondo. Sarebbe come bruciarsi la lingua. Rompersi un osso. Tajasse 'n braccio.

È questo il motivo per cui era così difficile staccarci dal quartiere dove eravamo cresciuti. Per noi venire in centro con te a visitare i monumenti storici significava emigrare. Ti seguivamo indolenti, restando sempre in gruppo, quasi avessimo timore di perderci. E quando arrivavamo al Colosseo, non vedevamo l'ora di tornare a casa, dietro al mercatino. 'Na vorta ce sei venuto a trovà. Stavamo sotto la tettoia del bar. C'ereno puro certe scugnizzette mezze sbracate co' 'e cosce de fòri che ce chiedeveno: e questo chi è? E Romoletto je fa: er professore! E loro se metteveno a ride come se j'avesse detto er fruttarolo.

Sali sul 61 incrociandolo al volo dopo il superamento del cavalcavia. La testa batte sul vetro sporco: in un attimo ti lasci dietro il Patronato, le palestre, i negozi di cosmetica che, pur essendo numerosi, non fanno massa, non creano una vegetazione. Restano squarci di colore nel vuoto circostante: supermercati, bazar e autoscuole, spericolate avanguardie di una città che continua a essere altrove. A prosperare lontano, laggiù, dove spunta er Cuppolone.

Te piacerebbe arzatte 'n piedi e, al centro della piattaforma, dichiarare:

«Signore e signori, questa è la retrovia fangosa, a due passi dall'A24, con patetica intenzione definita via dei Parchi; noi siamo fra color che son sospesi, e del resto chi potrebbe dire altrimenti?»

Ce metteresti tutto quello che c'hai per riuscì a dillo, ve'? La forza. La tigna. L'energia. Lo stile. La bellezza. Ma li vedi 'sti pecoroni che ce vonno governà? Ci invitano a sottoscrivere petizioni. Ci spingono a firmare proclami. E quelli che je danno spago? Ci accostano il microfono alla bocca e accendono le telecamere per illuminare le nostre miserie. Ma cosa ne sanno loro di questa ragazza cinese che, per esempio, adesso ti osserva sgomenta senza sapere come interpretarti? Cosa potrebbero rispondere all'anziana con le borse sotto gli occhi e la sottana scucita che rinserra sotto di sé la busta della spesa con l'intenzione di proteggere i pomodori e la pasta dalle cattive intenzioni dell'ennesimo pazzo che blatera da solo?

Ecco da dove vieni. Ecco dove ritornerai.

L'autobus arriva al capolinea di piazza Crivelli. Siete tutti qui a godere del tempo che avanza. Un morso a te, uno a me. Màgnate li fegatelli! L'autista scende sfiduciato e i passeggeri restano da soli, privi di appoggi, come non si sentirebbero mai se la stessa sosta si verificasse, che so, a piazzale delle Muse, al Tritone, a Villa Borghese.

Lì non avrebbero paura di venire abbandonati. Passano

alcuni minuti di febbrile attesa. Potreste essere nella pianura del Serengeti. Attenzione ai predatori. Na'a vena c'avemo er sangue, mica l'acqua. Poi da un altoparlante piazzato non si sa dove si sente una voce annunciare: «L'autobus ripartirà alle 18 e 12».

Le vecchiette sedute ai primi posti, cugine di quelle che recitavano il rosario, scendono in fretta sbottando: «Se sò impazziti tutti!».

Perché dicono così? Difficile spiegarlo dal momento che sono le sei e tutto sommato dodici minuti di attesa potrebbero rientrare nella norma. Il fatto è che qui il tempo, rispetto al centro urbano, pesa di più: è un granito, un blocco di marmo, un sacco di piombo. Così scendi anche tu sbrigliato e insofferente fra le panchine dell'isola pedonale e le cassette vuote di Casalandia con il giovane nero che chiede l'elemosina. Un fratello poco più grande di Othmane.

Tutti ti guardano incuriositi perché avvertono la tua potenza incontrollabile. Sa'a fanno sotto, zzi'. Quello che ci accade a otto o nove anni, quanti ne avevi quel giorno davanti al giardinetto di Santa Maria del Soccorso quando cadesti a terra giocando a pallone, rischia di essere indelebile.

Che ne sapevo, io, quanno se semo visti, che tu c'avevi dietro tutte 'ste storie de solitudini, de fantasmi, de morti che te cercheno, de sogni buttati, de rabbie, de padri e madri abbandonati, de ferite, de viaggi, de pischelli malandrini, de scòle nove che vòi fà co' tu' moje p'imparà l'italiano a li regazzini che vengheno da tutto er monno? Pe' me a l'inizzio eri solo er professore: 'na questione de voti, paggelle, calendari, vacanze, promozioni e bocciature. Allora perché me davi 'n sacco de consiji? Quanno t'ho ariconosciuto, nun m'è sembrato vero de vedé ch'eri stato puro te 'n pischelletto come me, co' 'e croste e li bacherozzi, e che da'a borgata te c'eri tirato fòri co' quarche stampa e 'n paro de frasi scritte a penna. Pe' quello me ce sò affezzionato e stamo a ffà 'sto giro 'nzieme, che manco sò 'ndo ce porta.

## PIETRO. *La fonte sacra*

*Palash Ahmed*
*Pansau Fernando Correia*
*Paolo Pashodari*
*Parvez Sheik*
*Patrice Mendy*
*Paul Endurance*
*Paul Miguel Vargas*
*Pelin Sacko*
*Pintu Hossian*
*Princess Chei Ann Rutab*

Dimme 'a verità: to'o saresti aspettato de vedemme diventà 'n autista dell'Atac? Io che nun sapevo annà manco 'n bicicletta? Mo' te arzo 'a mano da'a rimessa der Portonaccio. Sò Pietro. Me devi da carcolà pur'a mme. Àmo camminato ar fianco. Un po' storti ma sempre uniti da quarcosa che vojo provà a ditte bene.

(E io ta'a spingo, daje!)

Quante vorte l'hai detto? Il peggiore dei miei studenti compie comunque un passo in avanti rispetto alla famiglia da cui proviene. In quel momento, lo so, stai pensando a me. Quando alla fine del turno arrivo al deposito, raccolgo gli oggetti smarriti dai passeggeri. In genere li consegno all'impiegato. Ieri sera, prima di farlo, ho frugato dentro un portafoglio di pelle logora. Nel taschino c'erano alcune monete da venti centesimi. Qualche tessera. Una di un centro sportivo: orgogliosamente primi. Con la qualifica: atleta. Ho letto i dati anagrafici: nato il 18 febbraio 1998. Pintu Hossian.

('N immigrato.)

Viste le mie origini, mi sono interessato. Il permesso di soggiorno plastificato recava la foto del titolare. L'immagine era quella di un ragazzo. Sul retro ho scoperto anche il luogo di nascita. La curiosità è aumentata. Fra le varie carte, c'era il cartellino della Penny Wirton, quanno stavate ar liceo Keplero.

(Lì t'ha sgamato.)

Mi sono tornati in mente i giorni trascorsi insieme a te. Quei documenti smarriti rivelavano pezzi di vita. La Metrobus Card. Una scheda telefonica della Vodafone. Una ricarica effettuata da 5 euro. I tesserini erano racchiusi in un foglio di informazioni digitali. Css. Sintassi. Box Model. Selettori. Unità di misura. Visualizzazione. Carattere. Testo. Posizione. Sfondo.

(A quer punto t'ha telefonato sur cellulare.)

Così ci siamo ritrovati. Lo sai cosa mi ricorda questo appello che stai facendo? 'O voi popio sapé? Reggete forte perché te vojo dì tutto. I clienti che si mettevano in fila per andare da mia madre.

(Come come?)

Mani nelle tasche, teste chine, baveri rialzati. Li vedevo dalla finestrella della cucina a tutte le ore.

(E che facevi?)

Cosa cercavano quegli uomini da lei? Il tesoro nascosto nella miniera. La fonte sacra.

(Nun me fa parlà che è mejo.)

Li vedevo scansando le tendine e fantasticavo. Chi saranno? E poi mi chiedevo: se mia madre li attira così tanto, anch'io dovrei custodire dentro di me qualcosa di speciale. Perché sono suo figlio. Almeno questo pareva sicuro.

(De mamma ce n'è una sola.)

Qualcuno fumava. Facevano battute che non riuscivo a comprendere.

(Ahó, ma che me stai a ddì? Che sei 'n fijo de 'na mignotta?)

Altri tiravano fuori dalle tasche le banconote spiegandole una a una. Erano uomini di mezza età. Però notavo anche dei giovani. Poteva capitare che piovesse, eppure restavano in fila lo stesso. Forse nel timore di perdere il turno, non si spostavano nemmeno. Al massimo aprivano l'ombrello.

(Ma che c'aveva tu' madre? Er miele?)

Bufali riuniti nei pressi dell'acqua. Li contavo. Proprio come stai facendo tu. Con la differenza che io non sapevo i loro nomi. Per lo più erano volti mai visti. Forse un muratore che una volta ci aveva ridipinto le pareti della casa.

(Ce s'era affezzionato.)

A quel tempo ero troppo piccolo. Avevo solo mia madre.

(E t'abbastava!)

A parte i compagni di scuola. L'istituto dove andavo stava a pochi chilometri di distanza. In classe avevo fatto amicizia con un indiano. Si chiamava Palash. Mi disse che era orfano.

(Ce risemo.)

Abitava nel collegio dei padri giuseppini. Il giorno in cui venni sospeso era assente. Meglio così. Altrimenti non avrebbe capito la ragione per cui mi buttarono fuori. Magari si sarebbe messo in mezzo.

(Te poteva fà casino.)

All'inizio devo dire che non la compresi neanche io. Mi ci volle del tempo. Tu mi aiutasti. Volevi che ti raccontassi per filo e per segno cosa era accaduto. Così adesso per me è come recitare, ancora una volta, davanti a te.

(E annamo, su.)

Nove anni, quarta elementare. Stavamo facendo aritmetica quando la maestra venne interrotta mentre spiegava. La bidella annunciò una visita importante. Entrò il direttore, insieme al sindaco del paese.

(Du' pupazzi.)

Noi bambini restammo ammutoliti di fronte a loro. Il direttore un po' lo conoscevamo. Il sindaco non sapevamo chi fosse.

(A rega', questo chi è?)

Erano due signori calvi coi baffoni lunghi. Un po' grossi.

(Cor panzone.)

Parlottarono di fronte a noi. Fino a quel momento io, nonostante la timidezza, me sentivo come tutti l'artri.

(E come ta'a dovevi sentì? Eri 'n regazzino.)

Da allora in poi la mia vita cambiò. Fu quando la maestra si diresse verso di me. Sulle prime non mi resi conto che fossi proprio io quello che lei cercava. Ma poi, quando mi prese per mano facendomi uscire dal banco, tutto divenne più chiaro.

(Ta'a stavi a ffà sotto.)

Mi consegnò alle autorità pubbliche senza nemmeno guardarmi in faccia. Forse si vergognava.

('Sta puzzona.)

Nel silenzio più assoluto uscimmo dalla classe. Dove non rientrai mai più. I miei compagni parevano ipnotizzati. Sentivo i loro sguardi su di me. Da quel giorno venni affidato a un centro di assistenza per minori non accompagnati.

(E vvai!)

A mia madre avevano tolto la patria potestà. Un'espressione che ovviamente a quel tempo era fuori dalla mia portata. Per diverse settimane non potei rivederla. Stavo male, non capivo perché me l'avessero levata. Avevo solamente lei.

('Sta storia me n'aricorda 'n'artra: 'a mia.)

Tutto quello che mi successe in seguito fu una conseguenza della decisione presa dal sindaco. Che poi, a dir la verità, non sappiamo se fosse stato davvero lui a scegliere. Oppure se avesse soltanto applicato la legge.

(A professo', questo sta peggio de me. Io armeno, si vojo, mi' madre so 'ndo annà a trovalla: ar baretto de Rocca Priora. Poraccia, ce lavora da'a matina a'a sera. S'arza all'arba e ritorna de notte. Dorme sur purman. Questo pe' dacce da magnà a me e mi' sorella. E 'n te crede che si voleva nun poteva fà 'a mignotta. Me sa che 'na vorta mi' padre c'ha pure provato a dijelo. Ma a lei je rimbarzava.)

Uno come me tu l'ariconosci subbito. Sono il tuo riferimento obbligato. Polo positivo e polo negativo, come ci spiegava il professore di elettrotecnica.

(Er fijo senza padre. Er padre senza fijo.)

Ecco perché mi puntasti gli occhi addosso.

(T'aveva messo dentro ar mirino.)

Non sapevo se volessi colpirmi, oppure togliermi dalla posizione di bersaglio. Ti muovevi con mosse accorte. Non volevi farti vedere dagli altri miei compagni. Così, per esempio, quando ci portavi a giocare a pallone, facevi l'arbitro. Io capivo che, nei miei confronti, avevi un debole.

('O dicono tutti quelli che sò stati co' llui...)

Se commettevo qualche fallo, tendevi a passarci sopra. Alla fine delle lezioni, mentre gli altri insegnanti tornavano a casa, venivi alla mensa. Salutavi e ti mettevi accanto a me. Dopo qualche mese presi coraggio e ti rivelai tutto. Ma tu già conoscevi la storia perché, con il permesso dell'educatore, avevi consultato il mio dossier.

(A professo', nun te fai mai l'affari tua, eh!)

La nostra è stata un'amicizia fatta di niente. Ci vuole spirito d'attenzione per rievocarla. Ma da solo non basterebbe nemmeno quello. Lo sguardo furtivo quando ti chiedevo di uscire dall'aula. Come facevi a sapere che per me due ore di lezione erano una zavorra troppo pesante?

(J'abbastava guardatte.)

La mano sulla spalla se mi vedevi triste. Quarche battuta su'a Roma.

(Quella nun je manca mai.)

Il morso da un panino col prosciutto che una volta ti offrii. Lo feci tanto per provare. Invece tu accettasti.

(T'eri 'ngrifato.)

Le foto scattate con l'iPhone di me mentre scarto un avversario me le mandavi il pomeriggio stesso.

('O faceva pe' tiratte su de morale.)

Ci ritrovammo a San Giuseppe Artigiano, al Tiburtino.

(Nun lontano dar posto 'ndo vai a riportà l'autobus quanno smonti dar lavoro.)

Io, lo sai, dicevo un sacco di bestemmie.

(Nun le ridimo adesso sinnò er libbro che sta a scrive nun jo'o publica nisuno.)

Tu cercavi di passarci sopra, ma era difficile perché a volte esageravo. Tiravo dentro soprattutto la Madonna.

(E te pareva!)

Nella comunità dove stavo ci portavano nelle parrocchie delle borgate per giocare a calcetto con altri lavativi come noi.

(Così facevate comunella.)

Quel giorno non sapevo che saresti venuto anche tu. Prima ancora di arrivare al campo, facesti un giretto. Entrasti in chiesa dove io stavo passando dopo essere stato in canonica a fare una commissione. Vedendoti, rimasi sorpreso, perché eri fuori contesto.

(Fori de che?)

Me buttai addosso a tte co' 'na forza da matto popio.

(Ve séte sganasciati.)

Te davo li pugni sur giubbotto. E continuavo a bestemmià pure davanti all'artare.

(È regolare: anzi de ppiù!)

Alzasti le spalle con l'intenzione di fronteggiarmi, come facevamo per gioco. Chi ci avesse visto, si sarebbe scandalizzato. Non solo a causa delle parolacce. Ma per i colpi che ci davamo.

(Vaje a spiegà ch'era 'n modo de volevve bene.)

Comunque tutto questo è niente rispetto a quello che ti mostrai dopo. Uno come te non si accontenta mai delle parole.

(Nun t'abbasteno.)

Vuoi sempre toccare con mano. Anche se poi ti scotti. Anzi, forse proprio per questo. Sembra quasi che ti sia indispensabile. 'O dici sempre, no? Er professore deve annà dove sa che je fa male!

(Sinnò che professore è? Sò tutti bboni a fà lezzioni co' quelli che te prenneno l'appunti mentre parli.)

Un giorno venisti a trovarmi nella casa dove stavo. Mia madre era morta. Pochi mesi dopo la diagnosi. Cancro ar pancreas.

(Ahó, si te resta quarche amico, fatte portà ar santuario der Divino Amore.)

Non feci in tempo a presentartela. Allora ti condussi da mio padre. T'aricordi chi era, sì?

(Famme 'ndovinà: uno de quelli che se metteveno 'n fila.)

Abitava in una baracca. Non lavorava. Beveva come una spugna. Aveva il cuore spezzato.

(Nun te fà 'ncantà.)

Quando mi disse il suo nome, quasi non ci volevo credere. Idris. Egiziano. Ecco perché ho la pelle scura. Tu me ce pijavi puro 'n giro.

(Quanto caffé te sei bevuto stamatina?)

Lui era, se possibile, anche peggio di me. Forse per questo ti interessava.

(Me sa che c'hai visto giusto!)

Scendemmo dalla tua macchina avviandoci verso la catapecchia sotto il cavalcavia. Legno, alluminio, copertoni bucati, lamiere arrugginite. Sembrava il regno dei bambini perduti. Dei padri dispersi. Dei maestri falliti.

(Er paese nostro.)

Le auto passavano come razzi sopra le abitazioni. Il fumo degli scappamenti scendeva sulle rovine della mia famiglia come una strana benedizione.

(Co' 'sta frase m'hai detto tutto.)

Bisognava stare attenti a dove si mettevano i piedi perché c'erano pozzanghere vecchie di tre giorni. Fango, mosche, immondizia. Ricordo le tue domande. Sei sicuro che sta qui?

(Fidate, professo'.)

Un paio di cani randagi ci annusarono le scarpe. Alcuni bambini ci accompagnarono verso l'entrata. Sembravano i guardiani del villaggio. Sporchi, col muco rappreso sul naso. Gli occhi rovinati dalla congiuntivite. Era giorno fatto, ma lui ancora dormiva. Ci aprì una donna in vestaglia. Sapeva chi ero, quindi ci fece entrare. E qui dovresti esse tu a prenne 'a penna 'n mano pe' descrive 'a scena.

(Daje, datte da fà. Guadagnate er pappone.)

Stila la lista. Estrai le pistole. Spara! Me devi tirà fòri 'e budella.

(Si c'ariesci, te faccio 'n monumento.)

Le bottiglie di vino sotto la sedia. Le tazzine di caffè con lo zucchero raggrumato. L'umidità alle pareti. Le briciole dei biscotti sul tavolo. Le scarpe da ginnastica rovesciate agli angoli della stanza. All Stars. (Vai così, che stai a annà bene!) Uno scatolone della Caritas coi maglioni aggrovigliati. Pacchi di pasta aperti coi tagliolini sparsi in terra. E la tristezza, tutta quella passione frantumata, quella carica inesplosa (forza, professo'), quel vitalismo lacerato, che lui ha trasmesso anche a me. Nel quale, inutile cincischiare, mi riconosco. Che sento mio. Di cui, lo ammetto, approfitto. Idris ti affrontò nemmeno fossi stato l'assistente sociale.

(Bboni quelli!)

Cominciò facendoti l'elenco delle sue mancanze. Sono spregevole, ti avrebbe detto, se ne fosse stato capace. Vigliacco, avrebbe aggiunto, nel caso in cui gli fosse servito. Profittatore. Irriconoscente. Strozzino.

(Paraculo.)

Te funziona così? O devo aggiungere artre notizzie?

(Ce basta. Ce basta.)

Sarebbero state queste le sue dichiarazioni. E adesso, avrebbe proseguito, dimmi cosa mi potresti dare, a parte il resto di un figlio. Spiccioli che non so come spendere. Avanzo di un piatto che pensavo prelibato. Te lo posso dì. Escrescenza spinosa. Ferita tumefatta. 'Sto vomito che m'è venuto. Un bisogno che avevo nascosto, come fanno i gatti, credendo di averlo distrutto. E invece ora eccolo qui: un cibo andato a male, che tu mi presenti sul vassoio. Come se io dovessi riprendermelo. Fallo ridiventà mio. 'Ste parole non furono dette, è chiaro.

(Se le teneva dentro, quer bastardo.)

Restarono nell'aria, simili a schegge di corteccia pronte a colpirci. Erano insite nella sua tracotanza. Nel suo egoismo.

Nella sua miseria umana e spirituale. Rispetto a cui io, e questo ti commosse (te fece venì er groppo 'n gola), tentavo in ogni modo di proteggerti. Fosse stato per me, ti avrei tirato via.

(Nun te voleva rattristà.)

Ma tu mi avevi chiesto di farti vedere il mio genitore. L'unico di cui potevo disporre. Eccolo qua.

(Chi artri te saresti aspettato?)

Idris non sentì ragioni. Speravi forse di ricavare da lui quello che io stesso non sono riuscito a ottenere. È vero o no?

(Allora che annavi cercanno?)

Volevi forse trovare il senso per cui te sei 'nventato 'sta scòla nova? Dare a ognuno ciò di cui lei, o lui, ha bisogno. Risarcire i nostri vecchi. Prendere tutto ciò che uno ha e darlo in pasto ai vermi. Io nun lo so cosa cercavi, ma quanno semo usciti dalla baracca e la donna che si prendeva cura di mio padre ti ha toccato la giacca, come se volesse testimoniarti qualcosa a lei stessa ignoto, m'è venuto da piagne. Gli stessi bambini che prima ci avevano guidato spigliati verso la porta ora restavano a debita distanza da noi, intimoriti. Come se fossero in soggezione.

(Che te credi? Li pupetti capischeno più de noi, ma nun to'o sanno ridì.)

Forse intuivano che stavo soffrendo anche per loro? Sarebbe troppo bello.

(Si fosse davero così, che to'o dico a ffà? A quer punto chiudemo baracca e burattini. Se n'annamo tutti a casa.)

Me trascinasti de fòri a respirà er tanfo de la circonvallazione. Nella stretta del tuo braccio c'era la forza che per la prima volta mi desti in classe, quando venisti a consolarmi, dopo che l'insegnante di tecnologia mi aveva sgridato. Lui aveva capito di avere sbagliato. Si affacciò dopo mezz'ora mentre tu stavi spiegando i proverbi del vecchio 'Ntoni, quasi per scusarsi. Non lo facesti entrare. Mi proteggesti. Chissà, forse stavi a difenne 'a memoria dei nostri avi. Storie di patti sociali eretti contro i cataclismi della natura. Codici, matrimonio, famiglia: la grande tradizione della civiltà umana. Volevi che io ne facessi parte insieme a te.

(Era er bersajo da centrà?)

Anche per questo credo di averti restituito il portafoglio di Hossian. E adesso dimme: me sò 'mparato bene 'a lezzione?

(A professo', senti a me: a questo je devi da mette 'a lode.)

## QUIRINA. *Addio ai monti*

*Qara Floriana*
*Qefli Amani*
*Quaranta Giorgia*
*Quazim Jurgen*
*Querentin Bobo*
*Quesarak Rudo*
*Quinci Paul*
*Quincy Patrick*
*Qurbani Ahmed*
*Qush Uzoma*

(E adesso annamo a riparlà co' li morti.)

Se Aziz fosse rimasto in Afghanistan, dopo aver perso i genitori sotto le bombe, non sarebbe riuscito a sottrarsi al reclutamento dei talebani. Se Ahmed non avesse lasciato le campagne sul Delta del Nilo, il suo destino sarebbe stato quello di continuare a vivere accanto ai pozzi, fra pecore e galline. A me cosa sarebbe accaduto se da ragazza non fossi partita dal mio paesello per cercare lavoro a Roma?

(A professo', co tutti 'sti se, nun ce fai gnente!)

Nel tuo registro figuro come Quirina, un nome da nobildonna, anche se ero una servetta.

('O sapemo.)

Sono orgogliosa di te, ragazzo mio.

(E questo te volevo sentì ddì.)

Peccato non averti conosciuto.

(Davero.)

Mohamed ed Elsayed, che erano stati così difficili da tenere fermi dietro ai banchi, hanno apprezzato le loro maestre, altrimenti non sarebbero tornati a salutarle a distanza di un anno. Ora sanno parlare in italiano?

(Ma dde che!)

Sì e no. Questi frenetici lazarilli del terzo millennio, prima ancora che per ricopiare gli esercizi sul quaderno, vengono da voi per avvicinarsi al fuoco che dovrebbe riscaldarli.

(Da quanto je piace, ce se bruceno.)

Arrivano e vanno via.

(A buggeroni!)

Ti mandano messaggi da tutto il mondo. Qasim, imbacuccato nella giacca a vento, adesso lavora in una pizzeria di Stoccarda. Nella sua foto riconosci lo spazio verde posto in mezzo alla città. Venne costruito dagli americani dopo l'occupazione, alla maniera di un Central Park nella patria di Hegel. Una volta ci hai fatto footing.

(Puro lì?)

Correvi sotto alberi altissimi piantati di fianco all'autostrada che attraversava il centro. Dall'altra parte vedevi la ferrovia. Un ponte pedonale ti aveva condotto da Neckarstrasse, dove alloggiavi, fino al parco adiacente.

(Ma che ce stavi a ffà?)

Eri andato in Germania per vedere la *Fuga in Egitto* di Giovambattista Tiepolo.

(Sei popio matto, professo'.)

Di quel dipinto ricordi il cielo, innanzitutto.

(Era mejo si restavi a Roma.)

Senza sfumature, né trasparenze. Neppure troppo leggero. Piuttosto indiscutibile. Perimetrato.

(Ma ch'era, 'n campo de carcio?)

Poi il movimento di Giuseppe, semisdraiato a terra, vicino alla Madonna.

(Ronfàveno.)

Il viaggio dei genitori col prezioso bambinello stava per concludersi.

(A santa famija.)

La sosta sul greto del fiume annunciava uno stop definitivo. Il neonato era una testa poggiata sul mantello della giovane madre. L'asino pareva la cosa più viva, con le orecchie diritte a sentenziare una speranza.

(Er somaro.)
Le nuvole all'orizzonte davano l'idea di un vapore.
(A Quirì, tu' nipote 'o devi da fà ricoverà. Però io te porterebbi a scòla da lui. Guàrdeli, 'sti regazzini, e dimme si nun te fanno pena. Da 'ndo vengheno 'o sapemo, ma 'ndo vanno?)
Uno in Australia seguendo un amore. L'altro in Canada cercando lavoro. Numerosi in Inghilterra. Sono passati da te come fulmini improvvisi. Grandinate inaspettate. Tempeste che durano un pomeriggio.
('Na botta e via!)
Nuovi ragazzi hanno preso il loro posto. Adolescenze in transito. Nelle suole conservano la sabbia del deserto. Nella pelle il sale del Mediterraneo. Li registrate sapendo che domani potrebbero non esserci più. Cosa trattengono di ciò che vedono?
('N'anticchia.)
E soprattutto: cosa gli sfugge? Ti sei preso la briga di annotarlo tu.
(E mo' voresti scrive quello che loro nun hanno visto?)
L'edificio dell'Assemblea nazionale di Louis Khan a Dacca, dove Rashedur girava in bicicletta.
(Te sta a ripijà, professo'?)
L'ospedale Ayub. Cubi di cemento nelle acque stagnanti. L'impero romano in Oriente. Estati meravigliose fra le rocce del Pamir. Tazzine di caffè con il manico scheggiato in un locale alla periferia di Teheran.
('Namo, daje sotto!)
Vetri zigrinati a Trebisonda sulle rive del Mar Nero dove gli uccelli spiccano il volo verso le pianure siberiane. Vecchi cerchioni arrugginiti in un quartiere di Ankara. Gli hamburger coi cetrioli sulle panchine di chissà quale villaggio greco.
(Ma che ne sanno, questi?)
Tutto perduto. Tutto sprecato.
(Da buttà ar cesso.)
Indossano T-shirt troppo corte senza pensare al rapporto lirico fra i loro occhi verdi e la scritta The North Face.

(Su' madre stava a ffà li servizzi lì vicino.)
Capitolo quattro: la vita di fra Cristoforo prima che si fa-
sse frate.
(È rientrata. 'Na donnetta quarsiasi. E me sò presentato.)
Capitolo cinque: fra Cristoforo decide di recarsi diretta-
ente da don Rodrigo.
(M'ha fatto: sei tu er fidanzato de mi' fija?)
Capitolo sei: scontro fra due uomini passionali.
(J'ho detto: vorei esselo!)
Capitolo sette: don Rodrigo ordina al Griso di rapire Lucia.
(E lei me risponne: a regazzi', ma che te credi d'avé tro-
ato, er luna parke?)
Capitolo otto: la notte delle sorprese che termina con la
ıga di Lucia...
(Dentro de me ho penzato: cominciamo bbene!)
Al solito, non ti bastava.
(Te pareva.)
Sei andato a Lecco sui luoghi manzoniani. Le due presun-
e case di Lucia. Le chiese di don Abbondio. Acquate e Ola-
e: ecco le coordinate precise. Il palazzotto di don Rodrigo,
n via allo Zucco. Il castello dell'Innominato, in via don Se-
afino Morazzone, a Vercurago.
(Ma che nnomi sò?)
Ti sei fatto condurre fino al Bione, il punto preciso dove,
secondo la tradizione, Lucia è partita salendo su una bar-
chetta il cui modello a cerchi con una copertura in tela da
allora porta il suo nome. «Addio, monti sorgenti dall'ac-
que, ed elevati al cielo; cime inuguali, note a chi è cresciu-
to tra voi, e impresse nella sua mente, non meno che lo sia
l'aspetto de' suoi più familiari...»
(Daje professo', tira fòri li muscoli!)
Hai camminato lungo l'argine fluviale da piazza Era, che
non è il tuo nome spezzato, coi muricciolі oscurati dalle auto
in sosta, fino al cippo commemorativo. Sei sceso sul greto
del fiume sillabando il testo del grande romanzo.



(Chi 'e considera 'ste cose?)

Credi che io fossi molto diversa da loro? Per me Roma, rispetto al paese da cui provenivo, poteva anche essere Persepoli. Nessuno dei tuoi piccoli afghani ha visto il sole scendere come un lampione elettrico dietro alla Giudecca la sera in cui arrivarono.

(Mo', a vedelli che studieno, nun te pare vero.)

Quando giunsi nella capitale, sapevo a malapena compitare il mio nome. A pensarci adesso, ero abbastanza simile a Qara.

(Hai detto bene.)

Alloggia in una comunità di fanciulle smarrite dalle parti della stazione Termini.

(Ho capito 'ndo sta.)

La sua scontrosa ritrosia potrebbe rivelare segreti a chi sapesse leggerla. Così come il modo in cui ti guarda se la chiami per nome. Le suore dicono di prendersi cura di lei, ma in realtà è come se questa giovane profuga legittimasse la loro rendita a vita.

('Ste monachelle!)

Scusa la mia durezza, ma dipende dalle esperienze che ho avuto.

(Vacce sciorta!)

Sono cresciuta in un cortile ciociaro, nel freddo e nel fango.

(Lì sò tutti lazziali.)

Costretta a difendermi sin da bambina.

(E te credo! Si eri bbona come te penzo, dovevi scaccià 'e mosche.)

Senza affetti, senza carezze. Sono sempre andata a servizio. Ecco da dove vieni, attraverso di me, anche tu. Dai servi della gleba. Dai mugiki.

(Da'e fogne.)

Alcune cose, fra quelle che mi hanno toccato, sono arrivate fino a te. Anzi, uno potrebbe dire che la tua decisione di scrivere sia dipesa da me.

(Nun esageramo...)

Tutto comincia agli inizi del ventesimo secolo, a Roma, in Prati, quartiere borghese costruito dai piemontesi. Abitavo lì in affitto con un paio di amiche. Eravamo povere, per di più donne.

(Ve s'acchiappaveno.)

Mi aggrappai alla ringhiera per evitare di essere travolta. Cercavo un perno di sostegno. Chi, se non un uomo ricco?

(Semo arivati ar punto.)

Uno che avrebbe potuto garantirmi la sicurezza di cui avevo bisogno. Tuo padre e tua zia furono il frutto di questa deliberazione.

(Quirina, Quirina, eri popio 'na birichina!)

Non dico che rappresentarono incidenti di percorso. Ma certo, se avessi avuto un'altra storia, forse loro non sarebbero nati. Per conseguenza non saresti venuto al mondo nemmeno tu.

(E qui t'ha dato 'a mazzata.)

La mia famiglia era smembrata, proprio come quelle dei tuoi studenti. Non potevo più voltarmi indietro. Davanti non trovavo nessuno. Capisci cosa significa?

(Ce provamo.)

No, uno come te può soltanto supporlo. Non te ne puoi rendere conto sino in fondo. È proprio questa consapevolezza d'insufficienza che ti spinge a partire.

(Fai rombà er motore e daje gasse.)

Anche se saresti il primo a contestare la validità oggettiva delle fonti alle quali ricorri.

(A professo', e falla parlà come magnava!)

Prendiamo un esempio specifico, relativo al mio caso.

(Vedemo 'n po'.)

Che poi s'identifica con il loro. Intendo Qurbani, Quazim, Qefli. Gente che viene da lontano e si porta dietro la solitudine atavica di chi li precede. Appena arrivati in Italia. Spersi, stranieri a se stessi, com'ero io cent'anni fa.



(Ar capolinea de Castro Pretorio.)

Una valigia, due vestitini di ricambio.

('Na madonnina, ve'?)

Avevi letto i *Promessi Sposi*.

(E mo' che c'entra?)

Prima da solo, poi in classe. Al tempo in cu
cora possibile, quando la gioventù del nostr
reva essere caduta a terra come un lampada

(Sarei io er frantume?)

Conservi le schede scritte a mano dei vari

(Le sequenze, ancora quelle. Nooo, te preg

Valle a riprendere e leggile a voce alta. Av
tennare. Te lo chiedo in modo ufficiale.

(Nun te pòi rifiutà...)

Devi raccogliere le briciole sul paviment
le mie spoglie.

(J'ha preso brutto.)

Apri la cartellina screpolata del registro Bu
lo 7748. Sunti di filologia moderna.

(Tu' nonna è peggio de te.)

Cerca bene. Ecco, gli appunti sono lì. Foglie
ti. Petali rinsecchiti.

('Namo, professo'.)

Introduzione: l'Autore finge di aver desunto
manoscritto di un romanzo seicentesco.

(L'artro giorno sò annato a casa de Luana.)

Capitolo uno: don Abbondio incontra i b
Rodrigo.

(Abbita ar Trullo.)

Capitolo due: dopo una notte inquieta il parr
Renzo e cerca di prendere tempo.

(Su' padre nun c'era perché stava a lavorà a li

Capitolo tre: Lucia racconta al fidanzato e
Agnese che giorni addietro, tornando dalla filan
ta importunata da don Rodrigo e un suo amico.

(Ce l'avevi tutto na'a capoccia, ve'?)

Dove, proviamo a dirlo disinteressandoci della retorica, batte il cuore del sentimento italiano.

(Dillo tu, che a mme me viè da ride.)

«Torrenti, de' quali distingue lo scroscio, come il suono delle voci domestiche; ville sparse e biancheggianti sul pendio, come branchi di pecore pascenti; addio!»

(Te c'ammazzi co' 'sta robba.)

I monti erano avvolti dalla foschia, non potevi vederli, ma l'Adda era vivo, palpitante.

(Er fiumicello.)

«Quanto è tristo il passo di chi, cresciuto tra voi, se ne allontana!»

(To'o recitavi.)

Proprio nell'istante in cui stavi enunciando il tema delle radici spezzate, come dire, il canto universale dell'emigrante, alzando lo sguardo oltre la pista ciclabile, cosa hai visto?

(E dimmelo, su! Nun me fà sta su 'e spine!)

Un centro di pronta accoglienza per richiedenti asilo!

(No, nun ce credo!)

Andateci anche voi a verificare la fonte: mio nipote non spara a salve!

(A Quirì, nun pijà d'aceto!)

Le tele cerate coprivano il recinto coi fili spinati. Prefabbricati dai quali uscivano ragazzi africani impegnati a lavarsi i panni.

(Se faceveno er bucato.)

Uno palleggiava da solo nella spianata. Un altro, appena ti ha notato, si è fermato a guardarti.

(Avrà pensato: ma chi è 'sto scemo?)

Fossi rimasto qualche secondo di più, chissà, magari ti sarebbe venuto incontro.

(Pe' datte 'na pigna 'n bocca.)

Ti avrebbe raccontato il suo addio ai monti.

(Magara.)

Manzoni cresceva dentro di te come una spuma profetica. «Alla fantasia di quello stesso che se ne parte volontariamente, tratto dalla speranza di fare altrove fortuna, si disabbelliscono, in quel momento, i sogni della ricchezza...»

(A Quirì, ma 'o senti questo?)

Un altro ancora stava spazzando per terra le foglie davanti al container.

(E bbravo!)

«Egli si maraviglia d'essersi potuto risolvere, e tornerebbe allora indietro, se non pensasse che, un giorno, tornerà dovizioso...»

(Dovizioso? Io co' 'sto nome ce conosco solo er pilota.)

La punteggiatura manzoniana tamburellava luminosa mentre i ragazzi, oltre lo steccato, si preparavano da mangiare, con le ciotole di riso, proprio come ricordavi di aver visto in Gambia.

(Er piattone 'n mezzo a tutta 'a famija.)

«Quanto più si avanza sul piano, il suo occhio si ritira, disgustato e stanco, da quell'ampiezza uniforme; l'aria gli par gravosa e morta; s'inoltra mesto e disattento nelle città tumultuose...»

(A campione!)

Inutilmente hai cercato un rapporto con loro, mettendo le dita sulla grata, come se fossero prigionieri o, peggio, animali.

(Si te pijano, te se fanno.)

«Le case aggiunte a case, le strade che sboccano nelle strade, pare che gli levino il respiro...»

(A morti de fame!)

Capito come mi sentivo anch'io?

(Pora cocchetta nostra.)

La città degli avi a me non diceva niente.

(E che te doveva da dì?)

Molti anni dopo sarebbe stato compito tuo ritrovare nell'erba cresciuta fra i monumenti la mia impronta.

(Sta tutto su 'e spalle tua, professo'.)

I condomini anonimi del quartiere Prati, dove abitavano le mie amiche, per me erano colossi di pietra.

(A marmottona! E nun esse triste!)

Ero sfasata, come Francisca quando le dissero che sarebbe dovuta tornata a casa dalla madre che l'aveva rifiutata. Come Irene il giorno che scoprì di essere incinta e fu costretta a prendere l'aereo diretto a Londra per abortire. Come Gina nel momento in cui si rese conto che il suo ragazzo la tradiva.

(Ahó, ma una normale nun ce l'avete, eh?)

Non sapevo se sarei stata accolta. Dove avrei passato la notte. Come avrei fatto a mantenermi. Mi trovavo nel vuoto. Quasi quasi, sarei tornata indietro. «E davanti agli edifici ammirati dallo straniero, pensa, con desiderio inquieto, al campiello del suo paese, alla casuccia a cui ha già messo gli occhi addosso, da gran tempo, tornando ricco a' suoi monti.»

(Mo' basta, professo'! Àmo passato er limite!)

Io non potevo fare nemmeno quello. Mi era vietata persino la nostalgia. Nel momento in cui conobbi tuo nonno, la mia strada s'illuminò.

(A granne, e chi sei?)

Fu solo un lampo. Dopo tornò il buio. Quando ebbi i due figli, divenni una reietta.

(Nun te se filava più nisuno.)

Lui mi dava i soldi, è vero, ma quale valore poteva avere la mia vita? Costretta a nascondermi insieme a loro. I miei unici tesori.

(Tu' padre e tu' zia, professo'?)

Non bastasse, mi ammalai lasciandoli presto da soli. Lo so che tu hai cercato la mia tomba, senza esito.

(Puro a Sgurgola sei annato.)

Nemmeno tuo padre sapeva dove fossi sepolta. Forse in una fossa comune.

(Ammucchiata 'n mezzo a tutti l'artri.)

Mi consegnò a te come un pacco postale che lui non aprì nemmeno. Non ne aveva la forza, né la possibilità. Per farlo avrebbe dovuto lacerare i suoi stessi tessuti. Il compito della tua vita è stato quello di scoprire cosa ci fosse dentro a quel pacco. Appena hai cercato di farlo, sono arrivati gli scolari. Querentin. Qush. Quinci. Come se le risposte che tu cercavi coincidessero con le domande che loro ti ponevano. Scrivere questo, anche soltanto pensarlo, significa mettersi sulla strada di Giuseppe.

(Aritornamo a Stoccarda?)

Prendersi cura dei figli altrui. Dare fiato alle trombe per annunciare i nomi che portano. Ritrovare nella loro vita la tua identità.

(E qui hai fatto er botto, Quirì.)

## ROSINA. *A fondo perduto*

*Rafikul Islam*
*Rahman Kishanur*
*Raissa Sechka*
*Rajib Khan*
*Rakib Molla*
*Ramadan Dayo*
*Ramona Mocanu*
*Razibul Babu*
*Redouane Fateh*
*Roland Premtay*

Lalìn, ven què, a son me! A t'arcord?

(Questa è l'artra nonna: 'a romagnola. Ahó, l'hai messe tutte 'nzieme, eh?)

Rakib non ce la fa a stare fermo nel suo banco. Scalpita, rumoreggia, sbadiglia, si distrae. Danza al ritmo della musica che ascolta dalle cuffiette. Si appoggia alla parete come una mina vagante.

(Me paro io all'ora de diritto!)

Entra nelle aule per salutare gli amici. Irrequieti, fragorosi, istintivi. Hanno attraversato il Mediterraneo sulla stessa barca, rischiando di morire. Redouane ride, gioca, scherza, alza la voce. Ha la maglietta sporca, un grosso neo sulla guancia, i capelli crespi, l'aria tesa.

('Na maschera.)

Lo tiri via dal gruppo quasi fosse un gatto, afferrandolo per il collo. Senti la pelle attaccata alla nuca come una medusa. Non è sufficiente. Subito torna indietro richiamato da una potenza oscura.

(T'ariparte.)

Allora lo fissi con tutta l'energia di cui disponi. Ci metti dentro il cuore nero che sentivi battere nel petto alla sua età. I brividi della tua gioventù.

(A professo', che te stai a 'mbruttì?)

La carica dei cento cavalleggeri lanciati al galoppo su una gigantesca lastra di ghiaccio che si potrebbe rompere da un momento all'altro. Significa anche questo essere un insegnante. Una guardia di giovinezze in transito.

(Quanno c'hai 'na carica dentro ar còre.)

Nessuno di noi è soltanto se stesso.

(Manco io?)

Ogni nostro gesto modifica la tradizione di cui siamo il frutto. Lui ti fa segno di aver capito.

(Ha messo 'a testa a posto.)

È difficile per me ritrovare nel tuo sguardo di oggi la smorfia del bambino che, ancora semiaddormentato, veniva a salutarmi in cucina. Eravamo da soli, io e te. Come non siamo mai più stati.

(Tu e tu' nonna.)

Per farti lo zabaione, ti mandavo giù nell'orto. Scendevi di corsa i tre piani della vecchia casa popolare uscendo dalla porta sul retro. Ti vedevo dall'alto, mentre restavi attaccato alla ringhiera per accorciare il percorso.

(C'avevi 'na fame che te volevi magnà li tavolini.)

Attraversavi lo sterrato dove mio genero aveva costruito il garage. T'infilavi nel capanno. Passavi vicino al fico. Aprivi il cancelletto. Scansavi le galline che ti facevano spazio saltando rigidamente più in là.

(Je mancaveno 'e sospensioni.)

Entravi nel buco di cocci e fogliame. Solo a quel punto rallentavi, accorto, silenzioso, furtivo. Afferravi l'uovo in mezzo alla paglia come fosse un gioiello e me lo portavi su con un sorriso che non ho dimenticato.

('Mazza quant'era bbono, eh?)

L'altro giorno, durante un incontro pubblico, Manuela si è avvicinata: voleva venire nella vostra scuola a fare la volontaria. Nemmeno diciott'anni.

(Ahó, me sa che 'na vorta te porto puro Luana!)

Dal paese in cui vive, dovrebbe prendere un autobus. Poi la metropolitana, quindi percorrere un tratto a piedi. Circa un'ora di viaggio. Dopo essere già stata in classe, al corso professionale dove studia da parrucchiera.

(E quanno te ce viè!)

Vive, insieme ai fratelli, con la madre separata. Mentre la guardavi, ripercorrevi il sentiero di tua nonna.

(C'ariannavi a palla.)

La sua pelle di pesca: alba di umanità, sole in crescita dietro la collina. I suoi occhi con lo splendore dei cristalli: ferite profonde da rimarginare. I suoi fianchi snodati: strappi che devono essere ricuciti.

(Mejo si nun dico gnente.)

C'ero anch'io nella bellezza crudele di quella ragazza. Tua nonna Rosina. Altrimenti non ti avrebbe colpito così tanto.

(A nonné, tu' nipote nun ma'a conta giusta.)

Ti chiamavo Lallo per farti il verso.

(Perché er nome tuo è difficile da dì!)

Ora le forze del tempo si agitano intorno a te. Sono tutti gli scolari che scalpitano.

(Penza che cagnara!)

Si lasciano dietro le cadute di chi li ha generati. Teste chine sugli esercizi. Occhi fissi, sguardi concentrati, pensieri in movimento. Gilda corregge le parole scritte in corsivo da Masud. Franco controlla Nabil. Andrea compone le parole con Ruslana. Cristina tiene a bada Sedu. Giorgio detta gli esercizi a Clara Maria. Avanzano i cavalloni.

(Cor mare mosso.)

Carmencita legge il testo per Kamal e sottolinea le preposizioni semplici. È una burrasca di buone intenzioni.

(Famme scappà che è mejo!)

Pia completa la frase di Ruslan con l'imperativo del verbo indicato fra parentesi. S'incendia il cielo.

(De prima matina.)

Sbagliando s'impara. Popoli attraversano la Terra.

(Ma 'ndo vanno?)

Elisabetta scrive sul quaderno di Kamrul gli infiniti dei verbi trovati nel brano precedente. Trema la pianura.

(Ariva er teremoto.)

Schiere di ragazzi si riposizionano. Lo fanno sulle sponde del Tevere, nel punto in cui il vecchio flusso piega lento verso la Magliana. Essere nato in questa città determina la forma in cui ti esprimi.

(Lo pòi dì forte!)

Tua madre mi chiamò a Roma per accudirti, visto che lei doveva lavorare in negozio e non poteva pagarsi una baby-sitter. Così potei vedere anch'io il Colosseo.

(Te sei rifatta l'occhi, nonné?)

Fu come se fossi rimasta in Romagna.

(Perché?)

Non avevo gli strumenti conoscitivi, diresti tu.

(Nun ce capivi 'na mazza.)

Stavi sempre in braccio a me, nel palazzo dietro alle Ferrovie Laziali.

('Ndo sei aritornato!)

I momenti trascorsi insieme osservando il cortile interno, con la biancheria stesa sui fili, i piccioni che sporcavano, il bollito da controllare, sono rimasti dentro di noi. Non li perderai più. Illumineranno la tua visione. Detteranno i tempi.

(Dichi?)

Dai finestroni del liceo ora guardi le tettoie di cartone sistemate sui greti dagli immigrati senza casa. Hagras sembra triste. Come andiamo oggi?

(Tutt'a pposto?)

Il sorriso che ne ricavi è la smorfia dello sconfitto. Una medaglia nella pozza. Lui percepisce una disposizione inusitata al dialogo, privo di sottintesi.

('O vede che je vòi bbene.)

Halina si tiene la testa fra le mani, impegnata a scoprire gli innumerevoli usi del verbo "passare".

(Aricominciamo.)

Scusi, mi fa passare? Mio figlio quest'anno passa in terza media. Mi è passato di mente! Questo vestito non è il massimo, ma può passare. Mi passi quel libro per piacere? Irina, accanto a lei, prosegue nello scrutinio. Cosa ti passa per la testa? Ti è passato il mal di testa? Tra me e mio fratello ci passano solo due anni. Passato il semaforo, gira a destra. Sono passata da casa tua stamattina, ma tu non c'eri.

(Canta che te passa: e pijate puro questa!)

Entrambe moldave, fanno le badanti a sette euro all'ora. Senza contributi. Comprano i vestiti alle bancarelle dei bengalesi. Come me, prima della guerra, quando mi portavano alla fiera di Castel Bolognese. Vecchi mondi slavi di carovane rovesciate incrociano file di mercanti accampati lungo rigagnoli pieni di mosche ronzanti.

(Ma 'ndo l'hai presa 'sta robba?)

Le ragazze provano gli stivali sulla strada mettendo i piedi a terra. Magre, esili, slanciate, sembrano modelle. Torneranno nei loro villaggi sul fiume o resteranno qui con voi?

(Che te stai a 'nventà? 'O sai d'andranno 'ste du' regazzine? Sur marciapiede.)

La storia è sempre la stessa. Io ero quasi analfabeta.

(A professo', ma co' 'sta famija che c'avevi, come te sei ripijato?)

Quando ti sbucciavi un ginocchio, venivi da me a chiedere soccorso. Ti davo pane, burro e marmellata. Tu dicevi: nonna, dammi più burro e poca marmellata.

(Te volevi scofanà.)

Se mentre giocavi ti ferivi, mi toglievo la fede dal dito e facevo il segno di croce sul sangue appena raggrumato biascicando qualcosa che non capivi.

(E così te se guariva?)

La luce è una spada che filtra dai palazzi prospicienti trascinando fra i banchi della scuola la polvere dei terrazzi desolati, ruggine di balconi coi panni appesi ad asciugare.

(Me fai venì 'a cicagna.)
Hosny, hai ricevuto il permesso di soggiorno? Si fruga nelle tasche, ti mostra il foglietto stropicciato. Dove saranno i genitori di questo ragazzo, adesso?
('Ndovina 'n po'?)
Ammesso e non concesso che esistano. Che sappiano di lui. Che non lo abbiano abbandonato. Gettato via come una maglia usata. Catene spezzate, chiodi divelti, sassi lungo la scoscesa. I debitori non salderanno il conto. I colpevoli verranno assolti. I responsabili la faranno franca.
(Jo'o darebbi io 'n carcio 'n culo.)
Ero una povera donna che teneva intorno a sé i figli come monetine raccolte da terra.
(Ti'i nasconnevi dentro 'a parannanza.)
Mio marito stava sempre fuori. Spesso mi lasciava da sola. Quando è morto, non sapevo più come avrei fatto a mantenere tutti.
(Pora donna.)
Ahmed, cosa ti ha detto il tuo capo?
('Sto cojone.)
Risponde farfugliando. Come tua madre quando le chiedevano quale fosse il suo titolo di studio. Resti ancora a lavorare in pizzeria? La malinconia lo attanaglia. «Io facevo un lavoro, da tre sittimana nonce lovoro pero graziedio che sto beni force prossimo mesi comincia lavro, esperiamo.»
(Sarebbi questo l'italiano che je spieghi?)
I politici illustrano le statistiche. I sociologi interpretano dati. I pedagoghi partecipano ai convegni. Ma chi porterà alla luce il chinarsi sulle stoviglie sporche di questo ragazzo, quei movimenti ciechi dietro il bancone, nell'oscurità dei gesti automatici?
('Na medaja je devi dà.)
Tu e lui siete nella tempesta della Storia, come eravamo stati noi, mentre laggiù le acque continuano a scorrere in un magma di sabbia e trucioli.

(Però si vai avanti così, io ce ronfo.)

È una sensazione che hai sempre avvertito, sin dal tempo in cui giocavi a pallone di fronte alle rovine imperiali. I colpi di testa sullo sfondo delle arcate parevano decalcomanie. I passaggi smarcanti negli spazi liberi davanti agli antichi cornicioni sembravano vani.

(Nun te dà troppe arie, perché nun eri bbono a giocà a pallone!)

Da piccolo non riuscivi a interpretare l'acido che ti veniva su dal fondo. Inventasti un mondo all'interno del tuo corpo. Bambini polmoni. Bambini cervello. Bambini gastrici. Bambini cardiaci. Bambini muscolari.

(A professo', pure da pischelletto je davi sotto, eh?)

Schiere di soldatini addetti alla respirazione. Operai cerebrali specializzati nell'analisi logica. Ciurme di lavativi intestinali. Plotoni impegnati alla pompa idraulica. Avanguardie capaci di conquistare il dominio dei promontori più favorevoli. Senza rendertene conto, cercavi una struttura per sopravvivere.

(Te ce voleva 'n'ancora de sarvataggio!)

Tua madre era preoccupata.

(C'aveva raggione.)

Io la tranquillizzai. Seppur confusamente, intuivo che stavi alimentando qualcosa presente in te. Accendevi i fuochi.

(Facevi l'artifici.)

Stormi di gabbiani fiutano il mare. I rumeni accampati vicino alle fogne scacciano i topi.

(Questa l'hai scritta quanno stavi ar finestrone sur Tevere, ve'?)

Una donna esce dal buco scavato negli sterpi e getta l'immondizia lungo la scarpata. Alza lo sguardo verso l'altra sponda e ritorna nel tugurio dove ha trascorso la notte. C'è stato qualcuno che da piccola le ha accarezzato i capelli?

(Ma quanno mai!)

Rufus, com'è andata l'operazione agli occhi? Ti hanno consegnato le nuove lenti? «Se una persona che mi bene dica sempre porpio grazie del cuore.»

(Questo se penza de stà a scrive na'a lingua nostra.)

E tu, paladino ferito, cosa puoi fare?

(Pijate 'na camomilla.)

Come usare le armi di cui disponi ora che il fortino dove presti servizio risulta assediato?

(De che stai a parlà?)

In quale modo sventolerai le ultime bandiere?

(Ma quanno 'o vincemo 'sto scudetto?)

Scrivere, leggere, riflettere: è stato un semplice gioco?

('Na tarantella!)

La sfilata dei più valorosi?

(Usa er singolare.)

Anni trascorsi a sistemare le virgole, annotare le emozioni, sottolineare le idee. È stato vano?

(Che tte penzi, che te danno tutto a gratisse?)

Volenti o nolenti, dobbiamo accettarla.

(Cche?)

La nostra finitudine.

(Porcaccia 'a miseria.)

Senza starci a costruire chissà quali programmi. La pista è dissestata. Rovi spinosi, buche, avvallamenti, paludi.

(Zompa che te passa.)

Aspetta, Ruslan, prima che tu esca dobbiamo avvertire l'educatore, perché sei minorenne!

(Nun sei accompagnato.)

L'ebbrezza del futuro che filtra dal suo sguardo trepidante si trasforma in un allucinogeno.

('Sti regazzini t'hanno popio 'mbriacato.)

Avrai una compagna, dei figli, un mondo di sfrenate probabilità pronte a realizzarsi, oppure destinate a perdersi come girandole agli angoli delle strade. Potrai prendere il volo.

(A Nembo Kidde!)

O precipitare nel sottosuolo.

(De Vermicino.)
Aiutalo, Ripan, fagli spiccare il salto mortale sul tempo di là da venire.
(Nun sei l'amico suo?)
Ok, procediamo.
(Arifamo er giro.)
Controlla gli elenchi dei volontari. Aggiorna le fotocopie mancanti. Verifica se i vocabolari sono al loro posto. Registra le presenze. Avverti via mail le case famiglia. Comunica i rendiconti. Parla con il bidello. Smista gli studenti. Chiudi la porta dei bagni.
(A professo', ma quanto ve fanno lavorà?)
Rispondi al cellulare. Convoca l'assemblea. Individua il verbalista. Detta l'ordine del giorno. Accogli i profughi. Soccorri i bisognosi. Incoraggia i riottosi. Consola gli afflitti. Vogliamo andare avanti?
(Annamo, annamo.)
Dai da mangiare agli affamati. Dai da bere agli assetati. Vesti gli ignudi. Alloggia i pellegrini. Visita gli infermi. Seppellisci i morti. Ammonisci i peccatori. Perdona le offese. Sopporta pazientemente le persone moleste. Prega Dio per i vivi e per i morti.
(Nun t'engolfà troppo, però.)
Rosina, lo sai, ti starà sempre vicina. Idealmente ancora oggi ti guida. Come quando ti mandava a prendere l'uovo nell'orto.
(Te ce riempivi 'a panza.)
Insegna agli ignoranti. Saresti tu, Hod? La testa inclinata sulla spalla, il portamento sciolto del piccolo messaggero? Tu, Roman, coi capelli colorati di rosso? E tu, Roullah, magro come un chiodo, già quasi sulle impalcature edilizie dove ti troverai fra un paio di mesi?
(E a mme nun me ce metti?)
Ruby, vieni qui, monta in sella, accendi i motori. Giorgio sta dietro col monopattino. Si è allenato una settimana da-

vanti al Palazzo dei Congressi all'Eur. Sa fare i salti come quelli che si vedono in televisione.

(Questo so'o ritrovamo ar Centro ortopedico da'a Garbatella.)

Ti basta uno sguardo all'interno delle aule affollate coi docenti posti accanto agli studenti per capire se la macchina si è davvero accesa.

(Daje 'na spinta.)

È un bel quadro di esistenze in azione. Un boomerang d'umanità che prima o poi tornerà indietro. Se così non fosse, allora perfino io, povera donna, sarei stata soltanto un'illusione nei tuoi occhi accesi di bambino troppo sensibile per vivere sereno. Saremmo singhiozzi, colpi di tosse, febbri, capogiri, mal di testa, ansie, brividi, deliri.

(Vetri sfasciati.)

Vermi nelle scanalature. Mosche sullo sterco. Soli che si spengono smaglianti in fondo alla strada.

(La monnezza de Ponte Galeria.)

Profumi di tiglio, lungo il viale di Roccaporena, sulle tracce di Rita da Cascia. Che io veneravo di nascosto: lo scopristi una volta, trovando la sua medaglietta in un barattolo.

(A professo', puro a mi' nonna je piaceva appellasse a 'sta santa! Da paura, eh?)

Come se la nostra voglia di vivere fosse soltanto gas, carbonio, ossigeno, o chissà cosa.

(Perché, sinnò che sarebbi?)

Quasi fossimo spinti da una semplice energia cinetica.

(Annamo avanti co' 'a forza da'a disperazzione.)

Vuoi confutare tale convinzione. Tenere accesa la fiamma di una speranza pazza.

(Nun c'hai in mano gnente pe' dimostrallo.)

Soltanto grumi emotivi, emblemi di stile, medaglioni, ricordi, qualche spicciolo fuori corso.

(E questo è tutto quello che passa er convento?)

Ciao, Lalìn, ricordati di bere il caffelatte.

(Co' 'o zabajone.)

Tutto si perde, lo sai, ma tu non rinunciare a raccoglierlo. Quell'azione a fondo perduto che io ti insegnai. E' me basterdén. Credere in ciò che fai, senza pensare al risultato che potrai ottenere.

(Pe' me invece 'o spirito olimpico nun conta gnente. Si vinco sto bene. Si perdo me ce rode.)

## SESTO. *Il giro di pista*

*Saddam Matubber*
*Saiful Saif*
*Sajib Miah*
*Salah Sesey*
*Salen Ahmed*
*Salman Mohamed*
*Samuel Pereira*
*Sebastian Brahimaj*
*Silvester Saied*
*Svetlana Volk*

Sei tornato a misurare il tuo tempo sul giro di pista dopo una vita che non lo facevi.

(A professo', ma come te va?)

Da solo, in uno stadio amatoriale, alla periferia di Bologna.

(T'eri portato er cellulare, ve'? Vai su orologio, clicchi cronometro, spigni avvia e quanno taji er traguardo fai 'nterompi.)

La prima curva è niente.

(T'arimbarza.)

La seconda accende le lampadine.

(Te ce senti er frizzichino.)

La terza spezza le gambe.

(Mettete 'n ginocchio e prega.)

La quarta ti uccide con frecce che affondano nella carne viva. Uomini danzano nella notte per trascinarti giù nel pozzo.

(Morituri te salutant. Mori tu che io te saluto.)

The killer event.

(Sei annato a ripijà 'a pistola ch'avevi lassato pe' troppo tempo ner cassetto.)

Nel momento in cui hai preso atto del riscontro, le ragazze che, durante la tua corsa, saltellavano in fondo alla pista facendo stretching ti sono parse artificiali.

(De plastica.)

Lo scarto fra i tempi che vantavi da ragazzo e quello appena registrato era una soma troppo pesante per caricartela tutta sulle spalle.

(A professo', ma 'o sai o nu' 'o sai che nun sei più un regazzino?)

Anche a me dev'essere accaduta una cosa simile.

(Che séte, parenti?)

Con una differenza.

(Dimme quale.)

Io non sono riuscito ad accettarlo.

(Puro mi' padre, professo', è come voi. Avoja che je dico: a pà, ma 'o sai quant'anni c'hai? Quarantaaaaa! Sei arivato de cottura. Si nun stai attento, te se magnamo scotto. Gnente: da quo' orecchio nun ce sente. Se compra li carzoni come quelli che c'ho io. Se bbeve i cognacchini. S'empiastra 'a faccia de creme. Vo' continuà a córe su 'a pista vicino ar Tevere fino a che nun scoppa.)

Sono rimasto in trincea.

(Te ce sei popio arovinato.)

Da quel giorno le nostre strade si divisero.

(Ch'hai combinato?)

Ho dato in escandescenze.

(Hai sbroccato?)

Sono passato da un ricovero all'altro.

(Ecco perché t'hanno messo er camicione!)

Il risultato è sotto ai tuoi occhi.

(Te ce vedo brutto.)

Il mio nome è Sesto: quello che saresti potuto diventare anche tu.

(Io sò Ottavio, prima de tutto, e c'ho du' nummeri più de te! Ma che stamo a ffà, matematica?)

Ora che la considero dall'alto, in lontananza fra i vapori del tramonto, questa città di macerie e tubi metallici non mi fa più paura.

(Sei tu che ce fai paura a noi. Me pari sfasato!)

Ho perduto tutto quello che c'era da perdere: cos'altro potrebbero togliermi? Sono qui, nella posizione consueta: recluso dentro la cella di rigore, in stretto isolamento. E osservazione.

(A professo', dimme 'n po', puro 'sto fijo d'androcchia c'hai avuto come alunno? Nun pò esse, perché a guardallo me pare che c'ha l'anni tua. Parete gemelli. E allora chi è? 'N amico? Mio no de certo!)

Non fanno che spiare: chi per un motivo, chi per l'altro, ognuno vorrebbe parlarmi, scoprire perché l'ho ingannato.

(A vedette me viè 'a scacaccia. Stai tutto 'ngrugnito. Co' 'a faccia da pecoraro. Er naso rotto. 'Sto mezzo fregno de baffetto. Ma che te sò passati sopra cor montacarichi? Magnate er pollo cor brodino che t'hanno messo su'a seggiola.)

Ho preso in giro l'intera compagnia e loro credono che mi senta meglio, come liberato da un peso.

(A professo', questo te parla come si fosse marcantonio. Ma 'o vedi come stai messo, je vorei dì. Devi aringrazià si te stamo a sentì, perché l'artri t'avrebbero buttato de sotto. Anzi me sa che già se sò decisi, sinnò nun ce stavi ar manicomio.)

Sbagliano. Dopo aver fatto una cosa così si sta male.

(Vabbè, ma ch'hai combinato, scusa?)

Le voci, dal cortile sottostante, salgono sempre più stridule e confuse: «Piazza di Spagna, Colosseo, Pietralata!».

(E chi sarebbero mo' questi che alluccheno?)

E un altro ripete: «Quirinale, Gianicolo, Deposito Atac!».

(L'amichetti tua?)

Mischiano tutto.

(Se fanno er frullatino.)

Ai camici bianchi basterebbe un discorso, un breve ragionamento, un due per tre fa sei e archivierebbero la pratica.

(A loro sì, semo noi che nun se contentamo. Come hai fatto a diventà così cojone? C'hai preso 'a patente? C'hai dato l'esami?)

Gli altri, i miei poveri amici, Canotta e Mignolo, Serranda e Valvassino, Coniglio e America, riusciranno a scoprire la verità?

(Dijela tu 'a verità, vojo vedé che t'arisponneno!)

Chi potrà fare ordine nelle loro menti offuscate, distinguendo la Roma realmente vista da quella che io gli ho lasciato intendere?

(Ma che ne sai tu de Roma? 'Ndo l'hai portati? A vedé li monumenti?)

Uno come il sottoscritto, malato d'infinito, non poteva essere una guida turistica.

(Te ce voleva er tesserino!)

Così è accaduto quello che il direttore, sin dall'inizio, avrebbe dovuto prevedere. Invece di condurre i pazienti nel centro storico, mi fermavo in periferia.

(È lì che te casca tutto! Si ce nasci, na'a borgata, come ce sò nato io, te ce 'nchiodi. Te resta su'a pelle, nell'occhi, na'a voce, na'a panza. Pure ne l'ucello. Vòi vedé che tu sei quer matto da ricovero che sta tutto er giorno ner giardino da'a chiesa der Crocefisso? 'Na vorta t'àmo buttato li sassi su'a capoccia! C'era puro Romoletto che quanno t'ha visto s'è sganasciato.)

Entravo in un bar, bevevo una gazzosa, sfogliavo il "Corriere dello Sport", verificavo le formazioni, giocavo a biliardino con la persona che mi era stata affidata e poi tornavo indietro.

(Cioè, famme capì. Li dottori t'aveveno detto de portà li pazzienti 'n giro. Tutte l'hanno provate pe' datte 'na possibilità de recupero. E tu, 'nvece de ringrazialli, li parcheggiavi ar tavolino mentre te facevi er cicchetto? A comannà, ma che c'hai na'a capoccia? Li semi de zucca?)

Mi bastava questo per essere felice: in quale altro modo posso dirvelo?

(A professo', e che je vòi dì a 'sto poraccio? Io vorei sapé com'era da regazzino. È nato scemo o c'è diventato?)

Salgo sul letto di ferro e, nudo come un verme, grido: «Senatus Populusque Romanus!».

(E vvai!)

Gli infermieri lasciano correre, abituati a ben peggio.

(Daje, rega', annatelo a pijà!)

Sono sempre pronti a randellare chi esce dai binari.

(Ma tu nun ce sei mai entrato dentro a li binari.)

Forse hanno ragione.

(Ce pòi giurà.)

Non si può trattarci con le buone, noialtri.

(Te devono da bastonà pe' fatte mette giudizzio!)

A me avevano dato fiducia, e io guarda come li ho ricompensati: ho realizzato la truffa dell'anno!

(L'hai fatti secchi!)

«Pista d'Oro, piazza Dante, Caracalla!» «Sacrario delle Bandiere, Velodromo, Eur!»

(Che te stai a 'nventà? Questi sò li posti 'ndo semo annati noi. Come fai a sapello?)

Di nuovo le voci dei degenti mi sommergono.

(T'aricordi professo'? C'avevi detto: a rega', si state bboni ve porto su li gocarte! Ma no quelli da regazzini solo cor gasse e er freno. C'hanno pure 'a leva der cambio! E noi: daveeero? N'è che ce stai a buggerà? Capirai, semo tutti fissati co' li motori. Io si nun me controllo er carburatore armeno 'na vorta a'a settimana, si nun me pulisco 'e candele, si nun me vedo er colore de l'elettrodi, me sento male. Sbrocco. Sbarello. Zagajo. Poi ce semo annati co' l'autobbusse de Tivoli, senza pagà er bijetto. Quanno semo arivati, àmo trovato tutto sgarrupato, nun c'era nisuno. Vetri rotti. Pezzi de carta pe' tera. Foto zozze. Puro li preservativi co' 'a bolla floscia, usata. Checco è annato su'a pista a fà er matto. E noi stavamo a tornà a casa senza batte 'n chiodo. Allora tu c'hai fatto vedé 'e vasche d'acqua puzzolente d'ova marce pe' dacce armeno 'o zuccherino.)

Quando la finiranno?

(Oppure quell'artra vorta a piazza Dante 'ndo àmo visto

'e gallerie che stanno sotto tera. Romoletto so 'o semo quasi perzo perché a 'na certa j'è presa de scenne da solo. Voleva annà a vedé li mostri, così c'ha detto.)

Stanno laggiù a cuocersi sotto il sole come lucertole sul muro e si sgolano dalla mattina alla sera.

(E ar Sacrario de'e Bandiere? Puro lì semo stati. Gabriele ha fatto sonà 'a sirena perché è entrato dentro ar missile senza chiede er permesso. Er bidello pe' poco nun so'o faceva. Che tajo!)

Li ho toccati col ferro rovente.

(J'hai fatto male.)

La libertà gli è entrata nel sangue.

(Hanno sentito er dorce. E mo' come fai a recuperalli?)

«Direttore, mi senti? Non ci puoi fare più niente. Hai capito?»

('Sto matto! Questo si ffa così 'o mettono 'n punizzione. Je danno 'a camicia de forza. 'O legheno!)

Qualcuno si affaccia da sotto la porta per controllare.

(Sta' bbono che te chiameno 'a madama! A professo', dijelo puro te: a me manco me sente.)

Prende atto dei miei schiamazzi.

(Te basta vedette 'n faccia.)

E io li moltiplico.

«Ab urbe condita usque ad nos!»

(Nun t'encazzà, sinnò è peggio. 'Na vorta io a quello de tecnologia che me voleva fà lavorà cor tornio j'ho dato puro 'n cazzotto bello grosso. 'Na pignatta vera. Ma'a sentivo calla. Je sò partito da sotto cor gancio, come faccio sempre. Mo'o sò visto cadé pe' tera, pareva 'n pupazzo. È successo 'n casino! Sò dovuto annà dar preside. Hanno chiamato li ggenitori. Mi' madre stava ar bare a lavorà, nun poteva venì. E cche to'o dico a ffà? Mi' padre ha staccato co' li pesi da trenta chili che stava a ffà e s'è scapicollato. 'Nvece de carmà li bollori, ar professore je voleva menà puro lui. Si mi' fijo te n'ha data una de brocca, io te n'ammollo 'n'artra, capito paciocco'? Così j'ha detto. Quello s'e è fatta 'n mano. Sò arivate 'e guardie. E lui nun aretrava. Pareva avvelenato. Io sotto sotto ce godevo, primo perché me piaceva er macello che stavamo a organizzà, me c'esartavo, seconno perché avevo capito che 'o stava a fà puro pe' me. Magara sbajava, come ar solito suo, però me ce teneva. E comunque madama è sempre madama.)

Procedono oltre, sbattendo i manganelli contro i muri.

(A 'nfami, brutti zozzi, si mme passi sotto, te smonto. Te massacro. Te sbarajo. Te sconocchio.)

«Il professore s'è svegliato. Forza Lupi!»

(Ahó, se chiama come a tte? Ma n'è ch'è 'na controfigura? To'o sei aritrovato ar cinema?)

Mi prendono in giro perché tifo giallorosso.

(E tu pisciaje 'n testa!)

Intanto lei, la mia città, distesa fra il mare e i primi contrafforti appenninici, continua a lampeggiare come una Supercortemaggiore accesa, brulicante di azioni incomprese, sottaciute, mandate al macero una frazione di secondo dopo essere state concluse.

(Ahó, nun è che sto a scherzà, eh! Da come questo parla davero potrebbi esse puro te.)

Il giorno prima della partenza istruivo il malato di turno spiegandogli i monumenti, le chiese, le fontane, le scalinate, i musei, insomma la cartolina illustrata che avevo mostrato anche ai dottori.

(T'aveveno ricoverato e te se voleveno fà.)

Poi però, di fronte alla luce di Roma, restavo abbagliato, non ci capivo più niente.

(Ma perché, prima che ce capivi?)

Appena possibile, scendevo dall'autobus. I mentecatti mi venivano dietro.

(Sinnò 'ndo annaveno a ffà danni?)

Abboccavano subito.

(A cucciolotti, pernacchioni, fringuelloni, venite qua che ve damo 'a lista da'a spesa.)

Quatti quatti, sui muretti di San Basilio, imparavano tutto a memoria.

«Villa Borghese, Fori Imperiali, Ponte Mammolo!» «San Giovanni, Rebibbia, Santa Maria Maggiore!»

(A lezioncina tua.)

Ora urlano esaltati. Hanno studiato.

(L'hai istruiti come se deve.)

Ma chi gli assegnerà i voti?

(Fate 'n po' voi. Basta che ve sbrigate.)

Chi giudicherà me, soprattutto?

(Questo è er probblema de li probblemi. Er tema capitale. Che te penzi che, quanno ha da esse, speramo l'anno der mai, te se presentano davero Babbo Natale co' San Pietro a ffatte fà 'e penitenze e li rosari, come diceva mi' nonna?)

Cerco di alzare il busto per vedere cosa succede.

(A professo', t'aricordi Michelino? Er soggetto da'a seconda B. Questo me pare come lui. 'O pijevamo tutti pe'r culo. Ma tu te ce mettevi 'n mezzo, come si volevi difennelo. N'è che puro tu vai a finì a'o sfascio come 'sto campione?)

Resto bloccato nella camicia di forza.

(Ce dovevi penzà prima de fa er casino.)

Sento i gridi ritmati e percussivi.

(Dateje 'a morfina.)

Ogni tanto mi pare di avvertire qualche colpo secco, forse bastonate contro i più facinorosi, gli emotivi.

(Da solo nun te regge 'a pompa.)

«Lasciateli stare! È tutta colpa mia. Sapete dove li ho sguinzagliati? A Valvassino ho fatto fare un giro sui go-kart della Pista d'Oro. Coniglio l'ho portato a Monte Gennaro. America, visto che l'hanno soprannominato così, voleva conoscere New York: a lui ho mostrato il laghetto dell'Eur.»

(Capace che j'hai puro comprato er gelatino da Giolitti!)

«Monte Mario, piazza Mazzini, via Trionfale!» «Tiburtino III, Guidonia, Villalba!»

(S'è 'mparato 'o stradario?)

State zitti, anche voi. Avete spifferato tutto.

(A spioni! Ma che nu' 'o sapevi che nun te dovevi fidà?)

Sono rovinato.

(Mo' l'hai capito. Quanno sei arivato ar capolinea.)

Rischio grosso.

(Guarda che stamo tutti come te. Vero professo'? Come se dice? Mar comune, mezzo claudio?)

Alle prime uscite gli amministratori della clinica erano contenti. Avrebbero voluto farmi un monumento.

(Sì, vabbè.)

Scoperto l'imbroglio, mi hanno riportato qui, nel reclusorio.

(Ar manicomio.)

«Ro-ma! Ro-ma!» «Ro-ma! Ro-ma!»

(Sei popio rintronato.)

«Ma di quale Roma andate farneticando? Che razza di idea vi siete messi in testa? Mignolo, tu che ti agiti tanto, credi di aver visto la capitale dell'Impero? Ti ho portato solo al centro commerciale di Lunghezza, fra gli svincoli autostradali e i nuovi cantieri. Ricordi quanto correvi dietro ai carrelli? Non ti pareva vero di poter arraffare tutti quei Buondì Motta! Te li sei sbafati sulla poltrona del centro Apple coi bambini che ti fissavano incantati. E tu, Serranda, non penserai di essere stato sul serio ai Musei Vaticani, come abbiamo detto agli psichiatri! Io con te mi sono limitato a fare il giro del Colle Oppio. E basta!»

(Tu penza che s'è 'nventato 'sto rincojonito! Ecco perché l'àmo visto lì, come tutti l'artri che te sò venuti sotto pe' fasse mette 'a presenza sur registro. Che poi a che je serve? Tanto mica je dai er diploma.)

«Ti sei calmato, professore? Su, alza le braccia, che ti sciogliamo. Hai fame? Vuoi mangiare qualcosa?» Eccoli qui, i nerboruti. È il solito gruppetto d'infermieri, pazienti e dottori. In mezzo c'è anche Valvassino che, stupefatto, mi contempla con attenzione, quasi vedesse per la prima volta la mia testa pelata.

(A Sesto! Io te darebbe 'n sacco de botte. Ma dico: nu' 'o sai che er monno è fatto strano?)

«Tranquilli, tanto non vincerete mai niente. Siete soltanto laziali, latini d'accatto e riporto, schiavi dei senatori.»

(Me pari tu, professo', quanno ta'a giochi co' Fabrizzio er cravattaro, co' 'a borchia de l'aquila ner portachiavi de casa.)

«Romanista schifoso; visto che insisti, ti lascio legato tutto il pomeriggio.»

(Se sò dichiarati.)

In due hanno la meglio. Mi placcano come piloni avversari in una mischia da rugby. Intrecciano i loro nodi scorsoi. Scalpito, sbavo, imposto la recita. «Tu quoque, Brute, fili mi?»

(Che sceneggiata!)

Il laureato tiene la siringa a mezz'aria. Gli scagnozzi acclamano. Qualcuno chiederà la misericordia per noi.

(Portame tu' sorella!)

«Dormi, professore. Pensa al prossimo derby.»

(Che ne pijate quattro.)

E mentre loro se ne vanno, io, prima di sprofondare di nuovo nel sonno, torno a guardare, fra le sbarre, il ritaglio della città lontana, quella scheggia di luce sempre più fioca, con i miei occhi di pachiderma a riposo.

(Fatte 'n artro sonno.)

## TAREQ. *Per orgoglio del compito*

*Tao Ling*
*Taras Woytyuk*
*Taslim Huda*
*Tatiana Trifilenko*
*Teresa Costin*
*Tipu Sultan*
*Tofazzol Hossain*
*Tomasz Mazur*
*Trawally Alle*
*Tusher Ali*

Cosa fare tu in Gardesgatan 14, davanti casa di Giò Ponti? I-sti-tu-to I-ta-lia-no di Cul-tu-ra. Stoc-col-ma. Vòi palare co' fatasme? Tento quelo chiedi, ragazo. Dèi scoltano. Cordi me? Tareq!

(A Tarè, appena te sento, già nun t'areggo!)

Il cielo fa pensare a un vetro azzurro talmente sottile che potrebbe spezzarsi da un momento all'altro, ma la terra è bianca. Nei giorni scorsi la tempesta ha investito il feudo vichingo. L'aeroporto di Arlanda è stato bloccato. Hai rischiato di non poter atterrare. Ora gli alberi senza foglie coi rami come ventagli rotti sembrano reduci sopravvissuti a una grande battaglia.

(A Castel Fusano dopo 'n incendio è 'a stessa cosa.)

Guardali: veterani del ghiaccio e della brina, sarebbero pronti a fronteggiare ogni bufera. Sei stato tu a dirmi che la bellezza ti fa star male. Di fronte allo spettacolo offerto dagli elementi naturali, uno si chiede: e adesso cosa dobbiamo fare?

(M'aricordo 'na vorta ar centro commerciale de Roma Est, c'ereno certe regazzine che te faceveno sballà, io nun sapevo 'ndo mette 'e mani.)

Tu no credi, eppure un firmamento così brillante io l'ho già visto da bambino sui monti di Chaghcharan, in Afghanistan.

(Eri troppo pischello pe' rennete conto.)

Quando i talebani uccisero i miei genitori, scappai per sempre da quella terra dove oggi non ho più nessuno.

(A professo', 'o so che mo' nun c'entra gnente, ma te volevo ariparlà de Luana.)

Rifeci il viaggio di Marco Polo, all'incontrario. Tua spresione! Avanzavo come un mentecatto insieme agli amici, in mezzo ai nemici. Con la forza di chi vuole a ogni costo sopravvivere. Altri miei coetanei in Occidente avevano il problema della paghetta.

('Sti fighetti.)

Io perdi sangue!

(E c'hai raggione!)

Dammi la forza. Fa diventare me come dulto.

(Durto? Se dice adurto!)

Ricordi il giorno in cui andammo insieme in una scuola di Gubbio?

(S'aricorda, s'aricorda!)

Mi portavi in giro a fare le conferenze.

(A me no!)

Prima parlavi tu, poi io.

(Quanno j'ariccontavi li fatti tua, le regazze piagneveno.)

Ti stavo accanto cercando di capire dove mi avresti condotto.

(Ar cesso.)

Noi piccoli afghani, dopo aver rischiato di morire, siamo diventati marionette d'avanspettacolo.

(Ve se compreno.)

Mia casa non più Italia. È pianita Tera.

(Ahó e mica pòi continuà a parlà così. Che t'ha 'mparato er professore?)

Uomini e cani corrono verso Djurgarden nei sentieri scavati in mezzo alla neve. Li guardi incantato.

(Damme retta a mme, professo', comprate 'n dingo. E tiettelo ar fianco puro quanno scrivi.)

Ti piace osservare l'energia che scorre. Io non posso farlo. Sono costretto ad agire. Come se non avessi mai avuto altra scelta. Dove sarò adesso?

(Si nu lo sai tu!)

Mi cerchi dentro e fuori di te. Non sono passato invano.

(Ve séte marchiati a foco.)

Ai limiti di Ostermalm, nei pressi dei grandi parchi sullo sfondo della torre televisiva, vorresti ritrovare qualcosa di me. Se ci riuscissi, cosa mi diresti?

(Fiorin fiorello l'amore è bello se ce stai tu!)

Forse vorresti soltanto sapere se ce l'ho fatta. Laggiù, oltre quelle case, l'arcipelago si sta ghiacciando. Fra qualche giorno i bambini con gli occhi azzurri ci cammineranno sopra.

(Valli a riprenne sinnò ce sprofónneno.)

Una volta ti confidai che sarei andato nei paesi scandinavi a vedere il sole nero.

(Embè? Mica c'hai bisogno d'annà chissà dove! Basta che vieni 'a matina a Ponte Galeria quanno bruciano 'a monnezza. Te ce porto io!)

Mi dicesti che avrei fatto meglio ad approfondire lo studio della tua lingua, invece di doverne imparare subito un'altra.

(Hai capito, sì?)

Eppure sapevi che non ti avrei dato retta. Noi tagiki siamo nomadi.

(A professo', te stavo a ddì de Luana!)

Corsa qui, corsa là, sempre novo cibi, novi omini. Ci spostiamo nella tundra percorrendo enormi distanze insieme alle nostre famiglie. Piantiamo le tende per qualche giorno, facciamo un po' di sporco, poi ripartiamo.

(A zingarelli!)

Passi accanto alla chiesa inglese, superi il parco dei Nobel ed esci in Strandvagen che sta venendo buio.

(Così me piaci, professo': sempre de corsa, fino a' estremo!)

Svezia, o della gloria.

(Gnente gnente puro te ce stai a ffà er penzierino ar Nobbele?)

Ma di quali affermazioni stiamo parlando?
(A regazzi', abbassa er tono. Porta rispetto a chi è più granne de te!)
Il successo fa male all'essere umano.
(Lassa stà che 'n po' de sòrdi te serveno.)
Lo sfregia.
(Ce vorei esse io, sfreggiato a 'sta maniera! Sai quanti segni me faccio fà?)
Riesce a deturpare perfino i migliori. È alcol che provoca solo ebbrezza. Come se ti truccassi col pennarello.
(Davero? Mmmh.)
Cerchi di ricomporre l'immagine di me quando ci vedemmo la prima volta, pur sapendo che potrebbe essere cambiata, visto che sono già passati diversi anni.
(A professo', io Luana ma'a vojo sposà! E mo' to'o ho detto popio papale papale.)
Occhi sottili simili a fessure. Zigomi alti. Capelli lisci neri. Fra gli altri alunni, mi distinguevo.
(Ma s'eri 'n cesso?)
Io tropo diverso. Ti riportavo gli esercizi il giorno dopo che tu me li avevi assegnati. Nessun altro lo faceva.
(Noi manco 'a penna e er quaderno c'avevamo.)
Loro no bravi.
(Parla pe' te!)
Tu, invece di spazientirti, ti chinavi a raccogliere le biro che avevano gettato a terra. Quando, rialzandoti, gliele riconsegnavi, sentivo i brividi scorrere sulla pelle, anche se non te l'ho mai detto. Io beni te.
(Hai finito co' 'sto lecca lecca?)
Ti colpì il mio sguardo nel momento in cui ti chiedevo l'atlante.
(Ma lasselo perde questo! 'Nzomma, pe' fattela breve, l'artro giorno me sò portato Luana 'n palestra, dove ce stava mi' padre. Ja'a volevo fà conosce. Tanto pe' comincià a mette 'a tovaja sur tavolo prima de magnà.)

Il porto scintilla di navi, bandiere, oblò illuminati, guglie di chiese all'orizzonte. Bela Svezi.

(Mo' te regalo er corettore automatico!)

Dai uno sguardo al ristorante Boccone, proprio di fronte ai velieri, nella speranza di rivedermi.

(To'o do io er boccone, si nun te stai zitto.)

Ti dissi che, ovunque fossi andato, avrei sempre potuto fare il cameriere.

(È quello er posto tuo.)

Conosco un po' d'inglese, imparato dalle truppe di occupazione americane. How old are you, little boy? Io gentile. Viagio con piedi.

(Sì, vabbè...)

Me la sarei potuta cavare comunque.

(Nun pòi capì quanno se semo presentati na'a sala da'a attrezzi. C'ereno tutti 'sti matti carichi a palla. Mi' padre se stava a ffà 'e ripetute, là 'n mezzo. L'àmo preso ner pieno do'o sforzo co' 'e vene che je scoppiaveno dar collo. A schiuma na'a bocca. Je dico, a pà, questa è Luana! Lui s'ariarza, pija 'no strofinaccio e s'asciuga er sudore, respira grosso cor petto che je batte come 'n tamburo, me guarda prima a me, poi a lei, sta zitto quarche seconno e fa: embè? E io che nun sapevo più che ddì, tanto pe' faje 'a rima, je sparo: enbuca c'è! Luana è diventata rossa come 'n semaforo, voleva sprofonnà!)

Dai un'occhiata all'interno dei locali, vedi solo qualche bengalese che sparecchia i tavoli.

(Li bengalini nun se fermeno mai.)

Un gigante biondo dirige le operazioni. Al suo fianco una donna col volto dipinto sta parlando al cellulare. Indossa una calzamaglia strappata apposta per mostrare la pelle nuda.

(Sta' bbono che tu sei musurmano, nun pòi fà gnente.)

Ricordi, no? Quello che ti dicevo in classe. Per noi riuscire a vedere la caviglia di una ragazza era già tanto. Bomba dentro cuore.

(Devi arisisteee!)

Ti rimetti in marcia. Hai freddo ai piedi. Compri un paio di calzettoni da NK, in Hamngatan, nel grande magazzino più signorile della città. La commessa alla cassa ha i polsi tatuati.

(Puro mi' madre! 'Na vorta j'ho detto: ma che me significheno qu'i disegni? Me fa: sò indovinelli giapponesi. E io: che vonno dì? E lei: nun je l'ho chiesto ar tatuatore. E perché, faccio io? 'O sai che m'ha detto? Si 'o saprebbi, 'ndo sta 'a sorpresa?)

Osservando le giacche da uomo al secondo piano, ripensi alla cravatta di Ninetto Davoli accanto a Pasolini nella foto che hai visto nel corridoio dell'istituto poche ore fa. Col nodo grosso, come andava di moda negli anni Settanta. Il pischello sta al centro fra il suo maestro e un funzionario e li sbircia intimidito.

(Ma chi ereno?)

T'inoltri nella City saltando sulla neve sciolta accanto ai marciapiedi. Arrivi fino alla stazione centrale, intasata di gente. Tanti anni fa, quando per la prima volta venisti a Stoccolma, questo spazio di luce soffusa ti fece pensare a una pace conquistata coi denti, in stile svizzero.

(Io de svizzero c'ho er cortellino.)

In mia tera semper guera. Non si può essere feleci da soli.

('O voi 'n consijo? Pe' trovà 'n po' de compagnia, vai ar baretto sotto casa!)

Torni indietro in Drottninggatan, percorri i pontili, attraversi la città vecchia e sbuchi di fronte alla torre di Caterina, nell'intrico di cavalcavia in ristrutturazione. Il posto di Stoccolma che ti piace di più.

(Te fa penzà a'a tangenziale de Casal Bertone.)

Nei millenni l'uomo dev'essere stato irresistibilmente attirato da questo crocevia di isole, fra terra e mare, scambi e commerci. Una banda di ubriachi ti passa accanto come se fossi un pilone da scartare.

(Si t'attaccheno, tu parteje co' 'na capocciata. Ma poi datte subbito.)

Prosegui verso le navi da crociera ormeggiate sul fianco della banchina ed entri a Sodermalm.
(Quanto cammini, professo'!)
Chiedi di me all'ingresso della moschea ricavata da una centrale elettrica. Tareq. È il nome di una stella.
(Mejo me ce sento.)
Lo conoscete?
(Ma che ne sanno, questi?)
Il gelo ti penetra nelle ossa. Devi anche fare pipì, non sai dove.
(Reggi, m'ariccomanno!)
In Tjarhovsplan, seduto alla pensilina dell'autobus 71, noti un fioraio che sta sgomberando il banco di vendita. Sistema le piante negli appositi contenitori. Pulisce il piazzale. Lavora a testa bassa. Ogni tanto fa una pausa, alza lo sguardo, respira.
(Io dopo mezz'ora così 'o sai che te faccio?)
Dalla fisionomia pensi sia afghano. Tagiko. Loro hanno facia come legni con chiodi.
(Tipo 'a tua.)
La fronte è deturpata dalla foruncolosi.
(Come 'a mia quanno me magno er vasetto da'a Nutella.)
Entra nel caffè per usare la toilette. Beato lui che può farlo.
(A professo', 'nbocca puro te, no?)
Le ragazze lo conoscono, non gli dicono niente, forse c'è un tacito accordo fra di loro. Dopo pochi minuti esce rimettendosi i guanti e torna a sistemare i vasi in magazzino.
('O vedi? Pare rinato.)
Attraversi la strada e anche a lui domandi se per caso mi ha incrociato. Tu no fermi mai.
(Solo si je dai 'na martellata.)
Risponde senza problemi, quasi fosse abituato a dispensare informazioni simili. Ti consiglia di andare a Rinkeby, dove vive la maggioranza degli immigrati. Lo prendi in parola.
(Lassa perde, chi to'o fa ffà? Comunque te volevo dì che a'a

fine, dopo ave' 'nfrociato mi' padre, io e 'a mi' regazza semo annati puro da mi' madre a Rocca Priora. Quanno c'ha visti armeno c'ha salutati! A Luana je fa: che voi beve, regazzi'? E lei: 'na centrifuga cor kiviu e 'a curcuma. Ahó, je risponne, me sa che te sei sbajata, questo è 'n bare, no 'n'erboresteria!)

Il giorno dopo sali sulla metropolitana blu T10 che porta a Hjulsta, a nord di Stoccolma. Sulla banchina una gigantografia fotografica mostra una classe africana con un bambino che guarda l'obiettivo. Una scritta recita: *Med en penna, ett klassrum och en bra larare*. Immagini che la frase sia ricavata dal discorso alle Nazioni Unite pronunciato da Malala Yousafzai. Cambiare il mondo non è possibile. Cambiare la vita di un ragazzo sì.

(A professo', n'è che te stai a ffà troppe pippe mentali?)

Durante il viaggio ti viene in mente il finale di una poesia che Pierluigi Cappello ti ha dedicato:

«*Non per orgoglio del compito svolto*
*ma per orgoglio del compito*
*qualcosa rimane nel nostro dire*
*abbiamo inciso i nomi sul tronco folgorato,*
*siamo passati di lì.*»

Lui tuo amecco.

(Famme capì puro a mme.)

Non è importante il risultato che potrai ottenere, ma la decisione di accettare l'incarico che ti è stato affidato.

(Come quanno er mìstere te fa entrà 'n campo e pe' caricatte te dice 'nbocca dentro e nun te preoccupà de gnente.)

Il resto parla da solo. Quando andasti a trovare il poeta, costretto a vivere in carrozzina dopo un incidente di moto, a Tricesimo, in Friuli, notasti, appesa alla parete, una fionda afghana.

(A professo', occhio de lince, eh?)

Io cordo. Tu dici me... Da piccolo avevo usato una fionda così per colpire gli uccelli. Ami credere che quella conservata da Pierluigi potesse essere stata la mia.

(Nun t'allargà.)
Se per assurdo fosse vero, ora registrandolo potresti aver accarezzato una nervatura di questo nostro mondo. Come si tochi scarpe di Allah.
(Te possino!)
Scendi alla fermata e monti sulle scale mobili. Mentre risali fai la conta dei passeggeri. Sei l'unico bianco.
(Come sur tranvetto de Torpignattara.)
Appena fuori hai l'impressione di essere capitato in un'altra città. È sempre la stessa ma, oltre i leoni di marmo messi a guardia del mercato, cosa vedi?
(Ma ch'è, 'n cruciverba?)
Potrebbe essere Istanbul. Khartum. Addis Abeba. Mogadiscio.
(Mettece puro via Principe Amedeo, a Roma.)
Mia Kabul. Ci sono mucchietti di neve ai lati dei marciapiedi ghiacciati. Devi prestare attenzione a non scivolare.
(T'avevo detto, professo', pòrtate li stivali.)
Donne, coperte dal velo, entrano nei bazar a fare la spesa. Vorresti parlare con loro, chiedere a ognuna quale senso attribuisce alla sua vita. Ma una domanda del genere potresti farla soltanto nell'aula scolastica.
(Co' nnoi nun te ce vergogni.)
Negozi di abbigliamento espongono vestiti leggerissimi che sventolano nel gelo. Chi mai li indosserà? Tropo fredo. Le scuole sono ospitate negli hangar. In un istante cogli l'immagine dal finestrino: adolescenti incappucciati annoiati di fronte alla professoressa.
(Romole', saluta er professore. Faje vedé s'hai fatto li penzierini!)
La biblioteca sembra un fortino.
(Come quella de Corviale.)
À la Mode. Selam Shop. Sahal, Service Center.
(Questi scriveno come me.)
Bidoni dell'immondizia posti accanto agli edifici. Una

scuola verniciata di verde che sembra un giocattolo: Rinkebyskolan.

(Famme 'o spellinghe!)

Tenti di raggiungere a piedi Hallonbergen, l'altra stazione della metropolitana, poi rinunci. Corri per scaldarti.

(Famo futinghe, professo'?)

Mentre scatti in avanti, come sempre hai l'impressione di pregare.

(E che, 'o fai così?)

Passi accanto a campi di pallone innevati. Pensi a Zlatan Ibrahimović, cresciuto nel quartiere di Rosengard, a Malmö, con padre bosniaco e madre croata. «Si può togliere il ragazzo dal ghetto, ma non il ghetto dal ragazzo.» Fonte: *Io, Ibra*, traduzione di Carmen Giorgietti Cima.

('Sto libbro me l'hai regalato 'na vorta pe' famme legge, ma io dopo du' pagine l'ho buttato. Però nun te l'ho detto, sinnò t'offendevi.)

Bati cinque con me!

(E batteje 'sto cinque!)

Tu grande taliano.

(No comm'a te!)

Torni nel groviglio di case basse: ridotte atomiche. Il nostro quartiere modello. Ci regalano tutto: riscaldamento, istruzione, sanità, sport, trasporti, sussidio di disoccupazione. Ma restiamo isolati, lontani dagli altri. Tu non lo sopporti.

('O vedete quanto semo bravi? Basta che ve levate da'e palle. A professo', dimme 'na cosa: questo poi 'nd'è annato? In Italia no. In Svezia manco. Da le parti sua nemmeno. Allora? 'O vedi che faccio mejo io quanno te dico che nun te serve scallà li motori si poi nun te schiodi dar posto tuo?)

## ULLAH. *Fromboliere che spariglia*

*Uboldi Gianni*
*Udako Edit*
*Udama Lutolo*
*Udayan Mollah*
*Ugochi Cheops*
*Ulana Ayo*
*Ullah Ahmid*
*Ullah Faiz*
*Ur Rehman Khaliq*
*Uzuri Malik*

Bonjour professeur! Comment ça va? Est-ce-que tu te rappelle de moi? Je suis Ullah. Quello che giocava bene a pallone. Mi smarcavo come uno della Premier League.

(Me t'aricordo pur'io ar campetto da'a Città de' Regazzi quanno pe' corpì de testa sartavi più arto de tutti.)

J'étais du Mali. Adesso guardo coi tuoi occhi gli studenti che vengono da voi. Mischio il mio passato al loro presente, come stai facendo tu.

('N ber casino, ve'?)

Udayan è piccolo, tarchiato, coi bicipiti grossi, i capelli talmente lisci da sembrare metallici.

(Eccone 'n artro.)

Nel grande salone dove si tengono le lezioni questo bengalese sembra spaurito, forse perché non è più un ragazzino. Avverte il peso dell'età, come accadde al sottoscritto, con la differenza che io sapevo camuffarmi meglio fra i giovani. Lui ha superato i trent'anni. Paga quattrocento euro di affitto per una stanza dalle parti di Tor Marancia.

(Je poteva dì peggio.)

Come si sente? Ecco, pour le comprendre, nous devons commencer à partir de là. Com'era da bambino, vouz pouvez l'imaginer. Esiste un residuo di quel periodo. Forse il modo in cui alza le spalle. Oppure come tiene il broncio.

(Quanno 'o fa, te pare 'no zuccherino.)

Ora resta nell'angolo, in fondo alla sala, quasi temesse la presenza dei compagni. Superando la folla dei volontari, lo raggiungi. È stato questo, je peux le dire, il tuo mondo. Vôtre vie. Tempo scuola = tempo vita.

(Che rogna!)

Udayan doit apprendre à écrire. Riesce a farlo con estrema difficoltà, ma solo in stampatello. In corsivo le sue lettere si frantumano. Assomigliano a geroglifici. A stento decifra i cartelli stradali. Può capire Parking. Non "Divieto d'accesso". Taxi. Non "Passo carrabile". Autobus. Non "Obliterare il biglietto".

(Quello nu' 'o so manco io.)

Vive in un mondo fatto di insegne luminose che spesso non significano niente. *Carrefour aperto ventiquattr'ore su ventiquattro. Sanitari e ortopedia. Noi di notte.* Ai suoi occhi sono indicazioni incomprensibili. Informazioni destinate a non raggiungerlo mai.

(Scarabocchi.)

Ti piazzi di fronte a lui come se fosse un totem intorno a cui ruotano nubi di insetti.

(A Ladispoli 'na vorta c'ho visto 'n palo da'a luce elettrica: c'ereno 'n sacco de zanzare!)

Cosa ne ricavi? Je ne suis pas en mesure de comprendre tout le chemin, ma la sicurezza che dimostri, perfino se fosse una cosmetica, sarebbe comunque contagiosa.

(Cosmi che? Come er mìstere? Io c'avevo 'n amico rumeno che se chiamava Cosmin.)

Darebbe valore ai rapporti umani. Cela suffit pour moi. In Africa ho frequentato l'università. Francophone.

(Che te sei comprato? Er fono?)

Quando entrai nella tua classe, molti anni fa, all'inizio tu e i miei compagni avete pensato che fossi uguale agli altri. Il classico minorenne non accompagnato.

('O so, perché stavi 'n classe mia.)

Vi ho fatto credere che ero arrivato coi barconi a Lampedusa. Invece, pochi mesi prima, avevo fatto un regolare check-in da Bamako.

(A buggerone!)

Ero venuto in aereo, come un turista.

Udayan snocciola una storia dietro l'altra. La madre scomparsa ancora giovane a causa di una grave malattia.

(Mo' je presto du' cornetti portafortuna d'appiccicà ar muro de casa.)

I quattro fratelli, tutti emigrati in Europa. Uno in Italia. Il padre rimasto da solo nella periferia di Dacca in una baracca sul fiume.

(Tutto er monno è paese!)

Sur ce point, en particulier, enquêterait. Avresti bisogno di inquadrare questo presumibile anziano – magari ha la tua età – in un contesto preciso. Devi tappare i buchi. Fare di necessità virtù.

(Vòi sapé li particolari.)

Starà seduto al desco, la testa fra le mani, nella solitudine dei giorni vuoti con acqua, fango, barche a remi che accostano a riva.

(A professo', nun te ce sforzà troppo che dopo fai du' fatiche: una pe' caricatte, 'n'artra pe' sgonfiatte.)

Bambini, sacchi di verdura, cieli sporchi, travi di legno poste sulle pozzanghere per non sprofondare nella melma.

(Bbono, sta' bbono...)

Criminali, prostitute, missionari. Sono tutte illazioni. Des allégations.

(Sò ipotesi: dico bbene?)

Udayan racconta le sue passate esperienze in Kuwait come controllore di biglietti al cinema. Cela vous frappe. Sarà stata una multisala in prossimità del deserto?

(Ma che te frega? Nun è uguale?)

Polvere di notte. Sigarette accese durante le pause di lavoro.

(Puro quarche canna.)

A Dubai nelle cucine di un grande albergo. Avresti voluto aprire gli armadietti degli inservienti per rovistare nella chincaglieria delle loro anime.

(Quante n'ho prese de conchije a Nettuno! Da bambino me ce facevo 'e collanine.)

Cosa ci avresti trovato? Forse le stesse fotografie conservate negli smartphone dei tuoi studenti. Fidanzate che si mettono in posa sullo sfondo di antichi monumenti. Donne davanti ai fornelli. Gruppi di ragazzi che ridono.

(Se guardeno li video zozzi.)

In seguito Udayan ha lavorato alle Maldive dove faceva il pescatore. Dei resort sugli atolli oceanici non ha mai saputo niente. Non ha visto né belle signore che prendono il sole sulla spiaggia, né giovani che surfano sulle onde. Rimaneva tutto il giorno in barca a tirare su reti, raccogliere pesci, sistemarli negli appositi scomparti.

(Poro Cristo.)

Sonnecchiava sul tappetino in cabina. Non alzava mai la testa per guardarsi attorno.

(Nun c'aveva tempo.)

È giunto in Italia pagando seimila euro.

('Ndo l'ha trovati?)

Sostiene di averli guadagnati nello sceiccato.

(Tu dije de sì!)

Non spendeva niente. Abitava in un bugigattolo. Mangiava hamburger appoggiato sul muretto durante le pause. Mon dieu! Questo studente sarebbe un tesoro di apologhi, battute, descrizioni, frasi già pronte, solo da applicare al tessuto narrativo.

('Na mano santa.)

Dovrebbe trovare qualcuno in grado di entrare dentro il suo magazzino di ricambi. Frugare negli scaffali. Rovistare nei cassoni abbandonati che lui stesso non considera.

(A professo', datte 'na mossa!)

Se non lo fai tu, qualcun altro prenderà il tuo posto.

(Nun lo vedi come scatteno i leprotti?)

Perché resti così, fermo sui blocchi di partenza con le ginocchia a terra?

('Namo, faje vedé chi sei.)

Da ragazzo giocai nella nazionale di calcio del Mali.

(N'è che ce stai a racconta 'na balla?)

Réalisez-vous? Settore giovanile, ma pur sempre nazionale. A quel tempo ero forte davvero. Mi lanciavo in avanti dettando il passaggio come tu facevi con la lista dei verbi. Perfino Romoletto aveva imparato a restituirmi la sfera nel punto preciso che gli avevo indicato.

(A granne!)

Ero un centrocampista di contenimento. Rompevo gli equilibri.

(Dimo 'a verità: ce spaccavi 'e gambe.)

Recuperavo palloni. Andavo anche a rete.

(Me t'aricordo come 'n furmine de guera.)

I ragazzini coi quali ero schierato avevano gli occhi sgranati.

(Stavi dentro 'n'artra categoria.)

Quando facevo la bicicletta, trascinando il pallone oltre il mio avversario diretto, prima restavano sorpresi.

(Na'a bocca spalancata c'entraveno li moscerini.)

Poi dicevano che queste cose in Serie A non te le fanno fare. Invece io sono riuscito a realizzarle anche lì. Se non mi credi, clicca sui video che ci sono in rete.

(A professo', ma sta a ddì sur serio?)

Alla polizia italiana dichiarai quindici anni. L'appuntato mi guardò in faccia e, senza lasciar trapelare alcuna reazione, riportò l'età da me appena comunicata. Quanti ne avevo davvero? Su questo, lo sai, i miei nemici... Ils ont fait la fête. Si sono inventati di tutto e di più. Qualcuno ha messo in giro la voce che avessi perfino dei figli.

(Hai capito 'sto fregarolo!)

Io lo so che tu, quando mi correggesti il tema, intuisti il trucco. Certe frasi si possono scrivere soltanto dai venti in su. E poi nemmeno. Bisogna aver letto e... veçu. Proprio com'era successo a me. J'essayer de le cacher, ma ne recavo in viso i segni.

(A cascé, a mme m'hai popio rotto.)

Al momento della scrittura non sono riuscito a trattenermi. Proprio come quando scendo in campo. È stato più forte di me. Ho mostrato il fianco. E tu mi hai scoperto.

(T'ha sgamato.)

Però te lo sei tenuto per te. Merci, prof!

(Ma che te credevi, che te faceva l'infamata?)

Sapevi che noi in Africa non diamo molto peso ai dati anagrafici. Siete voi europei a essere fissati coi numeri. Volete dominare sulla natura. Marquer les limites.

(Mo' nun esageramo.)

Comunque io ne avevo almeno dieci di più, se vuoi saperlo, anche se non li dimostravo.

(Potevi esse mi' padre.)

Parevo un ragazzino, ma ero un uomo fatto. Mediano di spinta. Bertini, Furino, Benetti, Ancelotti: una volta fosti tu a farmi questi nomi che io nemmeno conoscevo.

(Er Ningia to'o sei scordato?)

Fromboliere che spariglia. Uomo di raccordo e cucitura.

(E vai dar sarto!)

Da piccolo mia nonna mi disse: sarai un campione.

(Mo'o diceva puro mi' nonna e guarda er risultato!)

Poi aggiunse: ogni anno, affinché ciò si avveri, catturerò un uccello e lo metterò in gabbia. Quando diventerai famoso, li farò tornare tutti in cielo.

(A me ar massimo me preparava 'a carbonara.)

Udayan pensava che avrebbe trovato una sistemazione migliore rispetto ai mestieri che poi ha realmente svolto. Venditore di fiori nei ristoranti. Quelli che ti danno fastidio esibendo il sorriso falso.

(Nun sai come fà pe' mannalli via.)

Pulitore di vetri al semaforo.

(Te basta daje cinquanta centesimi pe' levatteli de torno.)

Badante. Sai cosa vuol dire stare con un vecchio tutto il giorno? Prepararlo per la doccia. Pulirlo con la spugna. Assisterlo quando va al bagno.

(Nun entramo ne li dettaji.)

Tu sei un animale umano, come loro. Perché la maggioranza non lo vuole capire?

(C'è troppo da faticà.)

Vorresti sapere come fa a vivere. Non pas d'un point de vue économique: quello puoi capirlo facilmente. Nel fondo. Come ha potuto finora accettare la sua vita che dall'esterno sembra sciagurata, ma forse non lo è. Le stesse domande che un tempo rivolgevi a tuo padre quando andava a dormire dopo pranzo per svegliarsi due ore dopo (a papó, come ta'a senti? Calla?), adesso le poni a Udayan. Al tempo in cui scaricava le cassette di frutta ai mercati generali sulla via Ostiense, apriva gli occhi alle due di notte lavorando senza interruzioni fino alle quattro del pomeriggio.

(Che se pijava pe' resiste?)

Il principale lo pagava trenta euro al giorno. Contava le banconote leccandosi le dita per non rischiare di dargliene una in più.

('Sto micragnoso.)

Poi gliele porgeva. Noi non sappiamo cosa gli passava per la testa. Ce qu'il pensait. Chissà, magari avrebbe voluto che il ragazzo gli baciasse le mani in segno di ringraziamento.

(Se doveva inginocchià.)

«Lui no bono perché no studiato» dice oggi Udayan nel tentativo di scusarlo. «Moje brava, più bona, lei aiuta me» aggiunge pacato come un vecchio saggio. Provi a figurarti anche questa donna con la pelliccia e il rossetto che scivola oltre il perimetro delle labbra. Pensi alla madre di Udayan.

(Nun piagne, professo'.)

I camion provenienti dal contado arrivavano nello stabilimento in piena notte. C'erano luci al neon allineate sul soffitto che bruciavano gli occhi. Il faisait très froid.

(E mi' zio allora, che pulisce li cessi, che deve da dì?)

Un operaio montava sopra, l'altro restava a terra. La frutta veniva sistemata in colonne ad altezza d'uomo. Il giubbotto si tagliava, specie sulle spalle, dove il legno della cassetta premeva di più.

('O vedi che vor dì er lavoro? E pur'io 'o dovrebbi trovà, si nun vojo finì come mi' padre a fà li turni in palestra 'ndo je fanno spazzà pe' tera!)

La pelle delle mani alla fine era tutta screpolata. Udayan non poteva assentarsi neppure un minuto. Era costretto a orinare dentro un sacchetto che avrebbe potuto buttare solo a lavoro finito.

(Sinnò se pisciava addosso.)

Nel frattempo lo teneva nascosto sotto il sedile anteriore, in mezzo agli strofinacci sporchi.

(A professo', hai capito perché nun c'ho prescia de cercà lavoro?)

Un uomo solo nella notte sale sul camion, stando attento a non farsi vedere. Chiude la portiera. Si rannicchia sul posto accanto al conducente. Si slaccia i bottoni. Controlla che il liquido non fuoriesca. Respira grosso. Ha gli occhi gonfi di lacrime. Il pleure comme un bébé. Non lo sa nemmeno lui perché gli capita.

(Io 'o vorrebbe aiutà, ma come posso fà?)

Quando te l'ha detto, se avessi seguito l'istinto, saresti andato dal cosiddetto principale con l'intenzione di prenderlo a pugni.

(Daje 'n sacco de botte!)

Mettertelo sotto scalciandolo.

(Si vòi 'na mano, professo', te chiamo l'amichi de Massimina, j'annamo a ffà male.)

Poi hai pensato che de plus il était petit. È stato bambino anche lui. Forse si comporta così solo perché deve reagire a qualcosa.

(E qui te sbaji, professo', nu' 'o devi da giustificà.)

Ha eretto una barriera allo scopo di difendersi. Una semplice reazione biologica.

(Sei troppo bbono.)

Amici miei, fratelli: se non diventeremo vermi nella terra, ditemi voi, è vero che ci ritroveremo tutti in un altro mondo?

(E nun ricomincià mo' co' 'sta storia!)

Alors quoi? Dovremmo forse compatirlo? Ricorrere ai sindacati?

(Nun c'ammorbà.)

Udayan non aveva il permesso di soggiorno. Non sarebbe potuto andare a protestare da nessuno. Se solo ci avesse provato, qualcuno avrebbe picchiato lui. Sai chi sarebbe stato? I suoi connazionali.

(Davero?)

Per i quali i suoi trenta euro sarebbero stati preferibili alle ore trascorse all'addiaccio, col buco nello stomaco, distesi sui cartoni sotto i ponti del Tevere.

(Come semo ridotti!)

Acque contaminate. Mosche morte nei rigagnoli.

(Ma che volevi fà, scopa cor settebello?)

Hai capito la ragione per cui il sottoscritto ha fatto il furbo?

(Ecco perché io nun vado a votà.)

Non volevo diventare come Udayan. Nei provini avevo il fuoco addosso. Gli osservatori dei club les plus importants presero nota. Alla fine è andata come doveva andare. Sono stato ingaggiato in una squadra di vertice.

(Nun dimo quale.)

I procuratori hanno finto di non vedere.

(Je conveniva.)

La mia età è diventata una leggenda metropolitana. La stessa cosa, qualche tempo prima, era accaduta a Samuel Eto'o.

(Ce pòi giurà.)

Comunque non è che i dirigenti fossero degli stinchi di santo che mi volevano aiutare.

(Ma dde che?)

Sapevano che avrei potuto garantirgli un buon profitto, in quanto mi avrebbero potuto rivendere al triplo.

(E così stamo tutti apposto.)

Je profitais aussi. Sarei tornato nel mio villaggio come Paperon de' Paperoni. Saremmo diventati tutti ricchi.

(A professo', io nun ce credo più manco ar carcio. È diventato 'na chiavica.)

Mi fecero esordire a San Siro in un'amichevole contro l'Inter. Bastarono un paio di affondi per mostrare chi fossi. Perfino capitan Zanetti, al termine della partita, restò colpito. Il m'a donné sa *maglietta*.

(Ma ta'a sei fatta firmà, armeno?)

In seguito l'ho portata in Africa per far contenti i bambini. Una volta andai a cenare nel suo ristorante a Milano. Fra il primo e il secondo telefonai a mia nonna per dirle che poteva liberare gli uccellini.

(A mascarzo', me sei puro simpatico!)

## VITTORIO. *Lugano addio!*

*Vasile Sandu*
*Vasylkiv Bohdan*
*Vera Drosdova*
*Veraceslav Boico*
*Vitaly Toma*
*Vittorio Criscemi*
*Vladut Acrismaritei*
*Vladymyr Kornaha*
*Vulpe Kristoph*
*Vulpe Nicolae*

Ehi, a sò Vittorio. L'impagliatore di sedie. Da bambino ti mettevi accanto a me, boia d'n azzident! Sul portone del mio stabile nelle case popolari, al tempo in cui venivi a trascorrere le vacanze in Romagna. Io ero cieco, tu avrai avuto sette, otto anni.

(A professo', ma tutti te ti'i vai a cercà?)

Stavi buono buono. Trascorrevi l'intera mattinata in mia compagnia affascinato dalla maniera in cui intrecciavo i fili. Coi nodi costruivo la struttura di base. Ricordi soltanto il movimento del gomito quando si alzava per posizionare la sedia. Ne preparavo almeno una al giorno.

(Poi te'e vennevi?)

Era il mio lavoro. All'epoca non potevi saperlo, ma quelle ore ti sono rimaste dentro. Hanno scavato a lungo formando un cratere di emozioni. Un fiume di scorie bollenti. Materiale infiammabile. Al punto che adesso, se ce ne fosse bisogno, ne ricaveresti un falò. Tipo questo.

(A professo', m'aricordi mi' nonno quanno diceva: der porco nun se butta via gnente!)

Si chiamava Kazim. Di cognome faceva Jacobi. La prima immagine che hai di lui è l'indice e l'anulare divaricati nel segno della V. Come vittoria. Il femminile del mio nome. Un amico gli teneva la mano sulla spalla. Un altro, dietro di lui, lo sospingeva. Alla fine ce l'aveva fatta ad arrivare in Italia. Proveniva dalle contrade asiatiche. Ne avevi conosciuti tanti così.

(E che, no'o so? Ti'i stai a richiamà tutti!)

Ma nessuno era non vedente come Kazim. Quando si presentò davanti a voi, stentaste a crederlo. Eppure la testa piegata, il busto rigido non lasciavano dubbi. In che modo avesse raggiunto il Mediterraneo potevate soltanto supporlo.

(De sfroso.)

In parte a piedi, lungo i sentieri sassosi, accanto alle linee ferroviarie, ai bordi delle strade asfaltate. In parte chiedendo passaggi ai camionisti, vicino ai caselli, ai distributori di carburante.

(Era mejo si restava a casa sua!)

Chi lo aveva aiutato a superare le dogane nelle pianure desertiche? A nascondersi dietro le cassette di frutta accatastate sugli autorimorchi? A cercare il cibo? A trovare un posto dove dormire? Chi lo aveva protetto dagli spari delle guardie frontaliere? In quale modo aveva attraversato i confini di Pakistan, Iran, Turchia e Grecia? E, dopo tanto cammino, raggiunto il porto di Patrasso, come si era intrufolato nelle sospensioni dei tir in partenza verso la penisola?

(Ma che te frega de sapello, professo'?)

Di certo era stato insieme a un gruppo di fuggiaschi. Avventurieri delle steppe asiatiche. Adolescenti speciali, dal momento che avevano rifiutato di partecipare alle faide tribali.

(Si 'o dici te!)

Kazim si mischiò con loro. Aveva seguito i compagni diretto a Ovest, affidandosi al ritmo dei passi che quelli dettavano.

('O sai perché so'o sò portato dietro? To'o dico io: i genitori j'hanno dato 'n pacco de sordi!)

Chissà quante volte era finito in un fosso, pronto a rialzarsi in piedi e proseguire. Adesso abitava in un centro di pronta accoglienza. Vi metteste subito all'opera con parole di gomma per fargli riconoscere le sillabe, provare a formare le frasi. Lui sapeva un po' d'inglese e questo vi aiutò a stabilire un primo contatto. Da come si muoveva, capivate che i suoi genitori non dovevano essere poveri.

(Che t'avevo detto? Dai retta a Ottavietto tuo!)

Magari era stato mandato in avanscoperta nel tentativo di trovare un medico che potesse occuparsi dei suoi occhi. Accennava spesso alla Germania. Forse qualcuno gli aveva indicato quel Paese come un luogo dove curarsi.

(Hai capito, sì?)

Avevate creato apposta per lui un alfabeto braille fatto di listelle di legno dove sistemare i quadratini con lettere e numeri. Lo scolaro avrebbe voluto una macchina da scrivere. «It's not expensive!» diceva ridendo.

('O sai che j'avrebbi detto io? A regazzi', aringrazia Dio che te damo da magnà e beve.)

E voi stavate anche per accontentarlo.

(Pori fessi.)

Poi accadde un evento inatteso. Kazim scomparve. Erano i giorni degli Europei di calcio e tutti gli ospiti stavano seduti davanti al televisore nella grande sala in fondo al corridoio con le stanze da letto.

(E lui s'è dato!)

Nessuno riuscì a capire come avesse fatto ad abbandonare la casa. Qualcuno lo avrà atteso di fuori per portarlo via. Non l'hai più rivisto. È trascorso molto tempo da allora. Che fine hai fatto, Kazim?

(Lasselo 'ndo sta!)

Lo immagini sempre in rincorsa dietro ad altri amici, in un panorama di ponti e cavalcavia, vecchie rimesse alla periferia delle grandi metropoli.

(A professo', te stai a ffà 'n'artra favoletta.)

Anche tu viaggi.

('O pòi dì forte.)

Specie d'estate, ti metti al volante e guidi da una capitale all'altra. Puoi fare anche cinquecento chilometri al giorno.

(Cor disel nun c'hai probblemi!)
Dormi nei motel sui viali di grande scorrimento. Di notte ti svegli e dai finestroni vedi salire la febbre dell'Europa. Camion, autorimorchi, sirene, allarmi, luci intermittenti.
(Te piace er casino, ve'?)
Un flusso di veicoli che non si arresta mai. La ferita non rimarginata del Vecchio Continente. L'inquietudine da cui sono nati gli stermini e le democrazie.
(Bbono, sta' bbono, risparmia er fiato.)
Castelli, fortezze, falansteri. Libertà e prigionia. Valori consumati. Gettati a terra e poi ripresi.
(E che to'o dico a ffà? Da 'st'orecchio nun ce senti popio.)
Il giorno dopo riparti. Quando ti fermi nelle piazzole di sosta chiedi a te stesso perché vai così di corsa. Cosa ti manca.
(Fatte 'na bira, professo'.)
Non sarà forse quello che vuole Kazim?
(M'embriacate popio.)
Molto spesso sei in Germania. La patria degli assassini di tuo nonno. Che per poco non hanno ammazzato anche tua madre.
(E tu volevi esse er pacifista de Testaccio! Quante ce n'hai dette su 'sto Gandi e 'a marcia der sale! Io già sapevo tutto perché c'avevo 'mpostato 'a tesina de terza media. Co' te c'ho fatto 'n figurone: er primo e l'urtimo!)
Ti è capitato di sbirciare agli angoli delle strade, vicino alle stazioni ferroviarie, dove si riuniscono i migranti, nel tentativo, consapevolmente illusorio, di rivederlo. Era una specie di tic. Un gesto istintivo.
(Seee, vabbè.)
Kazim l'hai cercato a Colonia, fra il ponte e il fiume.
(Aridaje!)
A Monaco, sullo stradone dei grandi magazzini. A Francoforte, nell'isola pedonale. A Berlino, nei mercati di Kreuzberg. Ad Amburgo, lungo la pista ciclabile dell'Alster.
(Te ce spompi.)

Speri che abbia trovato qualcuno in grado di occuparsi di lui. Una persona che lo sostenga. Che lo aiuti a superare i nuovi muri. Che possa districarlo dai fili spinati.

(Pe' me, si j'è annata bene, l'hanno riportato ar paesello suo.)

Potrebbe essere passato in Svizzera. Dove ero stato anch'io, prima che perdessi la vista, forse alla stessa maniera in cui sarà capitato a lui.

(A professo', 'spetta che sò rimasto indietro. Ma questo chi è? Er cecato de'e sedie, ve'?)

Trafficando con una bomba inesplosa. A me accadde alla metà del Novecento in un casolare a precipizio sui calanchi.

(Cala... ma che robba è?)

Al tuo scolaro nel primo decennio del ventunesimo secolo in un villaggio minato dai talebani.

(Cecati tutt'e dua.)

Anch'io ero stato un emigrante. Come tuo nonno. Come i tuoi studenti. Qualcosa ti avrò detto della mia esperienza di lavoratore in Ticino.

(E 'ndo sta 'sto posto?)

Ho fatto il manovale nelle gallerie. Ce ne sono tante nelle Alpi. Terùn: così ci chiamavano.

(A burini!)

Non potevamo andare in certi ristoranti. Abitavamo nelle baracche di Bellinzona. Raccoglievamo le briciole sui tavolini.

(Pe' magnavvele?)

Te ne vai in giro a Lugano anche sulle mie tracce.

(Daje professo', faje vedé chi sei a 'sta manica de 'gnoranti!)

Ti porti dietro la memoria dei grandi esuli, ma anche quella di tutti noi. Che non avevamo un soldo in tasca. I nostri paesi erano stati distrutti dalla guerra. Non c'era lavoro in Italia. Andavamo a cercare l'ossigeno per respirare.

(Dice che mi' nonno 'na vorta è stato 'n Svizzera. P'annà a puttane, però. Sarà vero?)

Sai cosa significa rinunciare a vedere tuo figlio sillabare "pa-pà"?

(Mi' madre dice che 'a prima vorta che io je l'ho fatta a dillo era a'a visita-parenti der gabbio. Lui s'è girato dall'artra parte.)

Quando torni non ti riconosce. Si nasconde sotto il tavolo nel momento in cui gli vai incontro.

(Sai quante vorte m'è capitato puro a me?)

Ma io perché t'interessavo tanto?

(Boh!)

Sin da piccolo eri un educatore. Uno che sutura le ferite. Le proprie, attraverso quelle degli altri.

(Ma come fai, cor mercurocromo? Scusa 'a battuta, professo'.)

Stamattina, parlando ai ragazzi del liceo davanti al lago, hai impiegato poco a sciogliere il ghiaccio elvetico. Sei andato in mezzo a loro nel tentativo di trascinarli in un vortice.

(Ma sempre a scòla stai?)

Sentivi la forza degli sguardi che i ragazzi ti regalavano.

(Perché nun staveno a ffà lezzione.)

La potenza dei sorrisi.

(Ecco che m'ariparti!)

La sbrigliatezza dei gesti. La leggenda dei capelli scomposti. Il romanzo della gioventù sfregiata. Il festival della frenesia.

(A professo', ma che stai a ffà, l'addominali?)

Pensavi a te stesso alla loro età. Non saresti stato in grado nemmeno di alzare la mano nel tentativo di fare una domanda. Eri chiuso, introverso, misantropo.

(Nun te ce facevo...)

Invece loro te ne hanno posta una dietro l'altra.

(Tipo?)

Quante volte riscrive la stessa frase? Quando viaggia tiene un diario? Quale rapporto c'è fra ciò che vede e ciò che scrive? Dove sta oggi Santino?

(Ma l'affari vostri no, eh?)

È vero che il mondo potrebbe essere diverso da ciò che è? Perché io non riesco a esprimere me stessa? Quali azioni dovrei realizzare per trovare una passione distintiva? Chi è il maestro interiore? È mai stato bocciato? Le piace il Canton Ticino?

(A professo', t'hanno fatto er culo.)

Chissà, magari potrebbe nascere una scuola di italiano per immigrati anche di qua dal Gottardo. Nella zona di Paradiso, sul lungolago, c'è un centro di accoglienza per minori non accompagnati.

(Ahó, e puro tu però nun stacchi mai!)

I professori, sul palco dietro di te, hanno raccolto una trentina di adesioni fra gli studenti interessati.

(Te pareva.)

Le ragazze si chiamavano quasi tutte Elisa, come tua nonna paterna.

(N'àvi detto Quirina? Ah, era 'na licenza poetica.)

Quella che tu non hai mai conosciuto, ma alla quale devi il cognome. Gli Affinati di Ellis Island. Ciociari pazzi sognatori.

(Ecco da 'ndo vieni.)

I bambini lasciati da soli in quarantena, alla maniera di Vito Corleone nella prima parte del *Padrino*.

(Ma che robba te vedi, professo'? Vòi mette 'e serie de *Fast end Furios*. Io ce sò cresciuto!)

È come se ti fosse rimasto dentro il singulto strozzato del più timido. Del meno caparbio. Di quello che alla fine è tornato indietro. Sarà questa la ragione per cui giochi sempre al rilancio?

(Voi annà a vedé 'e carte.)

Che l'iniziativa vada in porto o che resti in alto mare, nessuno potrà rubarti la potenza di quei liceali.

(Sei popio de coccio.)

Italiani. Diversamente svizzero, come ha detto di sentirsi Marco, uno di loro. Svelto, rapido, ricettivo. Tifoso dell'Inter.

(Embè, te ce sei messo a discute?)

Stava in seconda fila. Era come te quando guardavi me lavorare coi fili di paglia.

(Aritornamo ar cecato.)

La giostra gira. Sono bastati cinque minuti per entrare in confidenza.

(Puro de meno.)

Sarà stato lui, con la sua autodefinizione, a spingerti in via Dufour, dove c'era il vecchio circolo ricreativo degli immigrati italiani?

(Ce sei annato 'n fissa.)

A grandi falcate hai percorso il breve tragitto dal lungolago verso l'interno. Procedevi a memoria, anche se per la prima volta passavi di lì. Come facevo io quando andavo a pescare lungo le rive del Senio. Non vedevo, eppure mi orientavo. Alla maniera di Kazim.

(A maghiiii!)

La strada di Riolo che porta all'incrocio davanti all'entrata nel paese, poi la lunga discesa verso le Terme e ancora oltre fino al torrente in basso sulla sinistra.

(E si annava a sbatte?)

La canna di bambù poggiata sulla spalla. Il cappello ricavato piegando la carta del giornale, come facevano i muratori. I pantaloni di cotone. I pesci dentro la cesta.

(Nun t'hanno mai intruppato?)

A quel tempo il traffico non era come oggi, comunque i conducenti delle macchine prestavano attenzione. Quando passavo, molti mi salutavano. Vita di vita, diresti tu.

(Nun ce cazzeggià! T'ha detto bene e bbasta.)

Giunto di fronte all'ingresso del circolo, ti emozioni. In quel palazzo giallo canarino, nel folto dei condomini fortificati, uno come me potrebbe aver trascorso i giorni dell'esilio.

(Lugano addio! A professo', ce l'hai fatta sentì te 'sta canzoncina de Ivan Graziani. Uno dell'epoca tua. Dice che è morto.)

Ti è tornata in mente la passeggiata che facesti una volta a Montecarlo. Stavi lì a causa di un impegno pubblico. Non ci saresti mai andato di tua volontà. Però, una volta sul posto, decidesti di esplorarlo come fai sempre: a piedi.

(E te pareva!)

Passavi da un garage all'altro senza riuscire a trovare la città. Voglio dire: a parte il famoso circuito automobilistico. Blocchi di cemento armato. Torrette di prima classe. Per arrivare in rue de France hai dovuto chiedere informazioni a un operaio africano. Indossava un caschetto arancione. Aveva un foruncolo sul naso. Sarà stato senegalese. Un marziano. Giocoliere della vita ultraterrena. Avresti voluto abbracciarlo prima ancora che aprisse bocca.

(A professo', me devi da scusà si t'ho lassato solo, ma dovevo annà a ffà 'n goccio d'acqua e nun trovavo er bagno. Alla fine l'ho fatta all'angoletto.)

A Lugano, di fronte alla sala intitolata a Carlo Cattaneo, col tricolore floscio e grigio, anche se era tutto fermo e silenzioso a te parve di risentire le voci degli operai italiani. Anarchici, esuli, poveri Cristi.

(Quanno erevamo noi l'africani co' 'e pezze ar culo.)

Eccolo lì il banchetto coi lavoratori in canottiera davanti al fiasco di vino.

(Portace 'n artro litro, che noi se lo bevemo e poi j'arisponnemo: «Embè, embè, che c'è?».)

Il fumo delle sigarette, la barba non rasata, i calzoni sporchi, i capelli arruffati.

(La panza piena.)

C'ero anche io in mezzo a loro. La camicia aperta sui peli del petto ancora biancastri per la calce caduta sopra. I buchi della cintura fatti col coltellino. I bicchierini di amaro. Il pugno sul tavolo a sentenziare la battuta. Sembrava tutto vero. Era un'allucinazione.

('Na cheee?)

Nel delirio di un Paese che non hai mai conosciuto, se non attraverso le testimonianze dei vecchi come me. Che adesso credi di ritrovare nella timidezza del piccolo Mohamed quando ti chiede dov'è il bagno.

('O vedi che puro a lui je serve?)

Lo accompagni come se là dietro ci fosse sua madre. Invece è solo, in quella che hai definito «la spaventosa libertà degli orfani».

(Vor dì che ponno fà quello che je pare?)

Ora forse per la prima volta anch'io ti vedo, sul marciapiedi davanti all'edificio di Lugano. Vorrei dirti: lascia stare.

(A professo', to'o stamo a ddì tutti.)

Lì ci sono soltanto morti. Trapassati.

(Nun ce sta più nisuno.)

Il fiume scorre.

(È 'n'acqua sporca, nun te ce bagnà, sinnò te pija 'no sturbo.)

I nomi cambiano.

(L'àmo scarabocchiati cor pennarello.)

A sinistra c'è una rivendita di piadine.

(C'hai fame, professo'?)

Sapori di Romagna.

(E annamo!)

Entri dentro. Ne ordini una, classica.

(Pe' nu' rischià.)

Ve'n a magné la pié in tla lastra!

(Sta a ddì che 'sta piadina è come se ta'a avesse data lui, ve'?)

## WILLI. *Cespugli e catarro*

*Wague Alimani*
*Wali Alì*
*Walid Elkhouly*
*Wang Jung Hao*
*Welfan Naima*
*Wellem Ibrahim*
*Wendy Pan*
*Wilby Youssef*
*Wilson George*
*Woyo Coulibaly*

Nei partigiani mi facevo chiamare Willi. Tuo zio materno. Antifascista dichiarato.

(Cor pugno chiuso.)

Operavamo fra i casali dell'Appennino.

(Su 'sta cosa c'hai spiegato tutto, professo'. Me ce chiamavi a ripete 'a lezzione de fianco a te, davanti a quaa manica de scapicollati. Je partivo cor Duce sur barcone e arivavo fino a quanno l'hanno arovesciato co' 'a donna sua davanti ar distributore da'a benzina. Co' Hitlere poi me ce caricavo er doppio. Me ce mettevo tutto, puro 'e cammere a gasse, li cadaveri bruciati, li forni cremosi, che su quelli c'hai fatto 'na capa tanta. A Peppino nun j'arisurtavo: a Ottavié, me diceva, ma ch'hai combinato? Hai studiato? E ch'è successo? N'è che mo' se dovemo preoccupà? Guarda che te ce porto io ar pronto soccorso!)

Boscaglie, camicie a scacchi, erbe schiacciate, teloni, sigarette, attrezzi agricoli, acqua sporca, vapori, cespugli e catarro: è stata questa la mia Resistenza.

(A forza de scatarrà c'hai regalato 'a democrazzia! E noi manco t'aringraziamo! O senti, professo', come ja'a spingo? Ma si nun c'eri tu, io che ne sapevo?)

I repubblichini venivano su spaiati dal crinale e noi stavamo acquattati nel bosco ad aspettarli, coi fucili puntati.

(Te do 'n der culo e foco ai capelli!)

Mentre i miei compagni prendevano la mira per centrarli alla testa o sul petto, io sai cosa facevo?

(E dimmelo!)

Sparavo alto.

(Nun ce vojo crede.)

Sopra di loro.

(Ma che me fai ammoscià così?)

Ora mi chiedi se esiste un rapporto fra la mia vita e la tua.

('O vole sapé da tutti li sua, ma nisuno jo'o sta a ddì. Je fanno scena muta. A zzi', ta'a vojo presentà paro paro: nun stamo a portà a casa gnente – solo frescacce!)

Quando venivi a trovarci, durante la libera uscita dal servizio militare, nel vecchio appartamento in Val Seriana, eri ancora troppo giovane, ma nelle domande che mi rivolgevi intuivo l'inquietudine che già ti divorava.

(Questo t'aveva 'nquadrato subbito, professo'.)

Ricordi cosa ti dissi, sconfortato, quel giorno a Bergamo, quando mi feci condurre dalle mie figlie sotto il palco dove stavi tenendo una conferenza?

(Reggite forte.)

«Abbiamo consegnato il socialismo a Silvio Berlusconi!»

(Ahó, ma questo chi era? 'N profeta?)

Sarà perché sei cresciuto giocando a pallone davanti al Colosseo.

('Ndo se semo rivisti tutti quanti.)

Fra colonne spezzate e capitelli distrutti.

(Si nun stai attento, quanno te smarchi te ce rompi er piede.)

Intriso nel sentimento di vanità della Storia.

(Ner senzo che a 'na certa te pija da fatte 'na cicagna che nun te dico.)

Sarà per tutto questo...

(Magara puro pe' quarcos'artro.)

... tu hai sempre avuto difficoltà a credere davvero nella possibilità di incidere il tuo nome sul tronco dell'albero.

(Si vòi, to'o presto io er cortellino svizzero che te dicevo.)
Eppure non hai rinunciato.
(Noi semo nati pronti.)
Perché? Dove trovi la forza per superare il disincanto?
(A me m'abbasta 'nfrascamme co' Luanetta mia!)
Io una risposta ce l'ho.
(E daje!)
È stato tuo nonno, Alfredo, mio padre, ad averti tramandato la spinta necessaria.
('Na meravija.)
Ed ecco cosa è successo.
(Dimmelo 'n po'?)
Avete chiamato Penny Wirton la vostra scuola di lingua italiana per immigrati.
(Ma si ce 'mparate l'italiano, famme capì, perché avete preso 'n nome straniero?)
Ieri hai spiegato la ragione di questa scelta a due gemelline egiziane: Asmaa ed Esraa.
(Cricche e crocche.)
Le quali, curiose e vispette, hanno chiesto notizie ulteriori.
(E te pareva.)
Chi era Penny?
(Aricominciamo co' li quizze!)
Un orfano che, non avendo conosciuto suo padre, lo aveva mitizzato.
(Uno de noi!)
E sua madre?
(E che ne so?)
Si chiamava Anna dei bambini. Perché?
(Boh!)
Era un'ostetrica. Che parola difficile! Si ricomincia sempre da capo.
(Te ce sei abbituato pure co' mme, professo'.)
Le piccole scolare hanno ancora negli occhi le piramidi che videro alla periferia del Cairo.

(Pensa da 'ndo vengheno!)

Come ricostruire un castello di sabbia sapendo che durerà al massimo qualche minuto.

(Quante vorte me ce sò messo su 'a spiaggia de Focene, 'ndo me portava l'educatrice mia! A quer tempo ero 'n cucciolotto. Che ne sapevo da'a vita? Oddio, pur'adesso n'è che sò diventato 'n esperto!)

Avanti, vuota il sacco.

(A professo', o vòi 'n consijo? Nun je fà ddì tutti l'affari tua!)

Lo sai quali sono le nostre radici, vero?

(C'ha scritto 'na ventina de libbri!)

Forre e boscaglia.

(Spiegate mejo.)

Mio padre proveniva dall'Appennino aspro, fra calanchi e vigneti.

(Puro lì sei stato, ve'?)

Famiglia poverissima. Sedie di legno rimesse a posto con il nastro isolante. Zolle di terriccio umido.

('Na monnezza.)

Incontrò Rosina sui monti limitrofi.

(Limo che?)

Una pascolava, l'altro faceva il muratore.

(Du' signorini.)

I cieli sporchi di blu sui contrafforti, alla maniera di una vita agonizzante.

(Ma che te sogni 'a notte, professo'? Li piragna?)

Entrambi non superavano i vent'anni.

(Je daveno sotto, eh!)

Ecco quali sono le nostre origini.

(Aritornamo a bbomba. T'aricordi quaa vorta quanno semo annati a vedé giocà Romoletto 'n trasferta sui campetti der Labbaro? Stavamo attaccati ar cancello de fero come du' carcerati. C'ha sgamati, allora durante 'n'azzione è venuto a salutacce. 'Sto malandrino. Pe' poco l'omo suo non je segnava! Er mìstere l'ha sostituito subbito. Ma a lui nun j'è fregato gnente! Era solo contento de vedecce.)

Ti basta sentire il profumo di una teglia di pomodori gratinati.

(Te li faceva tu' nonna, ve'?)

I vostri studenti hanno i volti trasfigurati degli angeli decaduti.

(Ma che stai a ddì? C'hanno er diavolo addosso!)

Il sole che muore nel sorriso mortificato.

(A timidoni!)

L'oro coi vermi.

(Però se tengheno er cellulare 'n tasca. Dimme 'n po': ma come fanno a comprasselo? Sì, vabbè, me risponno da solo, sò quelli riciclati ch'àmo buttato via noi!)

Te ne vai in giro in ogni parte d'Italia ad accendere altri fuochi simili al tuo.

(Guarda che t'aresteno!)

Nuove scuole che, dopo aver visto nascere, affidi al loro destino.

(E vvai, cavalli'!)

A Faenza, al cinema Europa (me riccomanno, scrivece puro l'indirizzo), dove hai tenuto un incontro, alcune ragazze sono venute a salutarti, esprimendo la loro volontà di collaborare. Frequentano la quarta ragioneria.

(A professo', pur'io sto a cercà d'accumulà er capitale pe' famme 'na vita diverza, ma è 'na cosa lunga. Avoja a lavorà! Quanno 'o riempio er dindarolo? Troppo me ce vole! Però ieri c'ho messo venti euri perché ho portato un paro de capricciose e du' supplì all'Eur, 'ndo ce stanno li ricconi veri, no pe' finta. Ahó, m'hanno aperto 'a porta du' regazzini che parevano li fiji der Capitano! Lisci, biondi, belli, freschi de mamma vostra! È arivata 'a signora e m'ha dato 'na manciona che quanno sò aritornato a casa me girava ancora 'a capoccia!).

Una bengalese, italiana di seconda generazione, ti ha colpito davvero.

(Bbono, sta' bbono, che all'età tua te fa male solo a pensacce!)
Hai sperato che potesse incontrare la persona giusta.
(Er sottoscritto.)
Quella capace di orientarla nella direzione migliore.
(Ècchime.)
Nella sede di Forlì, invece, c'era Woyo, senegalese, che si è rotto il crociato facendo un movimento falso.
(Perché nun s'era allenato. Che, nu' 'o sai? Questi se butteno a corpo morto, poi li conti li vedemo dopo!)
Alto, magro.
('Na pertica storta.)
Un velo di malinconia gli scendeva sul viso.
(Ma che ce volevi trovà 'n faccia a questo? Er grottino co' li pastorelli?)
Di corsa verso il futuro come un treno senza pilota.
(A professo', vai avanti da solo perché devo risponne a 'na chiamata. Me sa ch'è Luana, l'amore mio. Si nun ce stasse lei, ma 'ndo vado? A chi te penzi li vojo regalà tutti li sordi che sto a mette da parte? Si mme sposo, 'a festa nostra dev'esse 'a più bella de Roma. Damme quarche minuto, poi aritorno.)
Ti sei chiesto cosa ne sarà di lui, mentre ti stringeva la mano in mezzo alla bolgia dei tavolini.
(Hanno riattaccato! E nun se vede er numero!)
Stavi al Centro della Pace di via Publio Fausto Andrelini, umanista e poeta. Prima di entrare nell'aula affollata ti sei fermato a guardare il giardino interno. I rami degli alberi privi di foglie assomigliavano a nidi giganteschi. Sotto, l'erba pareva ancora più verde. Cosa ne faremo di tutto questo, ti sei ripetuto, mentre il sole batteva sulla targa all'ingresso.
(Fattece l'artarino e mettece sotto 'e candeline. A professo', certe vorte davero me sembri 'n regazzino puro te. Tutta 'sta curtura a che t'è servita? Eh? Dimmelo 'n po'? Nun facevi mejo a giocà co' li bussolotti?)

Appena hai aperto la porta, ogni cosa è diventata chiara. Le donne velate, gli uomini con il cappuccio, i bambini che giravano fra i tavoli ti hanno dato la risposta. Rispetto alla quale non avresti potuto aggiungere altro. L'unica replica possibile era uscire proseguendo a camminare sulla medesima via fino a raggiungere il civico 5.

(E che ce stava?)

Davanti alla casa di riposo per anziani intitolata a Pietro Zangheri, come spesso ti accade, ti sei trasformato in un allievo che scrive sotto dettatura.

(Mo' vedemo che te sei 'nventato stavorta!)

Lì hai rivisto Antonia Laghi, la partigiana dell'8ª brigata Garibaldi che toccò il cadavere di tuo nonno poche ore dopo la fucilazione a Pievequinta, sulla strada verso Cervia.

(Ta'a sei cercata popio!)

Io mi ero salvato per un pelo. Avevano arrestato le mie due sorelle e mia madre. Poi ogni cosa era precipitata. La liberazione delle donne. Il prelevamento dei prigionieri. L'eccidio. Quella ragazza aveva visto tutto.

('A testimona orculare!)

Adesso è anziana. Appena le hanno detto che saresti venuto nella sua città, ha voluto riabbracciarti.

(Nun je pareva vero d'avette ritrovato!)

Camminare lungo il corridoio alla ricerca della stanza di Antonia, novantasei anni, per te è stato come tornare insieme a noi sul Monte Battaglia.

(Ta'a stavi a rifà da solo, 'a Resistenza! Come quanno c'hai portato ar carcere de via Tasso. Te sentivi er foco addosso!)

Dormivamo con gli occhi aperti. Smangiucchiavamo le croste di formaggio. Tenevamo i fucili pronti.

(Ma 'n po' d'acqua pe' lavavve armeno ce l'avevate?)

Quanti anni sono trascorsi?

('Na vita, professo'!)

Il televisore acceso, la poltrona accanto al letto, gli occhi illuminati della vecchia combattente. Ha ripetuto le cose che già ti aveva raccontato tanto tempo fa quando andasti a trovarla la prima volta nella vecchia casa di ringhiera vicino all'aeroporto.

('Spetta, me stanno a richiamà. Me sa che nun me funziona er sonoro. Mo' guardo ne l'impostazzioni pe' arzà er livello!)

Suonando al citofono, mescolavi nel calderone. Lei ti stava aspettando in terrazza con un'amica che liquidò subito appena ti vide arrivare.

(C'aveva artro da fà!)

Credi forse che non ci fossi anch'io, insieme a te, quando ti spifferò tutto?

(A professo', ma allora li morti stanno vicino a noi? Magara puro mi' nonno me spizza!)

Stavolta, nella casa di riposo, ti ha dato qualche dettaglio in più che hai mandato giù come un sorso di cognac.

(E dimme, dimme...)

I prigionieri scesero dal camion legati due a due da corde alla vita affinché non sfuggissero. Dopo essere stati mitragliati alle spalle, alcuni di loro vennero finiti con colpi alla testa.

(Tipo scindlere liste, ve'?)

Quando lei scoprì i corpi, non sopportò la riga di sangue sul volto di uno di loro. Insieme alle amiche gettò dei papaveri rossi sui cadaveri.

(Qui famo 'n minuto de silenzio. Tutti bboni ar centro der campo: zitti e mosca. E guai a chi fischia.)

L'esecuzione dei dieci martiri avvenne il ventisei luglio del millenovecentoquarantaquattro.

(A chi fa casino je sparo.)

Scrivilo sempre, in eterno. Dev'essere questo il tuo Padre Nostro.

('O senti che sta a ddì tu' zzio?)

Venti giorni prima Adolf Hitler era scampato all'attentato del conte Stauffenberg nella tana di Rastenburg, in Prussia Orientale.

(Sur quadernone c'ho scritto tutto.)

Lo hai già dichiarato più volte in varie occasioni.

(E cce credo!)

Perché, attraverso di me, ti prendi la briga di ripeterlo?

(Ècchime, ho finito. Ma che Luana, professo'! Stavorta era er mio de zio, no er tuo, che me vole fa ffà 'a domanna pe' entrà a l'aroporti de Roma, 'ndo lavora lui! Ma io j'ho detto de no. Nun me va d'annaje dietro cor secchiello e 'a scopa a pulì li cessi. Mannaggia 'a zozza, nun so come devo da fà pe' trovà er grano!)

Cosa ci vorresti dire riproponendo la mia storia?

(A zzi', mo' te risponno io. Pe' tu nipote tutta 'sta robba è come 'n tesserino de riconoscimento.)

«Dovunque è morto un italiano per riscattare la libertà e la dignità della nazione, andate là, o giovani, col pensiero, perché là è nata la nostra costituzione.»

(E chi è 'sto campione?)

Parole di Piero Calamandrei.

(Fattece 'n tatuaggio, professo'. Artro che quello che me sò messo io sur petto: SPQR!)

Stanotte hai dormito in un bed and breakfast ricavato dalla casa di Tina Gori, figura di rilievo dell'antifascismo e della Resistenza romagnola.

('Spetta che mo'o scrivo ne'e note der cellulare.)

Ma non è questo il punto.

(E quale sarebbi?)

Il fatto che l'antica testimone abiti in una casa di riposo a due passi dalla sede forlivese della Penny Wirton apre il campo a una serie di ipotesi.

(Daje, su. Ormai hai fatto trenta, fai trentuno, professo'. Apri er gasse, daje 'n'accellerata, stàccheli tuttiiiii! Devi prosciugà er serbatoio, hai capito? Tanto che te vòi risparmià? Questi te se magneno vivo, te se sporpeno come 'n conijo arosto. Solo che io a Luana mia 'na risposta ja'a devo da dà. Si resto come sto, senza 'n'occupazzione, questa, gira che te rigira, ce mette poco a piassene 'n artro. Abbasta ch'accenne li fari, j'ariveno a valanga! E che nu' 'o so? Stanno già pronti a scattà come leprotti ar semaforo verde! Io m'aritrovo co' 'na mano davanti e una de dietro. E ppoi? Me butto ar fiume?)

Stiamo parlando della vecchia contrapposizione fra caso e destino, coincidenza e necessità, congiuntura imprevedibile e disegno nascosto.

(Da paura.)

Sappi che tuo nonno non era mai stato un comunista.

(E si to'o dice lui, ce devi da crede.)

Aveva chiaro tutto in anticipo. Che fine avrebbe fatto il Sol dell'Avvenire?

(Ar cesso, 'ndo sta mi' zio.)

In quegli anni non era semplice da capire. Ho ammirato il furore emotivo e il rigore filologico che ti spinse a cercare in biblioteca la sua collocazione politica.

(Come come?)

Volevi le fonti.

(Attàccate ar rubinetto.)

Alla fine le hai trovate. Il Comitato di liberazione nazionale lo aveva assegnato in quota al Partito repubblicano.

(Sì, ma quello vero.)

Carta canta.

(Nun se scappa.)

Hai fotocopiato la voce bibliografica.

(Pe' fattece er santino.)

In Romagna i repubblicani profumano di anarchia.

Andrea Costa, Pietro Nenni...

('N artro elenco.)

La Stella Rossa non brillava per lui, te lo assicuro. Se il Partito d'Azione fosse veramente nato, oggi l'Italia sarebbe diversa.

(Fatte dà li baiocchi che c'hanno rubbato, professo'!)

Forse perfino l'Europa.

(Ma quanno 'a vincemo 'sta Champions?)

Al tempo in cui venivo a Roma come poliziotto, dormivo a casa vostra, da mia sorella.
(Tu' madre.)
Erano gli anni Settanta.
(Er monno antico.)
Tu andavi a scuola.
(T'è toccata puro a te, professo'!)
Io dovevo sorvegliare i luoghi sensibili. Fra i quali c'erano i covi neofascisti.
(Quelli ce sò sempre stati, ve'?)
Di notte andavo al Colle Oppio.
(Mejo me ce sento.)
Nello stesso luogo dove hai creduto di rivedere me insieme a tutti gli altri.
(C'avevi 'a febbre arta.)
Dopo mezzanotte giravano tipi loschi.
(Tu t'accarezavi er fero, no?)
Io prendevo nota. E riferivo tutto ai miei superiori.
(E che je dicevi?)
Ma allora i partigiani erano morti per niente?

## X. *L'intensità della domanda*

*Xamanta Juanita*
*Xamir Fulvio*
*Xen Lao*
*Xeus Tim*
*Xheleku Robert*
*Xhevair Aliaia*
*Xhoni Kasa*
*Xhulian Matija*
*Xhulian Petru*
*Xhuljano Baka*

Il nome mio non l'hai mai saputo. Io sono la lettera X. L'incognita.

(No, te prego, famme tutto, ma 'a matematica no!)

Prima di parlare, mi tolgo il cappello. Allento il nodo della cravatta e schiarisco la gola. Quello che devo dirti non è facile. Anche solo prendere la parola di fronte a te comporta uno sforzo non indifferente. Eppure, visto che me lo chiedi, non posso rifiutare. È come se questi ragazzi, coi quali hai a che fare ogni giorno, fossero schegge di un tempo perduto. Stecchini di uno shangai da trattare con delicatezza e attenzione. Se sbagli la presa, hai perso.

(Cominciamo bene! Già nun ce sto a capì 'na mazza!)

Tu sei cocciuto. Cadi per terra e ti rialzi. Proprio come fanno i tuoi studenti. Chi avrebbe potuto pensare che un gesto come quello che ho compiuto io, nato da un vero amore, credimi, non uso questa parola a caso, avrebbe avuto una ripercussione così forte? Due generazioni dopo, rispetto agli eventi. Come una bomba a scoppio ritardato.

(A professo', questo fallo mette a séde, me sa che c'ha 'n sacco de roba da ditte. E portaje puro da beve.)

Devi sapere che Roma, nel primo quindicennio del ventesimo secolo, era una città molto diversa rispetto a quella in cui sei vissuto tu. Puoi soltanto immaginarla osservando le cartoline d'epoca. Silenzi oggi inconcepibili fra il Tritone e piazza Barberini dove, sembra impossibile, però è così, alcuni pastori venuti dal contado guidavano il bestiame. Le massaie scendevano di casa a prendere il latte fresco direttamente da loro.

(Sai quante n'ho viste io a via da'a Pisana? Solo che lì stamo 'n borgata e li pastori sò rumeni de Ponte Galeria.)

Io sono cresciuto nella bambagia. Appartenevo a una famiglia benestante del centro storico. Avevamo un'azienda di trasporti. Che a quel tempo significava gestire una ventina di vetture a cavallo. Passeggeri e merci. Bisognava organizzare i turni. Riempire registri. Rifornire gli animali. Coi miei fratelli eravamo responsabili dell'attività commerciale. Stavamo bene, non ci mancava niente. Mi ero sposato con una giovane di buona famiglia, erano venuti dei figli. Tuttavia sentivo in me un piglio sbarazzino che sin da piccolo mi aveva spinto a non accontentarmi. La tensione che scatta prima di ogni azione.

(Tipo quanno te senti 'a fregola 'n corpo e voresti spaccà er monno, poi te rimetti bbono e penzi: ma chi mo'o fa ffà?)

Mi capisci? Dentro le tue vene scorre il mio stesso sangue, quindi ritengo di sì. In te questa febbre vitale si è trasformata nell'inquietudine dell'uomo espressivo. In me assunse, sono costretto ad ammetterlo, una forma nevrotica. Il matrimonio lo reggevo fino a un certo punto. La dimensione domestica rischiava di inaridirmi. Mi sdoppiavo. A volte mi triplicavo. Le maschere erano sempre a portata di mano.

(E allora dovevi montà sui carozzoni de Carnevale!)

Tu non sopporti chi non paga il prezzo del risarcimento. Chi sgancia la sua parola dall'esperienza a cui dovrebbe essere legata. Quante volte l'hai proclamato? Quando si commette un danno, bisogna rifondere la vittima. Ma come si fa a identificare, dico io, la forma e la misura della colpa? Quale è il fondamento della nostra responsabilità? Ci possiamo accontentare di una definizione giuridica? Vuoi arrivare sempre lì. L'obiettivo è quello di mettermi al muro. Inchiodarmi. Sai cosa ti rispondo? Che se tu oggi scrivi, pratichi e diffondi questo dettame, è merito mio.

(A professo', ma che te sta a 'mbruttì? Tiette pronto a reaggì si te punteno. Nun fà passà du' secondi de più sinnò questo se pija tutto er vantaggio.)

La sera uscivo con gli amici in un locale vicino a Ponte Sisto.

(E che ce frega nun cio'o metti?)

Erano bei momenti. Se tu li avessi vissuti, per come ho imparato a conoscerti, avresti cercato qualche intimità con te stesso. Questo sarebbe stato sufficiente a farti andare a dormire sereno.

(Ma che ne sai, je vorei dì, quello che passa na'a capoccia de 'n omo?)

Io sono stato molto più indulgente. O esigente, chissà. Ingobbito sul tavolo, giocavo a carte fino a tarda notte. Vincevo e perdevo, come tutti.

(M'aricordo mi' padre a'a baracchina de Porta Portese 'ndo se faceva er pokerino co' l'amichi! Era capace de giocasse puro 'e mutanne. 'Na vorta me c'ha chiamato a me. Te vojo fa vedé 'a vita mia, m'ha detto. Ma quelli se credeveno che io je facevo da zaraffo e pe' poco nun m'hanno menato!)

Eppure questa semplice abitudine bastò ad affibbiarmi la reputazione del giocatore d'azzardo.

(E che t'aspettavi, che te faceveno santo?)

Spendevo una fortuna solo per i vestiti. Me li confezionava su misura un sarto in piazza San Silvestro. Presto diventai la pecora nera della famiglia. Di mia moglie non potevo certo lamentarmi. Era una donna seria, a posto. Una di quelle storie che già sai come vanno a finire.

(A professo', 'na vorta a'a scòla tua te ce porto davero Luana. È 'na ragazza speciale, te l'ho detto. Ieri j'ho chiesto: che fai de mestiere? E lei, tutta 'mpunita, risponne: l'estetica. E che vor dì? Me guarda scandalizzata, manco j'avrebbi detto cotica! Arza 'e mani e spara: 'o vedi? Io curo queste! Poi se 'e mette 'n bocca e fa: e queste! Se dice truccatrice, je spiego io. Lavori co' 'e lacche, li rossetti e li profumi. 'O vedi ch'ho capito? Mica sò scemo.)

Tua nonna era un'altra cosa. La prima volta che ci incontrammo fu quando lei venne a casa nostra per consegnarci dei calzoni a cui aveva sistemato l'orlo. Di mestiere faceva la pantalonaia. Appena la vidi, mi vennero i brividi. C'era qualcosa mentre si muoveva. Anche come parlava. Sentivo un richiamo che non riuscivo a decifrare. A quel tempo i rapporti sociali di fatto impedivano a uno del mio ceto di frequentare una donna di umili origini. Quirina era una servetta. Anche se si dava delle arie, veniva dalla campagna. Andava a servizio dai padroni. Ma proprio la consapevolezza del divario che ci divideva mi attirò verso di lei.

(A professo', a questo j'abbastava poco pe' arazzasse, ve'?)

Arif viene da qualche povero villaggio. Da piccolo raccoglieva trucioli di legno e li consegnava a suo padre che faceva il falegname. La madre soffriva di un male sconosciuto che presto se la portò via. Quando anche il vecchio morì, lui restò da solo. Era figlio unico. La sua fidanzata si chiamava Farah. Che vuol dire gioia, felicità. Una fanciulla di creta e stoppa: una bambola. Nella foto sullo smartphone assomiglia alla giovane afghana con gli occhi verdi resa immortale da una copertina del "National Geographic". Si giurarono eterna fedeltà vicino al pozzo in un giorno di pioggia.

(Me paro io co' Luana ar casotto de Corviale!)

Ecco perché l'odore dell'erba bagnata, ancora oggi, nella memoria di questo tuo scolaro si mischia alla sensazione di dolcezza che provò quando per la prima volta mise la mano sulla guancia della ragazza. Fu come sfiorare un pulcino. Sognare un mondo nuovo. Credere di poter diventare, soltanto insieme a lei, un vero uomo.

('O vedi che nun c'ho io? 'E parole! Luana ma'a devo portà a casa cor sudore da'a fronte! Ce vole er tempo suo. Bigna fà li straordinari! E nun è detto che te bbasteno pe' convincela a stà co' te!)

Un giorno Arif partì a piedi verso l'Europa. Faceva trenta chilometri camminando dalla mattina alla sera. Aveva diciannove anni. Si portava dietro una maglia di lana pesante di ricambio e la pietra turchese che gli aveva regalato lei. I passaggi sui camion. Le attese nei terminal. Le file alle biglietterie. Il cuore gli batteva forte sul pullman diretto verso il confine turco.

(Io dico: ma come fanno 'sti regazzi a superà tutte 'ste cose? A penzà che io nun me magno manco er pollo co' 'e mani sinnò me ce sporco! Questa me sa che già to'o detta 'n'artra vorta, nun m'aricordo quanno!)

Arif scese prima della frontiera perché non aveva documenti. S'accodò a un gruppo di altri profughi. Lentamente risalirono i sentieri di una montagna. Un passo dietro l'altro. Il cielo pareva una striscia viola sulle vette innevate. Seguiva il ritmo che i suoi compagni gli dettavano. All'uscita di una curva stretta arrivarono i primi colpi. Le guardie prendevano la mira cercando di non sprecare le munizioni. Quello davanti cadde a terra come un fantoccio. Le ombre della sera non erano bastate a mimetizzarli.

(A professo', che firme è? Vabbè, daje, nun te ce offenne, sto a scherzà!)

Arif si nascose dietro una roccia. Avrebbe voluto aiutare i feriti, ma scoprì che questi venivano saccheggiati. Quelli che fino a pochi minuti prima erano stati dei compagni di viaggio frugavano nelle tasche dei cadaveri. Poi li gettavano nel fondo della scarpata. Allora rinunciò.

(Ma che nun cio'o sai? L'omo è 'na bestia!)

Sentì crescere dentro di sé l'istinto di sopravvivenza, in mancanza del quale non sarebbe riuscito a raggiungere un gruppo di case nella pianura sottostante. Nella corsa perse lo zaino, restando senza niente. Il vestito che indossava non era sufficiente a proteggerlo dal freddo. Entrò sbandato dentro una stalla dove trascorse la notte in compagnia degli animali. Tanfo, gelo, fame. All'alba ripartì furtivo verso la campagna livida. Arif ti dice questo a pezzi e bocconi studiando l'ausiliare dei verbi riflessivi.

(Vòi fà quarche esempio? E daje, su, ormai te conosco!)

Gigi si è ammalato (ammalarsi). I ragazzi si sono alzati in piedi, poi si sono seduti (alzarsi, sedersi). Ieri ti sei svegliato presto (svegliarsi). Loro si sono sbrigati a mangiare (sbrigarsi). Gli hai messo vicino una ragazza di un liceo romano: talmente bella da creare problemi a qualsiasi interlocutore. Arif alza gli occhi furtivo verso di lei pensando a Farah.

(A frate', damme retta: mejo che ta'a levi da'a capoccia!)

Anche Quirina aveva il sacro fuoco. Rispetto a mia moglie, assomigliava a una strega. C'erano sorprese incomparabili mimetizzate dentro il suo corpo. Folletti che a un certo punto si mettevano a cantare. Stelle di mezzanotte. Ruscelli e passerotti.

(A nonne', 'o vedi che succede a chi vole córe troppo 'a cavallina? Che poi te parte 'a brocca e ce caschi dentro come hai fatto te.)

Jerome ha un dente scheggiato. Era arrivato in Macedonia. Aveva fame. Entrò in un emporio chiedendo del pane. La proprietaria chiamò il marito che lo prese a pugni. Quella notte dormì all'aperto, vicino a un distributore di benzina. Adesso, chino sul quaderno davanti a te, indica la parola di origine dei nomi alterati. Occhietti = occhi. Alberello = albero. Solicello = sole.

('A prima vorta che piji 'n cazzotto ce resti male co' 'a faccia tutta abbottata, poi te c'abbitui!)

Maher è stato un anno in carcere. La polizia gli aveva trovato del fumo, come lui dice, in quantità superiore al consentito. Dopo un paio di fermi, è scattata la condanna definitiva. Mentre parla fa sempre sì con la testa, anche se non capisce quello che gli dici.

(Tale e quale a Romoletto nostro!)

Lo hai preso da parte, in fondo al corridoio. Aveva chiesto dei soldi al volontario perché non sapeva come pagare i biglietti della metropolitana. Ora è impegnato con gli avverbi di modo. Sì, verrò sicuramente. Difficilmente verrò prima delle otto.

(A professo', ma che je vòi dà a questo? L'indurgenza?)

Adrian è adulto. Rumeno, piccolo, rattrappito. Ha subìto due operazioni alle gambe. La vita ribolle dentro di lui. Vorrebbe fare qualsiasi lavoro, dice. Manovale, imbianchino, piastrellista.

(Abbasta che 'o paghi.)

Ti chiedi come potrebbe riuscirci, viste le sue condizioni fisiche. Intanto si esercita con le parole composte. Accendigas. Apriscatole. Asciugacapelli.

(Era mejo si aprivi 'n ospedale ar posto de 'na scòla!)

Mabroux si vergogna di non essere capace di leggere e scrivere nemmeno nella sua lingua. Lo capisci da come ti guarda mentre riporti il suo nome sulla scheda.

(È perché nun te pò controllà.)

Dai, ragazzo, impara le frasi, poi coprile con una striscia di carta e riscrivi quello che ricordi. Un bimbo robusto. Due bimbi robusti. Un bimbo snello. Due bimbi snelli. Lui, concentrato, con il gomito poggiato sul banco, ricomincia.

(Io facevo finta de coprì er fojo, professo', ma poi te fregavo, mo' to'o posso dì, perché ce guardavo de niscosto!)

Xeus è lo studente certificato. Quello che nessuno vorrebbe.

(Er cagacazzi. Scusa professo', nun volevo esse vorgare.)

Non ti dà soddisfazione. Tiene sempre il muso. Piccolo, contorto, non bello a vedersi. Puzzolente. È capitato che se lo prendesse Giulia. Figlia di un tuo vecchio collega di Lettere. Una ragazza solare, fresca, capace di curare questo fratellino.

(Sai quanti n'àmo visti come lui? T'aricordi Giggetto?)

Quella con Quirina è stata una grande passione. Ci vedemmo sempre di nascosto nei condomini della capitale. Quartiere umbertino. In stanze affittate da me. Erano incontri rapidi ma intensi dai quali, come sai, nacquero due figli: tuo padre e tua zia.

(Du' schioppi, du' centri!)

Diventai un bigamo. Tenevo i piedi in entrambe le staffe. Non sapevo né potevo scegliere. Cosa avrei dovuto fare? Gettare all'aria il matrimonio ufficiale mettendomi con tua nonna? Rinunciare a lei? Quale senso avrebbe avuto?

(A professo', dimme quello che te pare, ma io Luana nu' 'a vojo tradì come ha fatto questo co' su' moje! Però si nun succedeva, tu nun venivi fòri e io manco te vedevo! Ma se me fa 'n'infamata 'a mi' regazza, come se mettemo? Quante rogne tocca affrontà na'a vita!)

Era naturale che la nostra avventura restasse avvolta nel segreto. Che si trasformasse in una diceria bisbigliata sul pianerottolo. Un pettegolezzo di qualche donnetta. Riuscivo a mantenere due famiglie. Quella di facciata e quella nascosta. Non era facile, ma io mi ero affezionato.

(Hai capito 'sto minchione! E te ce vanti puro!)

Nel momento in cui Quirina morì, consumata dalla malattia, tuo padre restò solo. Mentre la sorellina venne mandata in collegio, lui mi sfuggì. Forse avrebbe voluto che lo riconoscessi, ma non potevo. Se l'avessi fatto, la mia esistenza sarebbe stata stravolta. Certo anche così gli eventi accaduti sono stati laceranti.

(Sì, ma no pe' te! A professo', j'ho detto bene, sì? Batteme er cinque!)

Fu l'inizio di un processo che dura tuttora. La frattura fra me e tuo padre è il propulsore dell'azione pedagogica in cui sei impegnato. Da vecchio ne prendi atto.

(Ce dovemo da crede?)

Oggi hai avuto a lezione tre ragazzi africani: uno della Costa d'Avorio, l'altro della Guinea, l'altro ancora del Camerun. I primi due erano scolarizzati, il terzo no. Vedevo come t'accaloravi. Gli hai fatto scrivere la tabella dei verbi ausiliari. Riempivi la scheda. Correggevi le frasi. Cercavi di farli parlare. Chi sono i tuoi fratelli? Che lavoro fa tuo padre? Come avete raggiunto l'Italia? Quanto tempo pensate di restare? Siete musulmani? Avete recitato le preghiere? Per quale squadra tifate?

(Ahó, e quanno te fermi?)

Era come se, attraverso di loro, queste domande le rivolgessi a me. Vorresti che ti spiegassi questo e quel mondo. Le ragioni degli uni e i torti degli altri. Il buon senso che mi sfuggì negli istanti cruciali. Gli errori nei quali mi avvolsi. Il coraggio che mi venne meno per affrontare tuo padre.

(A professo', prima o poi me ce tocca puro a me, ve'?)

Mi chiedi ciò che non posso darti. Non sei stato tu a dire che a contare è l'intensità della domanda? Tanto più forte sarà la richiesta, tanto più chiara potrà essere la risposta.

(E co' questo, giusto er titolo ce potemo fà...)

## YASSER. *Diamanti grezzi*

*Yadaly Fathi*
*Yakout Ahmed*
*Yankuba Barro*
*Yankuba Camara*
*Yankuba Ndure*
*Yasser Turé*
*Yassine Mostaki*
*Yefrosnia Zub*
*Yehya Aly Maged*
*Youssef Nagar*

Avanti, ragazzi, rispondete presente! Yadaly, alza la mano, per farti vedere. Lo so che non riesci più a parlare, nemmeno nella tua lingua.

(Nun è er solo. Si ce mettemo 'nzieme, noi e lui, famo 'na bella compagnia!)

Yassine, quasi non ti riconoscevamo! Ti sei lasciato crescere il pizzetto per non sembrare troppo piccolo.

(A me manco li basettoni me crescheno. Co' 'sti du' peli ma 'ndo vado? Me sa che mo' me ce carico quarche fatto nutritivo, come m'ha consijato Luana. Tipo quelli che je se danno a'e piante pe' faje fà i fiorellini.)

E tu, Maged, dolce ragazzetta, mettiti bene in ascolto. Sì, anche te: picchiata da tua madre senza che potessi difenderti in una casupola di canne di bambù nei dintorni di Manila.

(A professo', è quella che sta sempre attaccata ar termosifone? Ma che c'ha su 'a schiena? 'A calamita?)

Venite, qui. Ecco prendete: penne, quaderni, libro, esercizi, carte, mappe, dizionari.

(E vvai!)

Dovete mostrare il cartellino plastificato con su scritto il vostro nome: nient'altro.

(Tutti 'sti regazzini t'ariporteno a tera. Te fanno capì chi sei. Sinnò t'embriachi de parole che nun servono a gnente, ve'?)

Ecco, ci sono anch'io.

(E mo' da 'ndo spunta questo?)

Ci siamo visti solo per qualche giorno, in Marocco, nel cortiletto dove vivevo confinato, eppure sono rimasto inciso per sempre nella tua memoria.

(Vabbè, ma dicce chi sei!)

Mi chiamo Yasser e non posso camminare come tutti gli altri.

('O vedemo.)

Non riesco neppure a stare seduto.

(Te ce strofini pe' tera.)

La testa mi scende sul petto e, se vuoi guardare dentro i miei occhi azzurri nella carnagione olivastra, devi tirarmi su per i capelli, come hai fatto tu, quando mi hai visto, sollevarmi pian piano finché dalla bocca non mi esce un ghigno il più possibile vicino al sorriso.

(A professo', mo' me sto a ricordà che ce l'hai detto puro a noi! 'Sto poro fijo era 'n parente der tu' regazzo a scòla: quello che sei annato a trovà a casa sua. A vedello c'hai preso 'na tranvata che te spezza 'n due. Però te piaceva a staje vicino. Er corpo era 'no straccio, ma si te fissava te rimetteva ar monno!)

Quando ci siamo conosciuti avevo vent'anni ma non ero sempre stato così, costretto a vivere in uno stanzone al piano terra di quella casa ai margini del deserto dove tu sei stato.

(C'aruminavi come 'na bestia.)

Da piccolo anzi correvo, giocavo, tutti sapevano chi ero quando insieme ai miei amici superavo le recinzioni degli orti rinsecchiti facendo abbaiare i cani dei proprietari.

(Ma come to'o spieghi? A chi tanto, a chi gnente? O dimo sempre co' Romoletto: 'a vita è 'na truffa, devi stà a battajà, poi nun è detto che ja'a fai.)

Una volta l'insegnante di educazione fisica notò che, mentre eseguivo gli esercizi di atletica, incespicavo troppo spesso.

(T'aveva sgamato.)

Un medico mi portò a Rabat dove venni sottoposto a degli esami dai quali risultò la presenza di un morbo misterioso particolarmente grave che nessuno era in grado di curare.

(Te s'ereno 'ngarellate 'e rote?)

Che ne sapevano i miei genitori?

(Quelli nun sanno mai gnente.)

Se ne tornarono a casa accalcati nella vecchia Peugeot insieme ai miei fratelli e sorelle che ci avevano accompagnati in città.

Cosa avrei potuto fare io stesso?

(Attaccate ar tranve, com'ho fatto io quanno m'hanno bollato. Dijelo tu, professo', t'aricordi? Sò annato a vedé li quadri e ho sbroccato.)

Continuai a rubare i datteri fra gli arbusti, seguire mio padre al mercato, gettare i sassi nel pozzo.

(Eri popio 'n pischello! T'aveveno detto che nun potevi camminà e tu hai fatto pippa, come si nun t'ariguardava.)

Anche la malattia andò avanti, con una convinzione speciale, quasi svolgesse un compito dettato da un maestro esigente, prima timida, nascosta fra le cartilagini e i nervi, poi sempre più spavalda e pronta a venir fuori senza vergogna.

('Sta micragnosa! Ecco chi sò li nemichi: quelli che a parole te dicheno bbene, poi sotto sotto te spezzeno 'e zampe. E nun te vengheno davanti co' 'e carte che c'hanno. No. Vanno dall'artri a ddì male de te. A 'mbrojatte. A Giuda! Si te pijo, te faccio nero. Viè qua che to'o do io er pappone!)

Youssef, allora, vogliamo ripetere il racconto che abbiamo appena letto?

(E ripetemolo, su.)

Da dove viene Babul? Dal Bangladesh. Cosa aspettano da lui i suoi genitori? Lo stipendio. Quanti euro al mese lui dovrebbe spedire a loro? Cinquanta euro. Perché Babul è un ragazzo speciale? Sa suonare il flauto. Chi glielo ha insegnato? Kaveh, un maestro sdentato...

(A professo', questo me sembra uno bravo, annamo a risentì Yasser, l'artro sciancato.)

In pochi mesi persi l'uso delle gambe e mi trovai bloccato fra i cuscini.

('O vedi? E dopo che fai? Allucchi, te contorci, je meni. Ar diavolo j'arimbarza.)

Provavo a rialzarmi ma subito ricadevo a terra.

(T'aveveno azzoppato. Eri groggi, come 'n puggile sonato.)

Non potevo più frequentare la scuola.

(Armeno quello! L'unica cosa bbona!)

Non riuscivo neanche a mangiare da solo.

(T'emboccaveno. Dice che er riso to'o daveno co' 'e mani perché voi manco li cucchiaji c'avete. I chicchi te scenneveno sotto 'a bocca co' 'a saliva 'n mezzo!)

Avevo bisogno di aiuto per qualsiasi operazione.

(Eri diventato 'n invalido. A vedette così parevi popio 'n animale. Solo ch'eri 'n omo! Capito? 'N omooo! Che è puro peggio. A professo', questa me l'hai 'mparata te!)

Sembrava dovessi salutare tutti di lì a poco, ma a un certo punto il peggioramento ebbe termine.

(Cioè? Facce capì.)

Restai così, come mi hai visto tu, appoggiato alla parete della stanza dei tappeti, avvolto nella coperta, simile a un balocco, colpito dalla luce che filtrava ogni mattina, senza che potessi spostarmi per evitarla.

(C'ho visto mi' nonno così, ma c'aveva novant'anni e stava pe' morì. Tutta 'a vita aveva fatto er magazziniere a'e idrovore da'a Majana, poi da vecchio j'aveveno dato er muletto, ma pe' usallo doveva fà 'n corso. Figuramose! Allora c'ha rinunciato e fino a'a fine s'è fatto er culo. Lavoro vero, no pe' finta. Ha sotterato tutti, puro su moje. Semo annati a trovallo a Villa Elena, prima do'o Statuario. Hai capito 'ndo stava, sì? Da'e parti de l'acqua bbona. Semo arivati co' 'a Polo der padre de Romoletto. Nun pòi capì. Manco l'arance se magnava. Pareva 'n'alicetta. Però quanno l'infermiera rumena 'o voleva tirà su pe' fallo respirà, lui j'ha strizzato 'a zinna. Sa'a sarebbi magnata! Ahó, e quella c'aveva du' meloni!)

All'inizio nessuno voleva incontrarmi, perché mettevo paura.

(Manco si c'avevi 'a rogna.)

Mia madre era rimasta l'unica a starmi vicino.

(Ma che, nu' 'o sai? 'E donne sò mejo de l'omini! Te faccio 'n esempio: ieri sò annato a piscià e sò rimasto co' a' bottega aperta, m'ero scordato de chiude li carzoni, allora Luana quanno m'ha visto m'ha detto sottovoce: fa' er bravo, tira su 'a chiusura lampo! Da 'sti particolari se capisce tutto.)

Poi, con il trascorrere degli anni, la comunità dei villaggi sparsi intorno accettò la mia sorte, quasi fosse un segno imperscrutabile mandato da Allah.

(Si me dai l'indirizzzo de 'sto Allà, ce vado de corsa a ffà er botto.)

I bambini presero l'abitudine di venirmi a trovare: appena si avvicinavano, ridevo mostrando di gradire le loro attenzioni.

(Te daveno 'n po' de vita, ve'? Come li pischelletti da'a palestra 'ndo lavora mi' padre che je spostano li bilanceri, ma lui nun s'arabbia. 'O sa che sò fatti così. Nun je pòi dì gnente.)

Avanti Youssef, proseguiamo con il riassunto. Perché Babul non ha ancora cominciato a lavorare? Deve prima imparare la nostra lingua. Quale errore commise il ragazzo quando venne identificato? Dichiarò più dei sedici anni che aveva. Quale è stato invece l'errore del padre? Aver venduto il terreno che aveva per finanziare il viaggio del figlio. Ora vale tre volte tanto, quindi non gli è convenuto. Cosa fa Babul quando diventa triste? Siede davanti al finestrone e suona il flauto.

(A professo', lassa perde questo. 'O sai ch'ho fatto ieri? Co' 'o scutere der posto 'ndo lavoro sò annato ar Campo der Sole, così j'ho rubbato puro 'n po' de benza, che poi se chiamerebbi Piana der Sole. Volevo vedé si c'era quarche casetta d'affittà perché io me so rotto de vive co' mi' madre, che poi lei sta sempre a lavorà e nun se beccamo mai. Bigna che metto a capoccia apposto. Devo annà a vive pe' conto mio si vojo diventà 'n omo! Sinnò sempre regazzino resto! Me ce vonno li baiocchi! Ma quelli veri, no quelli che ammucchio io. Avoja a riempì er dindarolo!)

Un giorno le donne che si prendevano cura di me, entrando nella mia stanza, la scoprirono vuota.

(E 'ndo stavi?)

Subito uscirono, perlustrarono i dintorni, senza risultato. Dove mai potevo essere andato? Nessuno conosceva il segreto che custodivo nel cuore.

(E cioè?)

A circa undici anni, prima di ammalarmi, avevo conosciuto una bambina che abitava di fronte a casa mia.

('O vedi che puro 'sto poraccio c'aveva 'a stessa fissa mia! Voleva mette su famija!)

Si chiamava Kadigia, come la moglie del profeta.

(Sei popio sicuro? N'è che ce stai a ddì 'na frescaccia, no?)

Il primo incontro era avvenuto in un terrapieno poco distante dalle nostre abitazioni, nei pressi del fortino francese, con le porte sforacchiate dai proiettili delle vecchie battaglie per l'Indipendenza e i casali schierati nella pianura arida e secca.

(A professo', questo è popio come er Campo der Sole. Vacce a vedé 'na vorta. A te che te piace viaggià! Te pare 'n'Africa nostra a Fiumicino. Co' li giambo che te passeno sopra 'a capoccia, 'a tera bruciata, 'e machine rotte, quarche palazzina e 'n sacco de baracchette. Me ce sò girato 'na mezz'oretta lento lento pe' buttaje 'n occhio e puro dua. 'O sai che m'è piaciuto de più? Li cancelletti arugginiti cor nome scritto fòri sur muro a pennarello. Già me ce vedo er mio: Ottavio e Luana, co' 'a spada der gladiatore che buca er còre. Poi me ce 'nguatto puro er motorino 'n mezzo a'e frasche dell'orto cor fico, come quello tuo da regazzino, professo'. E chi c'ammazza!)

Ci eravamo giurati eterna fedeltà sotto i raggi roventi del tramonto, qualche tempo prima che io cominciassi a perdere la giusta coordinazione nel salto in lungo.

(A rovente! Ma ch'è, 'n aspiraporvere?)

Chissà, forse in una nazione europea il mio male sarebbe stato affrontato con misure adeguate.

(Nun te crede. Dipende da 'ndo vai. A me 'na vorta m'hanno portato a 'na casa su l'Aurelia. Lì sì che c'ho visto li regazzini malati: staveno 'n carozzella in der giardino. Uno c'aveva li ginocchi 'n bocca, 'n artro pareva sgusciato. A te te doveveno mette lì. Te sarvavi. E invece gnente, t'hanno lassato ar brodo, come se dice? A'o stato brodo. E lì te sei arovinato.)

Certo è che, appena il destino si accanì contro di me, io e Kadigia non ci vedemmo più.

(Puro lei t'ha dato 'a mazzata. Ma che nu' 'o sai? Si stai bene te vengheno tutti de dietro a fatte li salamelecchi; come te senti peggio, te spernacchieno.)

Gli anni trascorsero rapidi sullo sterrato ai margini del deserto, dove cani e galline girano in mezzo alle gambe degli uomini seduti per ore sugli sgabelli di plastica a contemplare i mutamenti del cielo.

(Nun c'hanno 'n cazzo da fà. Sai quanti vecchietti conosco così, 'ncartapecoriti, ar sale e tabacchi dietro casa mia? Stanno tutto er pomeriggio a grattasse li cojoni e si je passi vicino te guardeno puro storto, pronti a rimbrottatte. Che poi si li punti se cagheno sotto. 'Na vorta me ce sò 'mbruttito e j'ho fatto: che c'avete da guardà? Ahó, pareveno diventati all'improviso tutti cucciolotti!)

Il ricordo di Kadigia, invece di scomparire, s'incise sempre di più, fino a diventare indelebile.

(C'avevi er chiodo che te sfonnava. Te perforava popio!)

Pensavo ai momenti passati insieme: quando andammo nel campo di uno zio comune a mangiare i fichidindia; quando ci nascondemmo dietro il recinto delle pecore; quando arrivammo da soli a piedi fino a Khouribga.

(Come io co' Luana! 'A prima vorta, m'aricordo, dentro 'na cabina ar mare, d'inverno, dietro ar canale, co' li legni zozzi, 'a panca rotta... Eppuro pe' me, professo', nun ce crederai, era come se stassi sprofonnato ner divano de Monno Convegnenza!)

Dove stava Kadigia? Lo avevo chiesto con discrezione ai bambini che mi rendevano visita.

(E bbravi pupetti belli!)

Grazie a loro, ero riuscito a capire l'indispensabile: sposata, già madre di un maschietto, abitava vicino alla casa di Alì.

(Me pare mi' padre quanno è sortito dar gabbio – 'a seconda vorta, quella pe' spaccio – e s'è aritrovato Marcello, 'n amico suo, dimo così, che a forza de comprimenti quasi quasi s'enfinocchiava mi' madre. Je stava a ripartì cor piccone pe' sbudellallo, c'è mancata n'anticchia pe' arisfascià tutto.)

Queste notizie provocarono un incendio dentro di me.

(Ahó, puro a 'te, te basta poco, piji foco co' 'n cerino, come a l'Infernetto.)

Restai inebetito per diversi giorni senza riuscire a prendere sonno.

(E pijate 'a pasticchetta! Nun ce l'hai?)

Una notte strisciai fuori dalla mia stanza.

(Me te ce vedo.)

Passai sotto il bucato steso ad asciugare, raggiunsi il confine della proprietà.

(Tutto de braccia, ve'?)

Mi lasciai andare giù sino a fondo valle resistendo agli spuntoni di roccia che mi tagliavano il petto, poi risalii lungo il pendio, avvinghiato agli sterpi, con le unghie insanguinate, la faccia sporca di polvere, il corpo martoriato.

(Stavi a rifà 'a scena der Cristo de Gibsonne! Quanto me fa godé quer matto. *Apocalipto* mo'o sarò visto cento vorte: su skai, quarche pezzo puro sur cellulare, 'ndo te pare. Però a Luana nun j'è piaciuto! Dice ch'è anverosimile! Ce devo da stà. Mica potemo esse d'accordo su tutto!)

Nel momento in cui i chiarori dell'alba si sparsero sulla fattoria, raggiunsi la posizione migliore sull'altura di fronte all'abitazione dell'antica fidanzata.

(Te c'eri messo de punta!)

Disteso a terra, nascosto dietro un grande masso, sapevo che non avrei dovuto attendere molto perché le donne sarebbero uscite presto per andare a prendere l'acqua.

(Manco er rubinetto c'hanno!)

Kadigia infatti apparve di lì a poco.

(L'hai cioccata.)

Era diventata ancora più bella.

(A'e regazzine j'abbasta 'n'estate pe' sviluppasse. Quanno 'e rivedi, manco 'e riconosci! Er corpo nun è più quello de prima. Ereno allegrette e mo' diventeno tristi, te fanno a faccia scura, come si te dicheno: ma che ne voi sapè tu da'a vita?)

Fra le braccia stringeva un fagotto, di sicuro il figlio ancora addormentato.

(Poteva esse tuo e invece, porco monno, t'hanno fregato!)

Ebbi appena il tempo di osservarla. Pochi istanti mi bastarono.

(Come si tte cade er cornicione su 'a capoccia. Co' chi ta'a piji?)

Arrancai all'indietro per non farmi scoprire.

(Te vojo bene, frate'!)

Guai se lei mi avesse riconosciuto!

(Era 'na questione d'orgojo!)

Con le ultime energie diponibili strisciai di nuovo per rifare al contrario il percorso dell'andata.

(De corsa.)

Non ebbi la forza sufficiente per compierlo tutto.

(E cce credo!)

Mi ritrovarono a giorno pieno in un fossato a cento metri da casa.

(Te reggeva er còre?)

Ancora respiravo.

(E daje!)

Da quel giorno fui sempre più stanco, ma nel momento fatale pare che i miei occhi azzurri, prima di chiudersi, brillassero qualche istante come diamanti grezzi.

(A professo', e mo' che te devo da fà: l'interpretazzione?)

ZURI. *E baci ar pupo!*

*Zace Renato*
*Zachar Oleh*
*Zakirullah Zabarknil*
*Zaman Latifi*
*Zelet Arad*
*Zeshan Hammad*
*Zeyad Abdel*
*Zhang Aizhen*
*Zhang Lao*
*Zobair Ben Hamda*

Corri Comandante! Non perdere il passo. Sei arrivato quasi all'ultima curva della tua vecchia gara, nel punto culminante. Là dove si capirà chi sei.

(A professo', ma chi è questo? Er mìstere?)

Testa in su, braccia strette lungo il tronco allineato coi fianchi, caviglie che spingono. Ginocchi alti. Mantieni lo stesso livello di sforzo dall'inizio alla fine, senza cedere neppure di un grado.

(Ta'a devi da sudà.)

Osserva i precetti. Tieni fede agli impegni. Sopporta il dolore. Conserva la calma. Evita il delirio. Respingi lo smarrimento. Rifiuta l'ebbrezza. Resta lucido. Concentrato. Rigoroso. Gioca d'anticipo. Supera la stanchezza. Non mollare. Raccogli l'estrema stilla d'energia che ti resta e mettila in campo.

(Famoje vedé chi semo!)

Per me resterai sempre così: il gesso in mano, le spalle alla lavagna, i jeans scoloriti, la maglia scura. Quel mezzo sorriso quando, improvvisamente, ti volgevi indietro verso di noi.

(È lì che se semo beccati, professo'!)

Avanti ragazzi, copiate questi schemi.

(Così t'ariconosco!)

Sono i tuoi vecchi quattrocento metri.

(T'aricordi?)

Se vuoi tagliare il traguardo, devi ingannare il cervello, come facevo io quando mi nascondevo nei tubi di alluminio le notti fredde insieme ad altri bambini. Fargli credere che manchi poco e non addirittura cento metri.

(Ahó, fermi tutti. E mo' chi sta a parlà? Semo arivati all'urtima lettera, ve'?)

Scoprire dentro di te la riserva aurea. Mobilitare il battaglione sacro. I tenenti rubano i gradi ai generali. I sergenti fanno i capitani. I soldati si trasformano in sottufficiali. Il gregge diventa una truppa. Soltanto allora potrai arrivare in fondo.

(Guarda de nun fà 'a fine che ha fatto Sesto, quello der manicomio!)

Non presumere di poterti appoggiare a qualcosa di esterno. Lo sai cosa significa, vero?

(E che, nu' 'o so? Devi sfonnà er culo a li passerotti!)

Sei arrivato quasi al traguardo. E lì che si realizzano i tempi.

(Quanto c'avevi? Cinquanta netti da regazzo? 'Mazza! Quelli de oggi nun ti'i chiedo nemmanco, nun te vojo fà male!)

Dovrai alleggerire i pesi. Affilare la spada. Ridurre gli obiettivi. Modificare gli scopi. Scegliere di essere questo invece di quello.

(Avoja a lavorà!)

Zuri! Presente.

(Ah! Eccolo.)

Non potevo mancare all'appello. Per me sei quasi uno di famiglia. In questo momento stai spingendo la carrozzina di un bambino di sei mesi.

(E chi sarebbi 'sto pacioccone?)

Si chiama Sharif. È mio figlio.

(A professo', ma che te sei messo a ffà er bebisittere?)

Mi sono sposato con Rashida. Che adesso viene a imparare l'italiano nella vostra scuola. Ti lavava i calzini a Sare Gubu.

(Mi' madre dice che nun c'ha er tempo!)

Ci siamo innamorati sotto i tuoi occhi.
(Hai capito! 'Sto regazzo è uno svejo!)
Il piccolo batte le mani.
(Vole annà più forte.)
Diventerà molto meglio di me.
(Se vede da come respira: da granne ce se fa a tutti!)
Nato a Roma, nel reparto maternità dell'ospedale San Camillo.
(E vvai!)
Stiamo camminando verso l'antico porto fluviale di Testaccio.
(Je piace, sì che je piace!)
Le rotelle di gomma assorbono le asperità del terreno.
(A professo', vacce piano!)
La cadenza ritmica dei muscoli in tensione sembra dare significato a tutto.
(Artro che li bilanceri de mi' padre!)
Sharif, semisdraiato nella culla protetta dal rivestimento in plastica, è una specie di minuscolo nocchiero.
(Te dice er posto 'ndo devi annà.)
Ancora non saprebbe darci le coordinate geografiche. Eppure conosce il sentiero. Si orienta meglio di noi. Ci riesce in modo istintivo.
(A nonne', pe' trovatte er nipotino hai dovuto sgobbà. Mo' nun t'emozionà troppo!)
In una maniera che non sei in grado di spiegare, indica la rotta, come il timoniere nel canottaggio.
(È 'no schizzetto che sa tutto lui!)
Raccoglie perfino ciò che tu hai dimenticato.
(C'ha er compiutere incorporato.)
Una volta mi chiedesti se nella vita sono di più i buoni o i cattivi.
(A professo', ma che ce stai puro a ffà 'a domanna? Nun se discute nemmanco. Ma nun li vedi quanti so l'infamoni? N'àmo trovati 'na marea solo a ffà 'st'appello. Nun sa-

pemo 'ndo metteli. Manco 'no stadio t'abbasta pe' raggruppalli tutti.)

Stavo preparando il caffé nel bar dove lavoro. Ti risposi d'istinto: i cattivi sono molti di più.

(È regolare, frate'.)

Poi aggiunsi in un soffio: ma i buoni valgono il triplo.

(A professo', nun je dà retta! E poi chi sò 'sti bboni? 'Ndo se l'annamo a cercà? Quanno c'hai la panza piena, allora sì, fai er bravo, ma quanno c'hai fame tiri fòri er cortello!)

Vi guardo, tu e lui. Siete un tutto unico. Il prontuario della speranza. La staffetta della virilità. Le stagioni dell'uomo. La cronaca nuova.

(Ce portate 'e notizzie!)

Di certo Sharif taglierà il traguardo per primo.

(Su questo nun te pòi sbajà. Li regazzini te massacreno.)

Ha appena imparato a sorridere. Non come me che da bambino ero sempre triste.

(Penza io! Ma t'ho mai detto come ho conosciuto mi' madre, professo'? Quann'ero nato, lei nu' mme poteva mantené, allora m'ha lassato ar biefrotrofio de Monteverde, 'ndo ce stanno li paralitici. Tanto pe' ignoculamme 'n po' d'allegria. Dice che si me veniva a dà er bacetto 'na vorta ar mese, era puro troppo. Che poi 'a stessa cosa ha fatto co' mi' sorella. N'è che s'è 'mparata 'a lezzione, no? Poi s'è aripresentata quanno stavo da'e sore der Tufello. Ha dovuto fà 'n casino pe' riavé 'a patria der podestà. E dopo io sò cresciuto così, fra l'assistenti sociali e tutte que'e pacchianate che manco te'e sto a ridì.)

Ero teso verso l'Europa sconosciuta. Non avevo fatto in tempo a studiare geografia. Sapevo a malapena la mia lingua madre. Poche parole di inglese. Qualcuna di francese.

(Io manco quelle.)

Eppure sono riuscito ad arrivare fino a te.

(Ma come hai fatto, zzi'?)

Venditore d'acqua a Bamako. Raccoglitore di scarpe spaiate a Conakry. Operaio a Tunisi. Mendicante a Palermo. Contadino nelle campagne foggiane. Meccanico a Napoli. Studente a Torre Spaccata.

(Er giro de'e sette chiese!)

Sharif è contento. L'hai notato alla partenza, mentre lo stavamo preparando, quasi fosse davvero il bambolotto cui assomiglia.

(C'ha 'o spirito der condottiero.)

Chissà, forse percepiva l'odore dell'erba bagnata, della sterpaglia imputridita. In quell'istante si è distratto.

(Magara ha sentito er tanfo der fiume. Ce sarà stato quarche gatto morto...)

Poi ha ritrovato il piglio del ranger. Vorrebbe entrare subito in azione.

(Je brucia er culo.)

Sembra prendere tante note.

(E 'ndo se 'e mette si nun c'ha manco er cellulare?)

Memorizza gesti, comportamenti, movenze.

(Te se 'nquadra.)

Stringe il dito che gli dai.

(Nun te vo' perde.)

Ammettilo: è superiore rispetto a noi.

(A pidochietto, ma 'ndo vòi arivà? Ar Senato?)

Io non portavo nemmeno il quaderno. Preferivo arrotolarmelo nella tasca posteriore dei jeans.

(Come te capisco, frate'!)

Per Sharif ogni giornata rappresenta una sfida.

(Questo te spezza!)

Esegue mansioni che non conosce. Ripete da solo la storia dell'umanità.

(A granne! Guarda che te porto a ffà er provino a Trigoria!)

Procediamo veloci sulla pista ciclabile di fianco al corso d'acqua.

(Ahó, m'ariccomanno, nun annate a buttavve ar fiume, eh!)

Ogni tanto lanci in avanti il passeggino per sgranchirti le braccia.

(Bbono, professo', sta' bbono, nun t'esartà!)

Due metri e lo raggiungi. Nei secondi in cui si sgancia, il piccolo viaggia da solo, sospinto dall'inerzia. È la schiuma della specie cui appartieni. L'onda dello tsunami. Il principe lanciato oltre le colonne d'Ercole.

(Quanto te piaceva 'sta frase! Me sembra ieri a rivedette mentre te ce mettevi d'empegno. A rega', ch'hanno fatto li Fenici? E noi tutti 'n coro: 'a circunnavigazzione de l'Affrica!!! L'hanno visto puro l'archeologhi perché se sò trovati er legno de'e barche su tutte 'e coste. Allora tu te ce caricavi ancora de più e ce chiedevi: ma come faceveno a guadagnasse li baiocchi? In quer momento 'a classe esplodeva gridanno: co' 'a lanaaa... E tu: spiegateve mejo. E noi, co' trenta bocche spalancate a squarciasse 'a gola: 'a compraveno da 'na parte e 'a rivenneveno da 'n'antra. Ce l'hai fatto scrive ne l'appunti in der quaderno. E ancora tu: e come riuscive-no a vennela ar prezzo doppio? E noi, ar massimo der volume: la coloraveno co' 'a porporaaa! A 'n certo punto, a sentì tutto quer casino, che te pareva 'n teremoto de dieci gradi, entrava er vicepreside pe' vedé che stava a succede. E tu je facevi: tutt'apposto, sor mae', stamo a ffà lezzione!)

Ogni tanto ci mettiamo a correre. Tu col carrozzino e io immediatamente dietro. A stento vi seguo. Abbiamo la foce alle spalle.

(Ostia Antica.)

La sorgente davanti.

(Ortre 'o Stadio Olimpico.)

Il traffico scorre in alto, quasi fosse una cometa di propulsori sempre attivi.

(A ripijate!)

Incrociamo poca gente perché fa abbastanza freddo.

(J'hai messo er cappuccio ar regazzino?)

Il bambino è coperto, sta bene, si gode il panorama. Tu invece hai la mente in fiamme.

(Te s'enfoca.)

Forse stai pensando a quello che ti hanno detto le persone interpellate.

(Vatte a ffà 'na carbonara!)

Ognuna chiusa nel suo mondo. Come tutti noi. Pieni di buona volontà e speranza mischiate al sapore delle lacrime ricacciate in gola in una poltiglia agrodolce.

(Io quanno vado dar cinese co' mi' zio me magno sempre er maiale co' 'a sarsa piccante, no agrodorce.)

Il cuore pompa il sangue nelle arterie.

(Dateve da fà perché na'a vita nun c'hai artra scerta. Dico bene, professo'?)

Il villaggio dove mia madre aveva trovato riparo era un pugno di capanne nella piana semidesertica. La fronte batteva sul finestrino della Mercedes scassata mentre ci avvicinavamo.

(Me c'hai mannato 'na foto su uozzàppe! A vedette me parevi 'n barbone. Io e Romoletto se semo preoccupati.)

Ti proteggevo.

(Apposta è aritornato, sinnò dovevamo annà a chiamà er supplente!)

La pista di sabbia rossa ti faceva pensare al disegno colorato di un degente nell'ospedale psichiatrico.

(Tipo quelli che te davo io! 'Na vorta m'hai chiesto 'n abbozzo de casa mia e te c'ho copiato er cartellone der centro d'accojenza 'ndo stavo. Allora me sei venuto a trovà puro a me. M'aricordo che ce parlavi co' l'educatrice, me sa che je stavi a ffà er mazzo su 'na cosa che nun t'annava bene. Poi quanno sei arivato sur divano 'ndo stavo io a vedemme er quizze a premi da'a televisione perché nun c'avevo un cazzo da fà, àmo parlato solo da'a Maggica. E lì me so aripijato. Parevo 'na pianta de basilico dopo che j'hanno messo l'acqua! E come se move er Ningia 'n mezzo ar campo, e come s'è rotto er crociato er Flory nostro, e quante reti s'è magnato Geco, e quanti punti c'ha rubbato 'a Juve. 'Nzomma nu' 'a finivamo più. Così semo diventati amichi, ve'?)

Tranquillo, Sharif, siete arrivati all'altezza di Porta Portese. Il mercato di Banjul gli assomigliava, non fosse stato per il fetore. Un giorno gli dirai chi erano gli Orazi e i Curiazi.

('A prima lezzione.)

Sei riuscito a metterlo in testa perfino a noi, figurarsi se non potrai farlo con lui. Questo è il ponte presso il quale si batterono.

(Annamo co' 'a ripetizzione: Roma e Arbano – mi' nonno ce annava a pijà er vino – staveno a svenasse. E nun se poteva fà perché Romolo era er padre de tutti e dua. Allora pe' Roma sò arivati l'Orazzi. Pe' Arbano li Curiazzi. Orazio stava a perde, era rimasto da solo, ma s'è fatto furbo. A 'na certa s'è dato e li Curiazzi je sò annati addosso. Ma ereno feriti. E lui l'ha ammazzati uno pe' uno. Ho detto bene, professo'?)

Nessuno potrà mai sapere se io, nato in un altro Paese, con una famiglia vera, sarei potuto diventare un avvocato, un architetto, addirittura uno scrittore, come te.

(Sgrùllate 'a capoccia, Zurì, sinnò nun te c'entra più gnente. Te se squaja er cervello!)

Sharif era nel mio sguardo quando nella capanna di paglia ti preparavo la cena. Spaghetti in bianco cotti sulla cucina da campo. Scatolame, acqua minerale.

(E cce credo che dopo semo annati in pizzeria! Si ce restavi 'n artro poco nell'Africa, professo', t'asciugavi 'a panza. Artro che dieta! Sta' bbono che 'a devo da fà pur'io perché Luana m'ha detto che me sò 'ngrassato. Me faccio troppi gelati, quelli che nun se magna lei.)

I bambini del villaggio esultavano intorno a te, affascinati dalla tua pelle bianca. Giocavano a calcio dall'alba al tramonto con il pallone che gli avevi regalato.

(Sei annato a comprallo da Decatlonne, ve'?)

Scalzi, impolverati, cinquanta contro cinquanta.

(Ma che staveno 'n guera?)

In mezzo a loro, potresti scommetterci, c'era già anche

questo frugoletto. Ne anticipavi la nascita decifrando i nomi dei campioni sulle magliette del pubblico: Drogba, Pogba, Balotelli.

(Nun te scordà er capitano!)

Di colpo faceva buio. Le stelle si trasformavano in una schiera di cavalli bianchi al galoppo. Lui era camuffato fra i gas e l'azoto, alla maniera di una potenziale imprevedibile sintesi di cui pochissimi avrebbero potuto discettare.

('A fantasia nun te manca, professo'. A 'sto Zuri je stai a mette 'n bocca 'e mejo parole. Vor dì che je vòi bbene.)

Come se ti avvertisse: aspettami, sto arrivando. Te lo sussurrava nel clamore dei suoi piccoli amici. La mattina si mettevano in fila di fronte alla tua capanna per chiederti altre caramelle.

(Penza si je portavi 'e pastarelle! Je veniva 'na fame che te se magnaveno puro a te!)

Quella che sarebbe diventata mia moglie entrava e usciva dalla capanna con le brocche d'acqua. Ogni mezza giornata si cambiava la maglietta. I love Italia.

(Pora cocchetta nostra.)

E adesso sei tu che guidi mio figlio o è lui che ti indica la direzione da prendere?

(Dateve 'na regolata sinnò annate a sbatte.)

Capisci ciò che intendo?

(Te capimo, te capimo...)

La ragione per cui ogni volta che entri in un'aula scolastica senti i brividi scorrere sulla pelle.

(Eh sì, perché nu' 'o sai che te po' succede. Capace che quanno te giri pe' scrive a'a lavagna l'esercizzio da fà, t'ariva er cancellino su'a capoccia. Ar centro da'a zucca pelata. Poi vai a ddì chi è stato. T'arzamo tutti er dito e 'o famo girà come quanno giocamo a nisconnarella, co' 'o schiaffo der sordato.)

Ero io la musica del tuo quartiere interiore. Il manto stradale dell'evoluzione. Il motivo che ti spinge a scrivere.

(T'ha cioccato, professo'? O sta a sfarfallà?)

Làsciati dietro Trastevere, l'isola Tiberina, la sinagoga, quasi fossero scorie di lavorazione.

(Spigniii!)

Supera gli ostacoli. Dirimi i contrasti. Risolvi gli equivoci. Conquista una posizione di attesa.

(Fatte timbrà er tesserino!)

Il ritardo bisogna meritarselo.

(Questa nun l'ho intesa, ma ta'a passo 'o stesso perché ormai semo arivati ar capolinea.)

Conta soltanto la durata. Non la forma. Piuttosto il ritmo.

('A tenuta.)

Un passo dietro l'altro, cercando di risparmiare le risorse di cui disponiamo.

(Annate 'n banca a ritirà li sordi!)

Siamo ciocchi di legno che bruciano. Arcobaleni inattesi. Tuoni e fulmini.

(A professo', come to'o devo da dì? Sei tutti noi!)

Sharif, nostromo di un'infanzia inventata, portaci verso Castel Sant'Angelo, la basilica di San Pietro, il Palazzo del Tribunale.

(Facce vedé 'ndo stamo, sinnò se perdemo.)

Poi alla fine dovrete tornare al Colle Oppio.

(È regolare. 'Ndo semo partiti. È lì che tajamo er traguardo.)

Promettimelo.

(Bàtteje er cinque, pischelle'.)

Questa città non è uguale alle altre.

(Roma Capoccia.)

Attraversarla di corsa, come state facendo voi, significa evocare i suoi spiriti.

(Troppi n'àmo visti, eh?)

Le arcate ti fanno leggere il cielo.

(Ahó! Abbassate 'a voce. 'Sto pidocchietto nun ce sta a capì più gnente.)

Le chiese sono bocce nel frantume dei tetti.

(Nun córe troppo, professo', sinnò te fa male!)
Il sangue si raggruma sulla crosta della ferita.
(Je stai a lancià 'a carozzina.)
Il bambino esulta.
(E allora bbaci ar pupo!)

# Epilogo ar Campo der Sole

A professo', dimme 'a verità. Nun t'àmo risposto a'e domanne che c'hai fatto, ve'? Nun sapevamo gnente. Zero carbonella. Ma che t'aspettavi? Che ti'i dicevamo noi li segreti der monno? Semo regazzini. E certi ch'hai chiamato sò puro morti. Che te poteveno fà? Sei tu er maestro. Aripijate. Io te conosco. Si ta'a senti calla, ce dai li punti a tutti.

Però 'na cosa prima de lassatte ta'a vojo dì.

A vedette spigne 'a carozzina de 'sto ranocchietto m'è venuta voja pur'a mme d'aveccene uno. Eri 'n amore come 'o fissavi, pora stella! Er bene che je volevi ce l'avevi stampato 'n faccia.

Mo', appena ho finito qua co' 'sto messaggino che te sto a mannà, 'o sai 'ndo vado? 'Ndovina 'n po'? Da Luana, 'a mi' regazza. A mejo fica der bigoncio. Jo'o dico sempre pe' faje li comprimenti. Ma lei me ce smorza: nun vo' sentì 'e parolacce! Bigna che te prepari, allucco io. Tiette pronta. Annamo a'o stabilimento nostro, na'a cabbina sfasciata. 'O vojo pur'io er regazzino. Nove mesi ce basteno pe' affittacce 'na casa ar Campo der Sole. N'ho vista una all'angolo 'ndo ce sta 'a Madonnina. C'ha puro er cortiletto. Me ce vedo popio: du' còri e 'na capanna.

E ppoi a'a fine, professo', ta'a vojo dì tutta. Ho sfonnato er dindarolo e voi sapé che c'ho trovato? 'Sto puttanone de mi' padre s'è magnato tutti li baiocchi che me c'ero messo. Me c'ha lassato li scontrini da'a benzina che s'è consumato co' li sordi mia. Allora, siccome c'avevo prescia, invece d'annaje contro, che tanto era tempo perso, ho telefonato a mi' zio. J'ho detto sì, vabbè, te firmo 'sta domanna p'annà a pulì li cessi a l'aroporto. Armeno ce provo. Poi si va male me faccio assume a'a braceria der Portoricano e ho risorto. Dico bene, professo'?

Tanto mi' madre c'ha er bare, mi' padre 'a palestra: e chi l'ammazza? E quanno viè fòra, er mi' fijo, dev'esse er più bello der monno. J'imparo io a giocà a pallone. Deve carcià de tacco, de collo, de punta, quanto è bbona 'a sora Assunta. Tira 'o spago, tira 'a sega e bonasera, bonasera! A parte li scherzi, quanno sarà er tempo suo, dopo avello 'mpostato, t'a ammollo a te, professo'. To'o porto puro a scòla.

Je devi da spiegà li programmi bboni. L'ommini primitivi, l'eggizziani, li greci, li fenici, li romani, Napoleone, er fascio, li nazzisti, li laghere, 'e bombe, come hai fatto co' noi. Faje legge li *Promessi Sposi*, Sirvietta tua, 'a storia der cane Buck, Manolino còre de mamma, Kimme sur dromedario, er poeta sordato, 'e frescacce che je servono. Bùttetece dentro co' l'occhi chiusi tutto vestito, come te pare. Abbasta che j'empari 'a vita. 'O devi da fà filà dritto. No com'ho fatto io che nun ce capivo 'na mazza. E puro adesso c'ho 'a maja nera. Arivo sempre urtimo. Lui no. Lui deve diventà com'a te! Primo 'n corsia.

T'ho detto tutto.

# Indice

Mondadori Libri S.p.A.

Questo volume è stato stampato
presso ELCOGRAF S.p.A.
Stabilimento - Cles (TN)

Stampato in Italia - Printed in Italy